贅沢三昧したいのです！

転生したのに貧乏なんて許せないので、魔法で領地改革

2

贅沢三昧したいのです！

転生したのに貧乏なんて許せないので、魔法で領地改革

2

みわかず
Illustration 沖史慈宴

contents

profile

ゲームの世界でいう悪役令嬢に転生
した元日本人。チート魔法使いだが、
領民(主に大人)には残念な子と
思われている。通称お嬢。

ドロードラング家侍従長。冷静沈着、
穏やか。元王宮騎士。
実は以前、剣聖だった。

侍従。王都孤児。王都屋敷から領地までのサレスティアの護衛。その後そのままサレスティア付きになる。騎士を目指す。兄貴気質。少年格闘部リーダー。一座の剣舞担当。念願叶ってやっとルルーと結婚できた、恋愛天然ポンコツ野郎。

侍女。奴隷孤児。マークと共に王都屋敷から領地までのサレスティアの護衛。その後専属に。クールビューティー。一座の歌い手。実は領地に着く前からマークを好きだった。

侍女長。裁縫班長。実は他領の没落貴族。視力が悪く、クラウスが紹介状を出すというのを辞退していた。ルイスの妻。淑女教育係。サレスティアの最も恐れる人。

元傭兵。弓使い。他領出身。値切り上手なので、ハンクさんと組んで買い出しが多い。視力が悪く、傭兵を辞めてニックを頼って来た。基本は農民。時々狩猟班。眼鏡を得てカシーナと結婚。

土属性の魔物。実は四神の一《いち》、
玄武。都心ドーム程度の大きさで地中
より登場。人間の生態に興味があり、
ドロードラング領の発展にものすごく
貢献している。

元傭兵。他領出身。妻と子を亡くす。
基本農民、時々師範。
希望者に剣や護身術を教える。

アーライル国第三王子。乙女ゲームの
攻略対象の一人。真面目で引っ込み
思案。妹に手を焼きながらも優しい
お兄ちゃん。お嬢が一番の友達。
魔法を使えるがまだ勉強中。

タタルゥ国出身。騎馬の民。旦那と
15年前に死別。3人の子供と、5人の
孫がいる。男並に狩りが出来る。
サレスティアを誘拐した事を悔やみ、
王都偵察を志願する。

サレスティアの弟。育児放棄により、
心も体もひどく衰弱している。
亀様の見立てでは、魔物が取り憑いて
いるらしい。

アーライル国第二王女。アンドレイの妹。
ヒロインのアンドレイルートを邪魔する、
黒髪ストレート美少女。
魔法は勉強を始めたばかり。

※2巻冒頭時の年齢です

あらすじ

5才の誕生日に頭を打って、前世の記憶を取り戻した男爵令嬢サレスティア。

同時に、今世が前世でいうところの「乙女ゲームの中の世界」であることに気づく。

前世でド貧乏だった彼女は、貴族特権を行使して「贅沢」を心に誓うも、王都を離れてたどり着いた領地の荒れ果てぶりを見て激怒する。

「どういうことじゃこりゃあああああ!!!」

怒りのあまり魔法に目覚めたサレスティアは、破天荒なやり方ながらも領地改革に全力を注ぐ。

畑を耕したり、出稼ぎをするために魔法を使ったり、へんてこな物を発明したり。

ドーム級の魔物・亀様のサポートもあり、急激に発展するドロードラング領。

そんなこんなで久しぶりに帰還した王都で出会ったのが、第三王子アンドレイと、誕生すら知らされていなかった弟サリオン。

両者との出会いを機に、事態は思わぬ方向へ。

まさかのお客が次々と訪れることになり、領地は本領を発揮する。

ホバー馬車にロールケーキ、イリュージョンに眼鏡、歯ブラシにゴーカート、極めつけはジェットコースター……

あまりの規格外ぶりに、王様まで彼女の味方につくことになるが――

第四章　8才です。
七話　白虎です。

目が合ったと思った次の瞬間、サリオンの目が閉じ始めた。

あ、あっ、あっ！

戸惑っていると、ちっちゃな白猫がとてとてと近寄って来てぴょんとサリオンに乗った。

そしてその姿がぼやけ、フワッとサリオンに溶け込んだ。

スゥ……、スゥ……

規則的な寝息がサリオンから聞こえる。

え!?　えっ!?　何!?　何なの!?

《落ち着け》

亀様の声がする。

《サレスティアが原因だ》

ええっ!!?　何それ!?　落ち着けないよ〜っ！

《お前は気持ちが昂《たかぶ》ると魔力が無意識に溢れるようだ。それがサリオンに吸い込まれ、一時的に目覚めたのだろう。まさか白虎《びゃっこ》とはな、驚いた》

あ、亀様が「白虎」と言った。

てことは本物なんだ…………まじか……

「僕、お嬢の魔力が見えたかもしれない……。さっきお嬢の周りにあったキラキラしたものですか、亀様？」

アンディが呆《ほう》けた感じで亀様に聞く。他《ほか》の皆はまだ呆けてる。

……アンディってこういう時に強いかも……

《アンドレイには見えたか。ならばお前も魔法使いとして将来有望だな。励むといい》

アンディの表情が晴れた。

「ハイ！」と、とてもいい笑顔で返事をする。

良かったねアンディ。一緒に頑張ろう！

それはさておき。

「結局どういうことなの？　サリオンはどうなるの!?」

《時間がかかると言ったろう。サリオンも白虎も、まだ微弱だ》

ん？　私の魔力にあてられて一時的に目が覚めた。……うん、まあ、わかる？　ような？　魔力が溜まってないのになんで目覚めたんだろう？

「ということは、サリオンもお嬢と一緒にいられることを喜んでいるんじゃないかな？　それを知らせたかったんだよ。しっかりと君を見ていたもの」

フフフと亀様とアンディが笑う。

「……良かったね、お嬢。サリオンとも相思相愛だ」

優しく笑いながらアンディが私の顔にハンカチをあてる。

……ごめんアンディ。そのハンカチじゃ間に合わないかもしれない……


「白虎が現れたのならば、サレスティアはアンドレイの婚約者になれ」

サリオンを赤ちゃん部屋にお願いして、再びの執務室にて。

王がとんでもない事をのたまった。

「情緒のない男って嫌ねぇ……」

「何!?」

「あ、申し訳ありません。つい本音が出てしまいました。息子を見習え。あ、また本音が」

「……よし。俺の持ちうる全ての権力でここに国中の人間を集めてやる。玄武がいようとどうにもできまい。調理も宿もてんてこ舞いになるがよい」

「うわっ仕返しが陰険～。友達がいないって不憫ですわね。権力の使い方を間違えても誰《だ～れ》も教えてあげないのですもの～」

「はっはっは。こういう時に発揮されるのが権力というものよ。覚えておけよ小娘が」

「おっほっほ。その小娘を言い負かすこともできないなんて残念なオジ様ですこと」

「くっ！　表へ出ろ！　このツルペタが！」

国王が勢いよく立ち上がる。

「はあ!?　相手を見てケンカ売りなよオッサン！　そのデコ面積広げてやるからな！」

言ってはならぬことをほざきやがって！　やってやんよ！

「いい加減にせんかっ！　この悪たれどもっ!!」

ラトルジン侯爵の怒声が響き渡る執務室。

学園長、侯爵夫人、クラウス以外は真っ青になっている。

……悪ノリし過ぎたか。

王とアイコンタクトを取り、侯爵へ二人並んで頭を下げる。

「「すみませんでしたーっ！」」

もちろん腰を九十度に折る。

「……何が起きたの……？」

王様小劇場よ、アンディ。

息子に見せるにはイマイチな内容だったわね。反省。

「え～、先程の話の、アンドレイ王子との婚約はご容赦下さい」

改めて、王が椅子に腰かけたのを確認してから私も席につく。

「まずはこちらの話を聞けサレスティア。別に四神《ししん》欲しさだけで言ったわけではないのはわかっているのだろう？」

ここで四神を欲しいことを否定しないのが潔いよね～。

王の言うことはわかっているつもりだ。

四神の力はとんでもない。白虎はまだ覚醒前とはいえ、四神の半分がドロ《こ》ードラン《こ》グに揃ってしまった。

これから領地を世間に開いていこうというのに、なかなかの問題である。

「玄武はどうとでもなる。最適な魔法を使って自身でどうにかするだろう。だいたいじっとしていれば小山にしか見えん。だが白虎は駄目だ。明らかに容姿でバレる。猫と言い張れる大きさだったが、突然現れたり消えたりするのも駄目だ。その上、まだ小さいせいか魔力の調整が難しいのだろう、体がうっすらと光っていた。ちょっとした魔法使いなら四神とわかるだろう。……そうなったら、あとは簡単だ」

王が真剣に私を見る。

本気の心配がちょっとこそばゆい。が。

「お前だけではない。サリオンも狙われる」

サリオンを守れたと思った矢先の問題だ。

ギリッと奥歯が鳴った。

「……だからといって、アンドレイ王子との婚約は王家への不信に繋がりませんか？　奴隷王と繋がっていたと言わせたくはありません」

奴隷売買は実は王家が指示を出していた、ドロードラング夫妻は尻尾切りにあった、何らかの取引で娘を王子の婚約者にした、等々《など》。

どうでもいい根も葉もない噂だろうと、ダメージはそれなりにある。

それでアンディやレシィが傷つくのは嫌だ。

「まあ何かは言われるだろうが、それを打ち消すほどの物がドロ《こ》ードラン《こ》グにはある。それに気づいた者はお前を囲い込もうとするだろう、今の俺のようにな」

ニヤリとする王。

「国外からも客を入れるとなると、お前への見合い話は相手が決まるまでひっきりなしになるだろうな」

見合い話ねぇ………見合い!?

「なんじゃその顔は？」

侯爵が呆れた声で言う。

「えっ、だって、私、まだ9才ですよ？」

「貴族なら相手がいてもおかしくないぞ。王太子も第二王子も相手になる女性の選定に入っている。もちろん第一王女も始まっておる」

えええ～っ！　それは王子と姫だからでしょう!?

うちは男爵だよ！　更にその端くれだよ！　見合いなんて前世のお年頃にもなかったのに！

……まあ借金返済で正直それどころじゃなかったけどさ……

何より、ヒロインが出てきたら邪魔者じゃん私！

ヒロインは明るくて素直で何より可愛いのだ。私だって彼女は好きなキャラなのに。

……王道なら王太子が相手になるのか？　でも第三王子のアンディとヒロインが恋に落ちない保証はこれっぽちもない。アンディはすでにイケメンだからね！　美人のフェミニストなんてモテる要素しかないよっ！

「お嬢。婚約の相手が王子ならお嬢に対してそうそう悪いことはできないよ。もちろん弟のサリオンにも。まあ……僕が嫌だと言うなら兄上たちに頼んでもいい」

打ち合わせたようにアンディが会話に交ざる。

「嫌なわけないよ！　アンディを嫌だなんて絶対ない。……だけど、だって、悪いよ……」

「何も悪くないよ。友達の助けになるなら嬉しいよ。それに、婚約者になればこっちに遊びに来る理由に困らなくなる。僕だって下心はあるんだ」

10才が下心とか言うなよ。

でも嬉しい。アンディのその優しさが嬉しい。だから躊躇《ちゅうちょ》する。

「もし他国の王家からの申し込みがあった場合に断り易いというのがこの婚約の第一の理由だ。貴族の大人ほど下心のある生き物はいないぞ。ま、武力を持って手に入れようとはすまい。お前をきちんと調べたのならな」

他国の王家が動く……だろうな～、四神だもんな～、面倒だなぁ。

婿取りとわかれば、それこそ数打ちゃ当たる作戦があるかもしれない。

そこに私への純粋な想いはない。……ムカツク。

「ちなみに、第二の理由は何ですか？」

「ここに遊びに来やすいだろう。優遇してくれ」

……王様よぉ……

「第三には、まあ、武力だ」

……三番目？　ホントに？　思わず疑いの目になる。

それを見た王が苦笑いをする。

「遊具、面白いぞ。武力を覆す程にな」

確かに！　と学園長も笑う。侯爵、夫人、アンディにレシィも。

お付きの皆も私と目が合うと、頷いたり苦笑したりする。

良かった。気に入ってもらえて。

まあそれはそれだ。ちょっと断って、クラウスとカシーナさんをそばに呼ぶ。

「どう思う？　破格の待遇だとは思うんだけど、踏ん切りがつかない」

「お断りをしても構いませんよ？」

「ふふ、クラウスさん、そういうことではないのです。女の子ですから婚約や結婚には思うところがあるんです」

相手が誰であろうとも。

カシーナさんが柔らかく笑う。幸せそうだ。

確かに恋愛に夢がある。片想いしか経験がないから余計に。

アンディのように高スペックな相手なんてそうそういないだろう。

アンディのことは好きだが、それはレシィを好きだというのと変わらない。

だいたい、これから思春期を迎える少年をこんなオバチャンの婚約者にしてもいいのか!?　と自分の良心が叫ぶのだ。

「サレスティア、ひとつ言うが、見合い相手は仕事の休憩中に選ぶことになるのだぞ。睡眠時間も削られる。遊ぶ時間などなくなるし、選んだところで漏れた奴らが夜会などで盛り返そうと何度も寄ってくるのだ。あんな奴より自分を選べとな」

しみじみと王が呪いのように言う。脅しじゃないのそれ？

うわ！　大人たちが皆頷いてる！

「貴族の下心を甘くみるなよ」

うえぇ〜ん、カシーナさぁん!!

「ならば、少し余裕を持たせた契約になさいませ」

カシーナさんに泣きつこうとした時に、夫人が助け船を出してくれた。

「婚約したところで先は長いのです。このまま仲良くいられれば良し。しかし、お互い焦がれる相手が現れることもありましょう。どちらかでもそういうことになれば解消すると、そういう契約にすればよろしいのではありませんか?」

そうであれば目眩《めくら》ましにもなるし、お互い気に病むこともないでしょう。

そう締めくくった夫人に後光が見えた。

アンディを見ればにこりと微笑む。

……ホントに10才か? 頼りになるなぁ。

「……そういう事ならば、お受け致します」

「よろしくね、お嬢」

「ありがとう、アンディ」

正式には来年になるだろうが予約はしたからな。

そう言って国王は侯爵邸に帰って行った。

ワシ一人なら転移魔法を使えるから、これから適当に邪魔をするぞ。

学園長も一緒に送った。

なんだか今日は色々あった……

10才の婚約者ができる予定です。

…………なんか複雑……

犯罪じゃないから——っ!!

第五章　９才です。

一話　風の遣いです。

『お嬢。今いいですか？』

怒濤の婚約者（予定）決定から一週間。

執務室で書類を片づけたところで双子オッサンの兄ザンドルさんから通信が入った。珍しい。たいていは喋るの大好きな弟バジアルさんからの通信だ。

「いいわよ～。どしたの、ザンドルさん？」

『はい。今、タタルゥで羊の放牧をしてたんですが、あ～、あの～、お嬢に会いたいと仰る方がいらしたんです』

バジアルさんはお調子者だけど、ザンドルさんだって無口でも喋り下手でもない。その彼が口ごもった。

『俺としてはわりとお世話になってる方なのでお嬢には会って欲しいんですが、あ、忙しいならまたにするそうです』

誰だろう？

国を出た人が戻って来たのかな？　しばらくうちで暮らしたいってことかしら？　まあいいか。

「今からでも構わないわよ、丁度区切りがついたところだから。ザンドルさんの知り合いでしよ？」

『はあ、まあ、直接お会いしたのは今日が初めてなんですが』

ん？　初めて会った？

「首長たちは？　知ってる人？」

『たぶん、知ってます』

んん？

『じゃあ、騎馬の里で落ち合いましょう。これからお連れしますので、里で待ってます』

「わかった。じゃあ里に向かうわね」

……首長たちもたぶん知ってる……なんだ？　ものすごいお年寄りとか？

……変なの。会えばわかるか。

うちに間借りしてもらってる騎馬の民の集落は「騎馬の里」と名前がついた。

タタルゥは土地のダメージがそんなにないので、放っておくと草が生えまくりになる。ルルドゥもそれなりに回復してきたので、羊や馬の運動を兼ねて、草もついでに食ってきてもらう。最近はうちの牛や鶏も連れて行くようになった。小屋にばかりいるよりはなんだか良さげだ。

放牧は主に騎馬の民がやってくれるのだが、ドロードラング《うち》からも希望者が参加している。馬に乗るのが楽しいらしい。レースもしてくるとか。楽しそ。

亀様の造った転移門で騎馬の民の国とドロードラング《うち》の行き来は一瞬である。楽！

私はクラウスとマークを従えて里までスケボーで移動。

騎馬の里に近づくにつれ、ざわめいた雰囲気が伝わってきた。

「おーい！　ザンドルさんに呼ばれたんだけどー」

私を確認したところから人垣が割れていく。

こんなに集まってるってことは凄い有名人なんだなぁ。どんな人だろ？

人がたくさんで危ないのでスケボーを降りて歩く。そうして首長の家の前に案内されたのだが。

クラウスはどうだか知らないが、私とマークはアホ面をさらしただろう。

そこには、真っ白の毛並みの大きな狼が行儀よくお座りしていた。

私たちが近づいたのに気付いたようで、チラリとこっちを見た。デカイ!!　モ〇か!?

お座りの状態で騎馬の民のテント型の家の高さと同じ、いや、もっとデカイな！　三メートル？

四メートル？　くらい？

「あ、お嬢！　突然にすみませんでした」

ザンドルさんが狼の向こうからこちらへ来た。

「こちらの方《かた》が、さっき話した〝風の遣い〟です」

いや言ってないよ！　人とも言ってないけど！

内心でツッ込んでる間に狼が伏せの体勢になる。あら、いいコ。

《お初にお目にかかる。貴女が白虎の姉君か》

あ～！　白虎の眷属《けんぞく》か！　こないだサリオンから一瞬分離したから気配を摑んだのね！

「はじめまして、〝風の遣い〟。私はサレスティア。正しくは白虎が憑《つ》いてる子の姉、ね」

《それは失礼した。玄武の護りの土地なのでな、中まで入らずにいたため、細かくは調べられなかった。今、人間に聞いたところだ》

「へ～、縄張りとかあるの？」
《そういう意識はないが、力の強いものが寄ると些細なことでもどうなるかわからんのでな。自重したのだ。しかし、案内されたとはいえ、ここまで付いてきてしまい断りもなく済まなんだ》
「それはそれは。気を使ってもらって悪いわね。いいわよ。だってあなた騎馬の民の守護者か何かなのでしょう。私は彼らを信頼してるし、彼らはあなたを信じている。びっくりしたけど問題ないわ。それで、私に用事って何かしら？」
白い大狼《たいろう》はじっと見てきた。ん？
《……我らの長《おさ》である白虎に会いたいのだが、そちらにお邪魔してもいいだろうか？》
「そういうことか～。亀様、何か問題ある？」
《いいや何もない。ただ、白虎が丁度その姿を現すかどうかはわからんぞ》
あ～。その問題があるね。
あ、狼には亀様の声は聞こえるのかな？
「今の聞こえた？」
《承知した。しかし……玄武はどこに？》
もしもの時の為にリュックを背負ってきたので、それに付いているキーホルダー（金具でなく紐なので根付け？）亀様を見せる。
と、狼の目が丸くなった。
《なぜそんな姿に⁉》
《我はそうそう動けぬでな。小さな依代《よりしろ》に憑くことにしたのだ。この娘の提案よ。我は気に入って

いる》

《……囚われているのか？》

《はっはっは。我は望んでこうしている。囚われてはいない》

大きな狼が、キーホルダーの亀と会話をしている。

……平和だなぁ……。

狼が、ほぅと言いながら尻尾をふさりと振る。

……平和だなぁ……。

「お嬢より、ナタリーさん？　あのね、白虎に会いに〝風の遣い〟って狼が挨拶に来てるんだけど、サリオンは起きてる？　うん、うん、じゃあそのまま乳母車に乗せて、玄関で待ってて欲しいんだ。うん、体が大きくて屋敷に入るの辛そうなのよ。はい、じゃあそういうことで。急がなくていいから、お願いね～」

サリオンに憑いてる魔物は白虎だと、もう皆が知っている。なんたって子供たちの目の前でその可愛い姿を見せたのだ。チビたちが我慢できるわけがない。その日の内《うち》に領内を駆け回って、その興奮度合いを見せつけた。

それでもサリオンを無理に起こそうとはしないので、ホッとはした。

サリオンの散歩にゾロソロとくっつくようになったけど。

「まだ寝てるみたいだけど、今から行ってみようか」

《済まぬ》

構わんよ。……なんていうか、亀様と狼しか知らないけど魔物の口調って武士っぽいよね。

クラウスとマークを振り返ると、マークが真っ青になっていた。

「どしたの!?　マーク!?」

顔色が悪いから座りなよと言うと、前もこんな事があったから大丈夫、わかってると言う。どう大丈夫なんだい!?

「お嬢はその馬鹿みたいな魔力量で平気らしいけど、ニックさんの話では一般人は亀様や喋る魔物には普通に対応できないらしいですよ」

——亀様が現れた時だって、お嬢が起き上がるまで強大な魔力にあてられて俺ら真っ青でしたよ。慣れるまで二週間掛かりました。亀様が気付いて抑えるようにしてくれましたけどね。

周りを見れば、なるほど、騎馬の民も顔色の悪い人たちばかりだ。

それでもやっぱり〝風の遣い〟には会いたいのだろう。

首長たちも一度遠目に見かけただけで、話をすることができるとは、と、うち震えていた。良かったね！

それから、整備した大通りを風の遣いは四つ足でてくてくと、私らはスケボーに乗ってゆるゆると進む。風の魔法が使われているからか、興味津々で私らの足元を見る。四つあれば乗れるかな？

ですよね〜。

屋敷への道中、無駄と思いつつ名前を聞いてみたら、教えられないと断られた。

《この道は歩き易いな》

「本当？　やった甲斐があった！　ありがとう。これからこの道を使っておいでよ。また来るのでしょう？」

《え、……また来ても良いのか？》

「さすがに大群で来られると困るけどね。あぁ時々で良いならサリオンを連れて騎馬の民の国に行くわよ。あなたに会えて騎馬の民の皆が嬉しそうだったから、あなたのとこの狼たちも白虎に会えたら嬉しいんじゃない？」

二つ返事で答えるかと思ったのになかなか言わなかった。

《……白虎の許しが出たら来させてもらおう。我らの性質は風だからな、気まぐれなのだへ～。

風で気まぐれか。雰囲気あるな～。


和《なご》やかに会話をしていると屋敷に着いた。

なかなか付き合いのいい魔物だなぁ。

ちょっと待ってもらって屋敷へ確認に向かう。玄関を開けると、乳母車の中で小さくなって震えているサリオンが見えた。

「どうしたの!?」

びっくりさせないように声を抑えてサリオンに近づき、ナタリーさんに尋ねる。私の声に顔を上げたサリオンは、その勢いのまま乳母車から飛び出して抱きついて来た。

ぐほっ!?　ええっ!?　何～!??

「わかりません。お嬢様の声が聞こえたと思ったら目を覚ましたのですが、それから震えてます。何もわからず申し訳ありません」

ナタリーさんもオロオロしている。

狼には魔力を抑えてもらってるのにな。なんだろ？

「サリオン？　どうしたの？　白虎にお客さんなんだけど、会って欲しいんだ」

頭をグリグリグリグリと横に振る。じ、地味に痛い……こんなに元気いっぱいで嬉しいんだけど、本当にどうしたんだろう？

あ。

「……もしかして、あなた、白虎？」

背中をポンポンとしながら聞くとコクンとした。

「あなたに会いたいって、真っ白な狼さんがそこまで来てるよ」

またグリグリとやられる。イデデ。

……何だろ？　会いたくないのかな。

「会いたくないの？」

バッとサリオンが顔をあげると、目がうるうるとして口が真一文字になっている。

……今までが無表情だっただけに、ものすごく可愛く見える……

いやいや、姉バカしてる場合じゃない。せっかく連れて来たけど、またにしてもらおうかな。

あ〜あ、ごめん狼さん。

「ねぇ、抱っこしたままでいいからちょっとだけ会わせて？　今日は帰ってもらって、あなたが落ち着いたらこっちから会いに行くって言うから。お願い」

渋々と頷いてくれたので、サッと玄関のドアを開ける。

「ごめーん！　なんだか機嫌が悪いみたいで、機嫌が直ったら騎馬の民の国に……」

狼からふわっとした光が伸びてサリオンを包んだ。

途端、サリオンから力が抜ける。

すると光はサリオンから離れて私たちと狼の中間に止まった。光の玉と狼は細い光で繋がっている。

そして、光の玉は小虎の姿になった。

えええっ!?　前より大きくなってる！　そして狼を威嚇してる！　なんで!?

《やめろっ！》

小虎が喋った!!

《われはまだここにいたいのだっ！　ちからをそそぐなっ！》

ブツッという音がしそうな勢いで光が途切れた。

《さりおん！　さりおんはぶじかっ!?》

小虎がこちらに駆けてくる。しがみつかないサリオンはさすがに重たいので、座りこんでいたのを小虎が覗きこむ。スヤスヤと寝てるようだし、顔色も悪くない。

小虎がヘナヘナと伏せる。

《ハ〜、よかった……むりやりはがされたから、びっくりした……》

《白虎よ、なぜ力の譲渡を拒むのだ。この力は貴方のものだ》

狼が唸るように言った。
《いまはいらん。われは、さりおんがひとりでたてるまで、ともにいるのだ》
《なぜ!?》
《だっこがきもちいいからだ！》
………はあ？
《あのあたたかくふわふわとしたのは、きもちいいのだ。おまえたちとはまたちがうのだ。さりおんについていれば、みんながだっこしてくれるのだ》
脱力……
なんだか狼も脱力してる気がする……
《おおきくなったら、だっこしてもらえなくなる。だから、まだいらないのだ》
………明らかに狼が困ってる。
と同時に、一つの疑問が浮かんだ。
「ねぇ、白虎がサリオンを小さいままにしてるの？」
《ちがう。さりおんのこころがちいさいのだ。おまえたちがそばにいるから、いまはおおきくなろうとしている。われのまりょくは、そのてつだいをしてるのだ。さりおんがうまれてから、ずっといっしょだからな！》
得意気に鼻をふんと鳴らし、ちょこんとお座りをしたが、すぐにしゅんとする。
《でも、われがおおきくなってしまえば、うまくわたせぬ。こまかいことは、へただからな。だが、げんぶにまかせるのも、くやしいのだ》

マークが玄関先で座りっぱなしの私からサリオンを抱き上げ、乳母車に寝かせた。小虎はそれを覗きたいらしいが、前足を掛けるので精一杯の様子。見かねたマークが小虎を抱っこする。嫌がるそぶりどころかぴったりとくっつく。本当に抱っこがお気に入りなんだな～。

《白虎よ、確かにサリオンはまだ微弱だが、今は生きる意志があるのだろう？　今のお前の大きさでも大丈夫ではないか？》

《げんぶよ、われはこまかいことは、へただ。さりおんを、こわしたくない》

《ならば、お主が慣れるまで我が手伝おう。均等になったら、また一緒になれる》

小虎がぴょっと首を伸ばす。

《ならばたのむ！》

それから、小虎がふわりとサリオンを踏まないように乳母車に乗り、キーホルダー亀様も枕元に置く。

小虎がキラキラと光りだすと、糸のような細い光が小虎からサリオンへと繋がれた。サリオンもほわりと光りだす。

《……なぜ、人間に肩入れするのだ……我らは百年、白虎の復活を待ち続けたというのに……》

グルルというような唸り声が後ろから聞こえた。狼の鼻に皺が寄っている。

まあ、怒りが湧くのもなんとなくはわかる。だけど、こっちだってサリオンを諦めるわけにはいかないし、あれだけ懐いている白虎を無理矢理渡す気もない。

狼の前に立つ。クラウスとマークが私の両脇に立つ。

狼の周りの空気がざわめく。

私も魔力を練る。

「百年も待たせて悪いのだけど、もう少しだけ待ってもらえないかしら？　私も弟が可愛いのよ」

せっかく両脇を固めてもらったけど、魔法対決のようだから私だけ一歩前に出る。

《力は……持つべき者が持たぬと、狂うのだ》

え。

《我は、白虎の白虎たる力を預かっているだけだ。暴走を抑える為、なるべく眠って過ごした。だが、我も自由に駆けたい！　白虎はもらう！》

狼に虎の模様が浮いたと思ったら、息もできない程の風圧がかかる。屋敷の窓がガタガタ鳴る。

地面の砂が巻き上げられる。それらが天まで届く。

竜巻。

その強風の向こうで、狼の目が紅く光る。

ワオオオ――――ンン!!!

遠吠えとともに竜巻が動き出す。

と同時に、サリオンを狙ったのか狼も飛び出してきた。

速い！

黒い影が目の前に迫る。

でも。

バコオオォォンン!!!

私の愛刀ハリセンに叩きのめされ、地べたに四肢を投げ出しピクピクとする狼。

竜巻も消え、平和な空間に戻った。

「私の躾は厳しいわよ」

「……そういうことじゃねぇよ……」

え？　動物の躾は最初の一発が勝負だってじいちゃんが言ってたんだけど、違うの!?　動物を飼った経験がないんだけど、え!?　違うの!?

マークが脱力してる。クラウスも残念そうな顔で私を見てる。

「だいたい、狼の言い分は間違ってないと思うんスけど？」

「そうですね。元々は白虎の力と言っていましたし、過分な力は人も魔物も辛いのですね」

「まあ、坊っちゃんを無理に拐《さら》うなら阻止しますけど」

「その通りです。ですが……」

二人が痛ましそうに狼を見る。……うぅ。

「どうにかしてやって下さいよ、お嬢」

決定!?　えぇ～っ!?　どうにかってどうよ!?

「亀様のように力を容《い》れられる依代ができればいいですね」

「あ、なるほど。でも、亀様は力を制限してくれてますけど白虎のあの様子じゃあ、小分けにって無理っぽくないですか？」

う～ん、と二人で唸る。確かに依代ったって亀様だからこそできてる感じもあるよね～。

あ。

「何か、思い付きましたか？」

「力をそのまま具現化すれば良いんじゃない？」

二人が不思議そうにしてるのを置いて狼に近寄る。

そのまま触れる。ふあぁ！　もふもふっ!!

ごほん。

ええ～と。想像想像………よし。

回復するようにまずは私の魔力を狼に注ぐ。少しずつ注ぎながら狼の魔力を探る。

あー、白虎の力って、まんま「白虎の力」なんだ～。これを百年抱えてたのか。そりゃあこんな強大なモノ暴走もするわ。

《何をしている》

あ、お邪魔してます。貴方に負担にならない程度に白虎の力を取りだそうと思って、どんなもんか探ってたとこ。

《我から出れば、白虎に流れるだけだ》

うんだから、貴方と私の魔力も混ぜれば何とかなるかと思って。

《そんなことができるのか？》

私、想像だけで色々やってきたから。じゃあ、ちょっとやらせてね。

そうしてしばらく。

そっと目を開けた私の前に、真っ白い狼と真っ黒い狼がお座りしていた。

おお、白黒に別れるとは。でも概ね予定通り。お互いに見合ってるのが面白いな～。

「じゃあ、貴方がシロウで、貴方がクロウね！」

仮名《かりな》を付けたもの勝ちとふざけて言ったら、私と二頭がふわりと光った。
え？
《……主従契約が結ばれたぞ》
真っ白シロウが呆然と呟いた。
なんで!?　真名《まな》じゃないのに！
《新しい個体と認識されたのだろう》
真っ黒クロウが言う。
……それはもう、誠心誠意、二頭に土下座しました。
適当な名前でご免なさい!!
バァン！　という音に振り向くと、
《いまのはなんだっ!?》
と、虎耳と尻尾を生やしたサリオンが立っていた。
細い手足に、ふわもこケモミミ&シッポ。
可愛いっ!!　何あれ!?　うちの子可愛いぃっ!!
そこで私の意識は途切れた。
……鼻血、出てませんように……？

二話　断罪。

魔力をかなり消費したのだと、目覚めてから気づいた。

だよね～。四神ではないとはいえ、話す魔物は高位だと聞いてたのに、すっかり忘れてた。

白虎と狼と私の魔力は５：２：３で混ざりあい、白と黒に別れた。

白虎の力を抑えるのが楽だと二頭が言ったのでホッとした。この時に私の魔力が狼を上回ってしまったから主従契約が成り立ってしまったのだろう。

今度は五日間寝込んでしまったので、久々の全員説教が行われた。

……正座の形に足がくっつくんじゃないかと思った。人数が増えたから長いのなんの……

亀様いわく、私の体が大きくなったから前回より回復が早かったとのこと。皆がおっかないので、一人、心の中で自分の成長をそっと喜んだ。

サリオン、というか白虎だけれど、彼も狼が白黒二頭になった事を喜んだそうだ。そう説明してくれた二頭の尻尾が揺れていた。

良かった白虎に怒られなくて……騎馬の民たちにも怒られなくて良かった……

狼たちは基本白虎の眷属のままらしい。

本人（？）たちにはわかるそうだ。まあ、二頭には自分たちの仕事をそのまま頑張ってもらいたい。白虎が完全復活するまでの風系魔物の取りまとめを。

私がピンチの時は駆けつけてくれるらしいので、そこは一応の安心である。うんうん、迷惑にならない程度にどこまでも走っておいで〜。

白虎はとりあえずサリオンに合わせて一日ほぼ睡眠の生活をしてる。

この間サリオンの体で動いた分、筋肉痛になったそうだ。なのでつまらんと言いつつもサリオンの筋力アップ体操をしている。皆で抱っこもおんぶもするから体操頑張って！

白虎のおかげで起き上がれるようになり、食事も固形物が多くなってきた。量はまだまだ少ないけど、サリオンがご飯を食べてる姿に感動である。

耳と揺れる尻尾にもデレデレだ。

やはりこの姿は良かったらしい。

目覚めた時には猫耳カチューシャができていた。

狩猟、土木、鍛冶、服飾、細工、薬草班の合同開発だそうだ。

どんだけの力の入れようだよっ！　おかげで可愛いのができたよっ！

……あの厳《いか》ついオッサンたちをも魅了する白虎サリオン……恐ろしいコ!!

……子供たちにカチューシャ付けて、うんうん、出し物一個増えるな。ラインダンスとか？　だとすると尻尾も要るな。相談しよ〜、そうしよ〜。

そうやって英気を養い、来《きた》るべき両親の断罪の日に、備えた。

その場所は王城内にあった。

四角く、石壁に囲まれた部屋。罪人は両手を後ろに枷《かせ》をされ、二人の兵士に槍を突きつけられながら部屋の中央に連れてこられる。

王や役人は罪人の正面に、聴衆は部屋の壁に沿って設置されている椅子に座る。

罪人の現れる場所は三メートルほど低い。

この部屋は小さな四角いコロッセオのようだ。

私はクラウスと、王から遠い後方の隅に座った。

今さっき、母親の審議が終わった。

彼女は、自分はただ家で大人しくしていただけだと言い張った。全ての罪は旦那にあると。なりふり構わずに涙と涎と失禁で無実を訴えた。

自分は無知なので罪はないと。

自分の親というより、こんな大人が目の前にいることが受け入れられなかった。

私も何かの罪であの場所に立たされたらああなるのかとぼんやりしていると、隣に座るクラウスに手を握られた。

そうだ。

私の守る者は彼女ではない。

私は王に許しをもらって、望んでこの席についた。行く末を見なければいけない。

結局、彼女の罪は許されることはなく、連れられて行きながらも、二人の子供の事は一言も発しなかった。自分の実家名を連呼しただけだった。

失禁の跡を掃除してから、父が入ってきた。

思っていたより、いや、先程の母が印象的だったので余計に堂々として見えた。

「ジャック・ドロードラングの審議を始める」

審議のやり取りは国王と罪人とで行われる。

この三十畳程の部屋には、王に嘘は通じないという魔法が掛けられているそうだ。

罪状を読み上げられ、違いありませんと応える、父のその表情は見えない。声の調子ではどんな表情をしてるのかすらわからない。

私たちの間にそんなものを理解するまでの時間はなかった。

「奴隷を奴隷として扱って、何の不都合があるのでしょう?」

王の、何かあるかとの問いに父がそう応えた。

「この国は奴隷を廃止してはいません。そして必要とされています。需要と供給と市場があるのに、なぜ、罰せられなければならないのでしょうか?」

あぁ。

「スラムの子供たちなどただ死んでいくだけです。それならば少しでも役立ってから死ねばいい。どうせ国の保護もないような価値のない人間です。それを有効活用しただけでございます」

国王がそっと息を吐く。

「我が国の奴隷制度は戦争奴隷にのみ適用される。そなたの言い分は受けられぬ。それにだ、未成年の売買は罪だ。需要があろうが認めてはおらぬ」

父の肩が少し揺れた。

「私の取引先は、認めていないと言ったところでどうにもならないでしょう?」

笑ったらしい。

それに対して王も、鼻で笑った。

「そなたのお陰で貴族の数が大分減ることになった。これで納税も滞りなく行われることになろう」

まさか、と彼が呟いた。

「膿《うみ》は出さぬと傷の治りが遅いそうだ。大怪我であったが、結果としては良かったな」

王がニヤリと笑う。領地で見た顔と全然違う。

「馬鹿な!? あり得ない! 伯爵だぞ! 姫が降嫁したこともあるんだぞ!」

「だからなんだというのだ。そのような昔のこと、血も薄まったであろうよ。意味などもうない。奴らなどもはやただの膿だ」

父は弁解をするのかと思いきや罵詈雑言を浴びせた。取引のあった貴族の名前を片っ端から並べたり、名のある大商人もいると騒ぎ、王だろうと簡単には捕らえることはできない筈だと。

王が止めなければ、罪人だろうと気が済むまで喋れるらしい。そうやってポロッとさらなる真実をこぼすことがあるそうだ。まあ、今回、新しい事実はなさそうだけれど。

後ろ手の枷は鎖が付いていて、その端を兵士が握っている。父は前のめりになってもその場を動けない。動けたところで三メートルの壁は登れない。

彼奴《やっ》に嵌《は》められたんだと言って、とうとうその場にひざまずいた。放心したようにも見える。馬鹿な馬鹿なとぶつぶつ言っている。

「断罪に処す。……そなたには子供がいたな。何か遺す言葉はあるか」

王が、母の時には聞かなかったことを父に聞いた。父は、子供……とぶつぶつ言う。

ぶつぶつと、言うだけだった。

兵士が父の両脇を抱えて立たせ、王に一礼して出口に向かう。

ほぼ正面で父の顔を見た。

チラリと目が合った。

合ったと言っていいか迷うほどの一瞬だった。

そして父の視線は、私の隣に座るクラウスに注がれた。

目がカッと開く。この距離でも充血しているのがわかる。さっき暴れたから、髪もぼさぼさだ。

「クラウスっ!!　お前か!!　お前のせいかっ!!」

唾を飛ばし涎を垂らしながら先程よりも強く叫ぶ。

ゆらりと立ち上がり、その様子を静かに見下ろすクラウス。

それが気に障《さわ》ったのか、ますますヒートアップする父。

邪魔をするなと言ったのに。親父の犬が。あの領地で朽ち果てればいいものを。当主印を渡した時に勝手にやれと言っただろう。金《かね》は全部私の物だ。お前にはやらん。サレスティアにも何もやらん。売り飛ばすはずだったのに気持ち悪くなりおって……等々。

私の名前をまだ言えたんだ。ねぇサリオンは？

残念だけど、お父様のものはもうその体しか残ってないよ。

領地にあったのは全部売り払ったよ。一級品なんてなかったけど、少しは助かったよ。

お父様、私、ここにいるよ?

「サレスティア」、ごめん。

あなたの両親、助けられない。助けたい気も、起きない。

……ごめん、サレスティア。

クラウスにも叫び尽くしたのか、静かになった。またぶつぶつと何かを言っている。

そうして兵士に連れられ、父はいなくなった。

「刑は、明日《あす》執行する事とする」

終了の合図に王が颯爽と部屋を出る。それを確認した後、ギャラリーが各々席を立つ。彼で今日の審議は最後だった。

私は、それをぼんやりと見送っていた。

その間、クラウスは立ったままだった。

三話　～クラウス・ラトルジン～

自分は兄に倣《なら》って文官になると思っていた。

だから学園では騎士科でなく、文官科に入った。

魔法科もあったが自分に魔力はない。というか遡っても我が家に魔法使いはいなかった。

転機は国で行われる武大会に出場したことだった。

貴族なので小さい頃から剣を嗜《たしな》み程度にやってはいた、と自分では思っていたが、共に練習をする兄は、早くから自分の剣技に注目していたらしい。自分は、対戦するといつも負けてくれる兄を優しい人だと思っていた。

武大会は希望すれば誰でも参加できた。

その年は兄も文官の職に就き、懸命に働く兄の希望ならばと、兄の勧めで大会への出場を決めた。学園からの出場者で騎士科ではないのは自分だけだったので、これは直ぐに帰ることになると思った。負けるにしても精一杯やれば兄も喜んでくれるだろうと。

気負いがないのが良かったのか、トントンと勝ち進んだ。対戦相手たちは自分のひょろりとした体軀に油断をするのか、隙だらけで、攻めるのは容易だった。トーナメント制なのであっと言う間に人数が減っていく。

気付けば学園の生徒は自分だけが残っていた。そのことに微妙な気持ちになったが、兄が激しく喜んでいるので良しとした。

準決勝の四人に残ったが他は現役の騎士だ。

ここまでだろうと思ったが、やはり手を抜かれたのか、優勝することができた。

自分には運があった。この時はまだそう思っていた。

次の年に優勝した時もまた、運が良かったと思っていた。

三年目におかしいと思った。

一瞬、兄が八百長を仕組んでいるのではと疑ったが、そんなことをしたところで我が家には何も益はないと考えを改めた。

すみません、兄上。

しかし弱い。というより攻め入る隙がありすぎる。そんな悔しそうな顔をするならば自分の弱点を見直せと思った。

でも戦争では勝ちもする。個人の武力と団体の武力は必ずしも一致しない。結果、戦争に負けなければいいのだ。

学園を卒業後は文官ではなく騎士団に配属された。

武大会を三年連続で優勝してしまったので有無を言わさずの配置だった。

よくよく考えればうちも領主ではあるので、有事の際は次男の自分が出陣しなければならない。

その時の指揮の仕方を実地で学ぼうと気持ちを入れ換えた。

騎士団に配属されて二年は戦争がなかった。その間も武大会に出場し、五年連続で優勝したので殿堂入りとなり、もう出場してくれるなと言われた。

正直ほっとした。これでもう無駄に絡まれることもなくなるだろうと。

優勝の褒賞はいつも酒をお願いしていた。自分はあまり呑まないが、兄を始め領民は呑兵衛が多い。褒賞をもらえなくなり残念がっているが、まあ、来年からは給料で買うことにしよう。

そんな風にのんびりとしていたらハスブナル国が攻めて来た。

一番に準備を終えたのが自分の隊だったので、そのまま偵察を兼ねて出陣した。とにかく旗を掲げ敵を怯ませて援軍を待つのが仕事だった。

現場の村に着いてみれば、敵方も一個班のようだった。

隊を二つに分け、旗の準備と敵本隊がどこにいるか偵察に出した。

その間にも村は蹂躙《じゅうりん》され家は燃えていく。どんどんと人が倒れていく。鉄の匂いが漂う。下卑た笑いが響く。

子供が一人こちらに逃げて来たのを、敵兵士が四、五人で笑いながら追いかけて来た。その内の一人が子供に向かって投げた剣を、飛び出して叩き落としてしまった。

しまったと思った。が、そのまま敵兵を全員斬り伏せた。

何かが外れたのかもしれない。

そのまま村に飛び込み、偵察班が戻って来るまでに敵兵を一人で全て倒した。

隊長として失格だと、歴戦の軍曹に怒鳴られた。

こういう勝手な行動が戦局を左右することがあると教わっていたのに。

悪いのは自分なので素直に謝罪した。

結局、敵本隊は遠くの平地にあり、村にいたのは偵察部隊の一つだったようだ。

向こうが派手に動いたからこちらも気付けたのだろう。

追い付いた隊長たちと今後の方針を決める。

軍曹に自分はどうしたらいいかを確認した。先頭に立ちたいと訴えれば却下される。

偵察部隊は機動力に優れてはいるが戦闘力は大した事はないことが多い。さっき全滅できたからと言って本隊もそうとは限らない。それに、侯爵家の人間を前に出すわけにはいかない。

最後の言い分には何も言い返せず、大人しく指示に従うことにした。

ふと気がつけば、手が震えていた。

人を斬ったのはこの時が初めてだった。

ハスブナル国との戦は一進一退となり、負傷者が増え、しばらく後方支援をしていた自分の隊もとうとう前線に出ることになった。

舌打ちする軍曹に、こんな不甲斐ない隊長に付くことになってすまないと言うと、違いますよ、ハスブナルなんぞに一進一退の状態を許す指揮を執ってる奴への舌打ちですよ、と笑った。俺はラトルジン様に付けて良かったですよ。若い奴をしごくのは楽しいですからね！

結果として、自分の隊はほぼ無傷で戻れた。

自分の剣は戦場でも通用した。不思議とどう動けばいいかが見えた。

ただそうすると隊から自分が突出してしまうので軍曹には怒鳴られることになったが、それで部下を守れるなら構わないとも思った。敵が途切れないからひたすら斬るしかない。

無心で動いている内に敵が引いたらしい。

自分の周りに敵兵がおらず、どこに？　と巡らせた時に勝鬨《かちどき》が上がった。

本部に戻れば、勝鬨を上げたとはいえ損害は少なくはなかった。どうやら名のある将が集中して狙われたようで指揮系統の編成が行われた。

自分は言われるまま前線に立った。

たくさん斬った。

戦場ではよく眠れなかった。

手の震えは続いた。


よお！　今日もよろしくなっ。

戦争が始まって二週間経つ頃、いつの間にか組むようになった部隊の隊長が自分の肩を叩いてニカッと笑う。

彼は地方領主で到着が遅れたが、着いた早々自分のいる前線に出された。

お前は俺の後ろにいろ！

初っぱなの言葉がそれだった。

真っ青な顔で剣を持つな！　おっかねぇんだよっ!!

何を言われたのか理解するのに数秒かかった。

彼は強かった。誰かの闘う姿に見惚れてしまうなんて初めての事だった。

そして彼の隊も強かった。

勢いもあったのだと思う。あっと言う間にその時の戦闘は終わった。

呼吸を整えながら彼がこちらに来る。

「ジャン・ドロードラングだ。これからあんたの隊に交ざる事になるらしい。よろしくな！　俺は男爵だが戦地経験は俺のが先輩だ。ということで丁寧な言葉づかいが苦手なのは勘弁してくれ」

まったく悪びれる事なく、ニカッと笑った。

ジャンが来て、彼と行動するようになって、常にあった吐き気が治まった。食事も少しずつ前より取れるようになった。

軍曹が自分の顔を見て小さく、良かったと言った。

確かにろくに眠れていなかったがそんなに顔色が悪かっただろうか？

ジャンに聞けば、最初に見た時は死人だと思ったと言われた。

「今は病人になったとこだな！　がっはっは！」

笑うところか悩んだ。

開戦から一月《ひとつき》という早さで終戦となった。

ジャンの恐ろしい程の体力が効いたのだろう。彼の操る鉄の棒は、敵を懐に入れず、彼に放たれた矢をも叩き落とし、魔法使いの放った火の玉さえ弾き返した。

彼がそばにいるととても安心できた。守られている気さえする。

彼の背後を補助するのも、昔からそうしていたような感覚だった。

お前がいると楽だな〜！

そう言われるととても嬉しかった。

こんなに早く終わるなんてジャンのお陰だなと讃えれば、その場にいた兵士たちにまで反論された。

あの的確さで何人倒したと思ってるんですかっ！　俺が一人倒す間に十人は倒れてましたよっ！　魔法使いが魔法を使えずにやられるのを初めて見ましたっ！　隊長が何処《どこ》にいるか見えないのに敵だけはバタバタと倒れていくあの恐怖っ！　鬼ですよ鬼！　戦場の鬼！

それらを聞いてジャンが笑う。

「今回の戦、クラウスが一番に働いたと断言できる。なんたって前線の最前にいて終戦まで生きているんだ。お前は強い。俺らはそのおこぼれを貰えたからこれから自力で家に帰れる。ありがとな」

帰る。

……そうだ。もう皆と一緒にいられない。

うちはスゲェ田舎だけどいつか遊びに来いよ。そんで手合わせしようぜ！

祝勝会でさんざん呑んで、翌日ケロッとした顔でジャンたちは帰って行った。

それを、見えなくなるまで見送った。

侯爵邸に帰れば、兄とその婚約者があたたかく迎えてくれた。

今回の戦について自分の下に付いてくれた者たちに手厚い褒賞をお願いする。彼らの働きがあって自分が好き勝手にできたということを反省した証《あか》しに。

情けなく恥ずかしい事だったが、二人の喜びように甘えてみた。

もちろんだとも！　と、兄は快諾してくれた。

食事はやはりたくさんは食べられなかったが美味しく感じた。色々と話をした中にジャンのこともあり、いつか領地に行ってみたいと話したりもした。

その夜の久しぶりの白分のベッドは、驚くほど眠れなかった。


剣聖。

それを賜《たまわ》った後、騎士団から近衛に配置換えされた。

どうやら自分の働きはだいぶハスブナル国に恐怖を与えたようで、ついでに他国への牽制に目立つ処《ところ》にいろという事らしい。

近衛用の部屋に引っ越ししてしばらく経つと、暗殺者が現れるようになった。毎晩一人、多ければ五人。何の苦もなく返り討ちにする。どうせ夜は眠れないのだ。毎晩暗殺者を迎える準備をしていた。

手が震える。

……ここは戦場ではない……

自室の鉄の匂いに吐き気が止まらない。いつも綺麗に掃除されているのに……

三月《みつき》ぶりの兄上は、自分を見るなり泣きながら抱きついて来た。……苦しい。

王に、自分の文官への配置換えを嘆願したという。文官になれば手の震えは止まるだろうか？

まあ、あり得ないことだ。兄の訴えは幾度も上げられたが、全て却下された。

暗殺者とは思っていたよりも遥かに多く存在してたらしい。ほぼ毎晩襲撃された。

年明けにジャンに会えるかと思ったが、雪がたくさん積もってしまい、雪かきをしなければ屋敷が潰れそうで年始の挨拶どころではないと手紙が届いた。俺も会いたかったのに残念だ、という一文に、泣きそうになった。

残念だが、まあ自分もきっと仕事だ。会えたとしても一言くらいしか交わせなかったろう。

またいつか会える。

暗殺者はたまに王を狙って来る者もいる。その度に警備は何をしてるのかと思う。近くまで来られると掃除も洗濯も大変になるので、懐《ふところ》に投げナイフを常備するようにした。

暗殺者の質が落ちたのか、気配が隠しきれておらず、狙い易い。

兄の結婚式が執り行われた。めでたい事だ。

そのめでたい日に、鉄の匂いの気配のする近衛服で出席しなければならないことが居たたまれなかった。この日の為に新しく作ったのに。

兄も義姉も幸せそうで、自分も心から喜んだ。

お前の婚約者が決まったぞと兄に言われ、小柄な伯爵家ご令嬢と会った。

驚いたが、兄の結婚式で顔合わせをしたことを申し訳なく思い、ご令嬢にそれを伝える。

貴方がお忙しいから我が国は今平和でいられます。頼ってしまうことが心苦しいですが私に貴方を支えさせて下さい。

慎ましく微笑む彼女に少しの癒しを感じた。

その夜も暗殺者は現れた。不粋だ。

次の日も、その次の日も。

「クラウス！」

休みの日に兄の買い物に付き合っていたら道端でジャンに会った。

「……ジャン！　どうして王都《ここ》に？」

「年始の挨拶だよ。スゲェ雪だって手紙に書いたろ？　王様にも遅れますって出したんだ。で、今日挨拶してきて今から帰るところさ。城に行けばお前と会えると思ってたのに休みだって聞いたからさ、びっくりさせようなんて企んだことを後悔してたところだ」

ははっ！　会えたな！

相変わらずの笑顔に、気を失った。


侯爵邸の自室で目覚めた。そばにはジャンがいた。

「よぉ。眠れたか？」

辺りは暗い。

「……すまない、帰るところだったのに……」

「いいさ一日くらい。まあアレだ、年始のすっぽかした分だな。宿代が浮くわ、飯は豪華だわ、お前ん家最高だぜ！」

がっはっは！　と笑うと椅子から立ち上がりベッドに腰を下ろし、手を伸ばして額に触れてきた。

あたたかい……

「まだ冷えてるな……よくまあここまで頑張ったな。お前やっぱり真面目な馬鹿だろ。ははっ。……………辛い時は辛いって言うもんだ。お前の兄貴はそれを待っている」

あたたかい。

「戦場を離れりゃあ楽になるだろうと軽く見てたわ。しっかりしてても18だったな。年が明けたから19か？　……悪かった」

大きくごつごつとした手のひらが視界を遮る。

暗闇が、あたたかい。

「お前は何を我慢してる？　俺にも教えてくれよ」

優しい、声。

目が熱い。

……私は……

「うん」

「わ、私は……もう……誰かを殺す為だけの刃《やいば》を！　持ちたくないっ……!!」

涙が出た。子供のように泣いた。

ジャンはずっとそばにいて、ずっと手を添えていてくれた。

そうして落ち着いた頃。手を外されたので起き上がった。

少々恥ずかしかったが、ジャンを見れば今までになく優しく笑っていた。

「任せろ」

そう言って今度は頭をガシガシと撫でてきた。

何かが晴れていくような気がした。

帰り際、ジャンは木刀を寄越した。

「クラウス、お前は腕が立つ。が、まだ若い。今度は木刀《これ》で相手を気絶させろ。難しいだろうが修業だと思えばできないこともない。気絶なら後の掃除も洗濯も減るぞ？　なんてな！　がっはっは！」

　一緒に見送りに出た兄も呆れている。

「クラウス、任せろと言ったが少し時間が掛かる。悪いがそれまではその木刀を俺だと思ってお守りにでもしてくれ」

「絶対に折れなそうだな……」

「どういう意味だ、兄さんよ！　世話になっといてなんだが、あんた少々失礼だな！　美人嫁に逃げられろっ、いや、捨てられろっ！」

　そうしてジャンは、姿が見えなくなるまで兄と大声で罵りあいながら帰って行った。

　その年の武大会はなんとジャンが優勝した。

「領地が遠いし大会のある時期は収穫期で忙しい。収穫期など、領民の殆どが殺気立つ。力試しに行きたいなどと言える雰囲気ではないし、大会のことはいつも終わってから思い出す。殿堂入りした奴が17才と聞いてびっくりしたよ。まあ、納得の強さだったな～」

　そう言っていたのになぜ大会に出ている!?

　自分の定位置は王のそばなので全ての試合を観られた。

　やはりというか想像以上に圧倒的な試合内容で、誰もが驚いた。

　優勝が決まった瞬間、こちらを見た気がした。

　表彰式で褒賞は何が良いか聞かれると、王の斜め後ろに立つ私を真っ直ぐ見た。さっきのは気のせいではなかった。

「クラウス・ラトルジンを、我が領屋敷の侍従長として迎えたい」

歓声に沸いていた会場が一瞬静まり、今度は罵声が飛び交った。

「王よ。王都では文官を目指していた少年を騎士団に入れるほど文官が余っているのでしょう？　一人でいいんで融通して下さいよ」

剣聖を侍従長にするとは！　など、剣聖は王から賜ったのだ！　不敬だ！　など、褒賞はやれぬ！　など、一人で帰れ！　などの野次が投げつけられても、ジャンは王を睨んだままだった。

……睨むなど不敬だぞ。だけど。

剣聖がいなくなればまたハスブナル国が攻めて来るではないか！　と聞こえた時、

「喧《やかま》しいわっ!!!　剣聖だろうがっ、一人の騎士に全てを押しつけていることに恥を知れっ!!!」

ジャンが吼《ほ》えた。

辺りが鎮まる。

「クラウス一人が我が国を守っているわけではございません。たくさんの人間が居《お》ります。剣聖一人が表舞台から消えたとしても、強国であるという働きをする者たちです。どうぞ、その者達の忠義を讃えていただきたい。それを、信用していただきたい」

しばらくの沈黙の後、国王が私を振り返る。

「お前を手離すのは軍部の縮小に匹敵する。……ラトルジン。ドロードラングの侍従長になりたいか？」

国王が、私に意見を求めた。

膝をつき、頭《こうべ》を垂れ、答えた。

「許されるならば」

そうか、と小さく聞こえた。と、国王はジャンに向かい高らかに宣言した。

「あいわかった！　ジャン・ドロードラングへの褒賞に、クラウス・ラトルジンを侍従長にすることを認める！」

ざわめきが起きる。

「剣聖ラトルジンは不死ではない！　ならば、彼がここを去ることは早いか遅いかの違いだ！　剣聖がいなかろうと、我が国の強大さは変わらない！　それをこれから証明していこうぞ！」

国王の宣言に涙を堪《こら》えた。

そうして大会は終了し、私はジャンに付いてドロードラング領へ向かうことになった。

「馬車だと時間がかかるんだよな～」

「すまないが、私も嫁さんを連れて行きたいんだ」

「申し訳ありませんジャン様。クラウス様について行きたいので、どうぞご容赦下さいませ」

へぇへぇ～。そう言いながらも荷物を馬車に積み込むのを手伝ってくれている。

「何度も聞きますが、荷物が少ないのではないですか？」

「クラウス様、私は貴方を狙う為にお父様がたまたま思い出した庶子ですので、本来はドレスなど必要ないのです。必要な物はきちんと入っておりますので心配無用ですし、足りなくてもどうとでもなりますよ」

ニコニコと荷物を積み込む彼女が眩しい。

ジャンのところで侍従長になるにあたり、色々な所から圧力が掛かってしまい貴族籍剥奪となった。まあ、剣聖を返上したことが不敬に当たるという事なのだが、逆に身軽になって喜んでいる。

しかしその事で兄には迷惑を掛けたし、婚約も解消するはずだった。

彼女の家は剣聖でもなければ侯爵家でもない男に用はなかったのだが、彼女は一人で手続きを済ませ飛び出してきてしまった。

玄関でトランクを一つ持ち、「私も庶民になりましたので、どうぞおそばに置いて下さいな」とにこやかに微笑む彼女を思わず抱きしめてしまった。それについてはいまだに義姉上にニマニマとされる。

もちろん、嫁にするなら彼女しかいないと思っていたので拒む理由はないのだが、だからこそ苦労をさせるのは忍びない。

「剣聖であることも素敵でしたが、お兄様からたくさんのお話をお聞きしました。私は頑張り屋さんのクラウスさんを支えたくて来ました。貴方を好きなのです。迷惑ならばはっきりとそう仰って下さい」

「迷惑だなんて！　私も貴女が好きです。ただ、給料も減りますし、お洒落もあまりさせてあげられないかもしれません。きっと苦労を掛けます。……でも、貴女に隣にいて欲しい」

「実はお洒落は苦手です。ふふ。それでも良いのであれば、どうぞ、そのお隣に末長く置いて下さいませ」

「面倒だから結婚はうちに着いてからにしろよ〜！」

ジャンの声に二人で我に返った。

兄がどんな話をしたのか気になったが、ミレーヌが傍にいることになったのが嬉しかった。

ドロードラング領に着いても、しばらくは暗殺者が現れた。

だが、木刀のお陰か妻の存在か、手の震えも吐き気もなく、毎夜よく眠れるようになった。

結局私たち夫婦には子供ができなかったが、その代わり領地の子供たちや、ジャンの子を可愛がった。

ジャンがいたから、助けてくれたから、私は幸せになれた。

彼は天に召される時、自分はとてもいい人生を送れたと笑った。

ジャックは母親が早くに亡くなったせいか、俺に似たのか、何だか頑固だからな、……いつか、助けを求めてきたら、その時に助けてやってくれ。

結局、君の息子は最後まで私に助けを求めなかったよ。

だからといって、こうなったことは彼だけのせいではない。

………すまない、ジャン。

……力になれず、すまなかった……ジャック。


今回の捕り物は、ドロードラング男爵を尻尾切りにしようとしたキルファール伯爵家が黒幕だと報じられた。号外新聞が撒かれ、刑の執行される日は刑場の周りは大混雑だった。

国史史上、戦犯以外では最大の人数が処刑された。

おまけＳＳ①　ドロードラング領裏事情

そこは王都の下層住民街の長期宿の一室。

サレスティアの要請で王都の偵察を行っていた、狩猟班のヤンと騎馬の民のダジルイが暮らす部屋。

経費削減の為２ＤＫ（間仕切りがカーテンなので実質１《ワン》フロア。台所は一階の共同）一部屋に二人で住んでいる。近所には怪しまれないよう出稼ぎ夫婦と思われるようにしている。経費はちゃんと出ているが、元々質素な生活のダジルイに、雨風をしのげる建物であればいいヤンの組み合わせなのでこんな部屋になった。

ダジルイは昼の食堂で仕事に就き、ヤンは主に夜に偵察に出るので、ゆっくり顔を合わせるのはこの部屋に引っ越した日以来だった。

「え？　……暗殺!?」

お互いの情報の擦り合わせも終わり、近所の世間話からサレスティアの話に移り、昔の話になった。

「そ。俺は元々暗殺者で、クラウスさんを殺しに来て先代に叩きのめされて人手がないから畑を耕せって、鍬《くわ》を持たされてそのまま居着いたんだ」

ヤンさんはなぜそんなに身軽なの？　との質問にとんでもない答えが返ってきた。ある意味納得なのだが、なかなか飲み込めない。

「な、なんで、クラウスさんを？」

「知らないか？　剣聖ラトルジン」

「……ええっ!?　クラウスさんが!?」

おお、やっぱり有名人だな〜。ダジルイが淹《い》れたお茶をのんびりと啜《すす》るヤン。

一方のダジルイは更に混乱していた。

剣聖ラトルジンは、戦争に参加しなかったタタルゥ国にも聞こえてきた英雄だった。すぐに表舞台から消えてしまったが、剣を扱う時は憧れたものだ。

その人が、あの穏やか侍従長のクラウスさん!?

呆然とするダジルイにヤンは苦笑すると更に驚きの話をしだした。

「あそこにはそういう人材が多いんだ。厳重な王都警備をすり抜けるより田舎領地に引っ込んだ方が狙い易いって思ったんだろうな。依頼された奴らや名を上げたい奴らが集まった。ちなみに俺は依頼を受けて、だ」

最初は、純粋にアーライル国の戦力を削《そ》ぐ為の外国からの刺客が主だったが、ドロードラングに引っ込んでからは、剣聖の称号を返上したことが不敬で生意気だとか、自領に取り込めないなら消してしまえというのが大半だった。

「まったく貴族なんて勝手なもんだと思ったね。そのお陰で俺は食っていけてたわけだけどな」

とにかくクラウスは強かった。そして先代当主のジャンも強かった。

どれだけ気配を巧く殺しても当たり前のように見つかる。それぞれの妻や家族を人質に、なんてこともできなかった。領地に入ればあっという間に見つかり、武器をちらつかせれば即座に木刀でやられる。

ヤンもそこそこの腕があると自負していたのに、自信など総崩れだった。

「とにかく先代は老若男女関係なく敵と判断したら叩きのめす人でな～。隙があるだろうと収穫期を狙った奴らは本当に可哀想になるくらいボコボコにされてたわ……」

ダジルイからは乾いた笑いしか出てこない。

「土木班の親方は重器使いの傭兵で、鍛冶班の親方は二刀流の暗殺者で、細工師のネリアさんは暗《あん》器《き》使いだし、薬草班のチムリさんは毒使いだ。今は亡くなっているが、トエルの母親もそこそこの傭兵だったはずだ」

色んな所から結構来てな、班に組み込まれている奴らは刺客だったのが多いな～。

あの賑やかなチムリさんさえも、暗殺者だったことにショックを受けた。

「最後はニックだ。あいつも若いうちから強かったようで、報酬のある腕試しみたいなノリで来たな。んで、瞬殺でボロボロになったのを看病した地元の娘に一目惚れして結婚して農民になったんだ」

あの追いかける様《さま》は面白かったな～。

「あ！　料理長のハンクさんはナイフ使いだったたな、確か」

昔を思い出すのかしみじみとするヤンを眺めながら、あの領地の生命力の強さを見た気がしたダジルイであった。

第六章　10才です。

一話　始動です。

おおおおぉ～!!

いつもの会議で一つの発表をした。わざとらしくもったいぶって、その作品を隠していた布を取る。

皆の感動の声が私の鼻を高くする。

でしょ？　スゴいよね！　とっても上手なのよ！　私が最初に気づいたのよ、ふふん。

紙ができました。

粗い物だけど。

これにもトレントが大活躍。あと、飼料には固くて肥料にも微妙な丈夫な草。乾燥させてもバラけないのがあったので、それも混ぜた。もちろん間伐木材の余ったものも。

羊皮紙だって作るのには手間が掛かるし、どうせなら皮類は靴や道具に使いたい。

試行錯誤を繰り返し、この厚紙どうすんの？　って物から、和紙っぽい物になり、やっとわら半紙並になった。うちの職人すげえよ！　本職なんて誰もいないのに！

ただ弱点は、インクがにじむ、ペン先が引っ掛かる。……なんて致命的な……

ということで鉛筆も製作開始。というよりシャーペン。というより芯とその入れ物って感じ。またネリアさんたち細工班にほっぺをつままれたけど、スゴいよね～！　できたね～！　鉛筆くらいに芯が太いけど。

鍛治班、土木班との合同開発。本当にこの人たちは大きい物も小さい物もなんでも作るな～。

消しゴムはまだないので、主に子供たちの落書き用紙だ。真っ黒になるまで書ききって最後は燃やす。

字の練習をしていた時に一人、絵を描いてもいいか聞いてきた。いつも大人しく控えめな男の子のメルク。描いてもいいかとボソボソと聞いて来たことが珍しく、絵もいいよね！　なんて皆でテキトウに描いてみた結果。

物凄く巧かった！

見本にするため魔法でチューリップを咲かせたのだけど、なんとも写実的に描かれていた。写真!?　え？　何歳だっけ？　12才!?　天才だ!!

慌てて王都にいるヤンさんに画材を買ってきてもらい、メルクに使い方を教え（前世の友人に美術部員がいて、課題を仕上げるのに昼休みは部室でご飯してた為、見てだいたい覚えた。私の美術の成績には反映されなかった……）、これに好きな物を描いてごらんと丸投げ。メルクにはクラスが付いていたから私はでき上がりをただ楽しみにしていた。

それができ上がり、今晩初お目見えです。

しかし早いな。画材を渡したの昨日なのに。こっちで一般的な肖像画サイズなんだけど、縦八十センチ横六十センチのキャンバスに描くのに、ほぼ一日で色付けまで終わるって早くない？　水彩だから？　油絵の具より乾きが早いだろうけど、早くない？

あれ？

皆が絵と私を交互に見てる。何よ、何を描いたのかしら……？

「ぎゃあああっ!!　なんで私を描いてんのーっ!?」

そこには、カメラ目線で澄ました笑顔のお嬢様な私がいた。

こんなポーズ前世の七五三以来したことないわっ！　しかも撮ったことを覚えてない！　成人式はスーツで玄関先での家族写真だよ！　しかもこの絵だいぶ盛ってる！

可愛い私！　ぎゃ――っ!?

皆がニヤニヤする中を一人で騒いでいると、クラウスがもう一枚持って来た。

私の心の準備が終わらないうちに、こちらも被せていた布をクラウスがサッと取る。

それには。

亀様をバックに、シロウとクロウを両脇に従え、仁王立ちで腕を組み、悪い顔で微笑む私がいた。

……ええ、広間爆笑ですよ……

誰だ、天使と悪魔って言ったのは!?　どっちもよくできてるってどういうこと!?　やっぱこっちだなってなんで仁王立ちの方を指す!?

「ちなみに、もう一枚あります」

と、またもやクラウスが取り出す。

それには、猫（虎）耳、尻尾で、ニッコリお座りしてるサリオンが。

う～ち～の～子、か～わ～い～い～っ!!

広間がほんわりキラキラな空気になった。グッジョブ、クラウス！

いや！　違う！　どういうことクラウス!?　貴重な画材に、私を二枚も描かせて！　恥ずかしいでしょ！

「メルクがお嬢様を描いても良いか聞いてきたので、好きなように描いてごらんと言いました。お嬢様がそう仰いましたし」

……くっ……そうだけど！　言ったけど！

「よく描けていると思います」

出た！　クラウスのにっこり攻撃！

ああそうさ！　よく描けているとも！

サリオンの、というか白虎の毛並みのリアルなこと！　サリオンの瞳のキラキラ具合！　髪の毛ふわふわ具合！　色白な肌！　ふっくらほっぺ！　華奢《きやしや》な手足！　なんて可愛いの!!!

シロウとクロウのもふもふ具合に金色の目の輝き！　凛々しい！　もふもふで凛々しいってパニックだよ！　二度美味しい！　更に白と黒!!

亀様のこの荘厳さ！　神々しい！　すっかり穏やか手のひらサイズ神様だったのが、怒らせてはいけない存在なのを思い出させる!!　格好いいっ!!

こんな素晴らしいのに、なぜ私を入れた……不納得!!　物申す!!

「落ち着きなよお嬢。なんだってそんなに騒ぐのさ？　実物みたいに可愛く描けてるよ？」

はあ？　マーク何言ってんの？　なんで皆頷いてるの？

「こんな五倍増しで描かれたって恥ずかしいだけよ。まあ、笑いを取りたかったんなら許すけど」

あれ？　何？　なんで皆、残念な目で私を見るの？

「お嬢」

マークが呆れを隠さずに声に出す。

「ルルーがもしやと言っていたけど……、お嬢は、黙っていれば、美少女なんですよ？」

え？　何ソレ？　小さい子補正でしょ？

「そうやってすぐ残念な顔をするけど、黙っていれば美少女だな」

まさかのニックさんにも言われた。ええ？

「そうそう。黙ってにっこり蕾から現れるからあんなにお客の反応が良いんですよ」

タイトまで。ええ～!?

「お嬢は眠っている時と黙っている時は美少女ッス」

トエルさん。えぇ～……

「領地に来た頃は普通に可愛い子でしたけど、背も伸びたし、絵に偽りなしですよ」

ハンクさんまで……

が。

「……あんたたち……！　黙っていればって、一言多いのよっ!!」

しまった！　と、マーク、ニックさん、タイト、トエルさんが逃げる。ハンクさんのは許す。

大広間を飛び出し屋敷中を走り回る。

絶対外に出るなよ！　屋敷内なら魔法は使わないから！

ニックさんが三人に叫ぶが、甘い！　練習の成果を見るがいい！

大イノシシを捕らえた時の魔力で作り出した網を四人に飛ばす。屋敷への侵入者用にサイズ展開の練習しました。いつ何があるかわからないからね。今日みたいに！　うりゃあ！

ぎゃあああっ！

全力で逃げていた男たちが絡まってゴロゴロと転がる。

怪我なんていくらでも治してやるとも。さあ、どおしてやろおかねえ？

次の日。五倍増しで描かれた四人の小ぶりな肖像画が広間に飾られた。

ひ〜っ、ひ〜っ、お腹《なか》いたい！　誰あれ!?　どこの王子!?　ぎゃははははっ!!

メルク凄い！　ハンクさん！　メルクの好きなお菓子を作ってあげて〜！


今日も天気がいいので雑草野原にゴロリ。

そよそよ風を満喫しているとニックさんが来た。

「あの絵、外してくれよ」

げっそりした言い方と、絵を思い出して噴き出した私は悪くない。傑作だよあれ、本当に！

「皆、飯を食うのに苦労してる。そして俺も恥ずかしい！」

一言多いからよ、ふん。でももう外してあげるわ。食事がいい加減になるからハンクさんが嫌がってるし。せっかく作った食事を噴き出しながら食べられるのは私だって嫌だわ。

あからさまにホッとしたニックさんも仰向けに転がった。

「なぁ、最近何を考えてるんだ？」

のんびりした声でニックさんが聞いてきた。

あえて、ニックさんの方を向かずに空を見つめる。

「……私、変かしら？」

しらばっくれるには変な間があいてしまったけど、隣から動く気配はないし、私もまだ動く気はない。

「……いつも通りと言えばいつも通りだ。クラウスさんにもカシーナにも言い辛いなら、俺にどうだ？　と思って来てみた。絵についての要望もあったしな」

ぶふっ。……あ～あ……やっぱり普通にはできていなかったか。

「皆、心配してる？」

「まあ、だいたいな。前のように戻ったかとは思ったが、亀様も置いて一人でいることが増えたろ。ルルーとマークもじりじりしてるぞ」

そっか……うん。

「……両親のこと、あれで良かったのかな、って。もっと上手くやれば、領地に幽閉くらいで済んだかな、とかね、思っちゃって……」

ニックさんは、うん、と言っただけ。

「彼らが、罪を犯したのはわかっている。私はそれを見ていた。……可愛がられた記憶もない。でも親だわ。……裁いたのは法だとしても、結果を作ったのは、私」

「後悔してるのか？」

寝転がったまま、二人で青空を見てる。

「してない。……ううん、してるような気がする。そして、そのことにイライラしてる」

初めてのことにどうしていいか混乱している。でも今、私は領主だ。守るものがたくさんある。

だから、親殺しだろうと、迷ってはいられない。

「俺が最初に人を殺したのは、俺から金を盗ろうとしたスリだった」

思わずニックさんを見た。隣にいるニックさんは変わらず空を見ていた。

「孤児だって食っていかなきゃならない。その頃の俺は、お使いができれば駄賃がもらえるくらいには可愛かったんだ。その駄賃で飯を買うのに必死で、手に触った相手のナイフに気付かず相手に刺しちまった。８才だったな俺、確か」

私の視線に気づいたのか、チラッと見て、また空を見る。

「逃げた。その場を逃げたよ。そのままねぐらに帰って震えてた。後からそいつが死んだことを知った。それからしばらくは物は食えねぇわ、水を飲んでも吐くわ、とにかく震えるわ、夢でも奴に追っかけられるわ、散々だった」

ただの思い出。

内容にそぐわない穏やかな口調でニックさんは語った。

「怖くなって逃げたが、誰かに助けを求めればあいつは助かったかもしれないと後悔した」

ニックさんがそっとこちらを向く。

「お嬢、他人が死んだって後悔はする。何かできたはずだってな。それが親なら尚更じゃないか？まあ、俺とは状況が全然違うが、親《ちか》しい人が亡くなったなら我慢せず泣けばいいし、泣きたくなったなら泣いていい」

　俺の経験談だけどなと苦笑して、ニックさんはまた、空を見る。

　私も空を見る。目尻から一筋《ひとすじ》、流れた気がした。

　一筋分も出た、と思った。

　一筋分で済んだ、とも思った。

　今までうだうだしてたのが何だったのか、ちょっとスッキリした。

「一筋で、済んじゃった……」

「まあ、それほどの悪党だったしな～」

　ふいに、ニックさんが私に手を伸ばす。頭をぐしぐしとされた。

「一人では泣くな。助けを求めろ。お前が俺を生かしたんだ。必ず助ける。お前の守りたいものも守る。俺らは皆でそう思っている」

「……ありがとう……」

　ぐしぐしとする手を止める。

「いいかお嬢。この先何度だってこのことは思い出す。そしてまた悩む。答えは出ているし、もう出ない。……故人を思うのは大事なことだが厄介でもある。だから……誰かと一緒にいてくれ。一人でいるな」

「……子供の時のニックさんには、誰がいたの？」

「誰もいなかった。だから傭兵になった。それで自分がやられても仕方ないってな。傭兵団に入ったが、チビだから最初は雑用ばかりだった。そうやって忙しくして余計なことを考えないようにさせているって後から気づいた」

　そういう意味じゃあ傭兵団も世話好きが多かったな～。そう言いながら優しく笑う。

「俺はついてた。だからドロードラング領に来て嫁と子供ができた。……まあ死んじまったが、俺は幸せだった。……だから今、毎日楽しいのが切ない時がある。一緒にいれたらな、って今でも思う」

　ずっと、不思議に思っていたことがある。

「私が領地に来るまで、なんで皆残っていたの？」

　空を見たまま、ニックさんはハハッと笑った。

「そりゃあ他に行く所がなかったからさ。死にかけてたやつらは何処にも行く所がないし、行きたい所もなかったんだ。俺を含めてほとんどがドロ《こ》ードラン《こ》グに流れて来た人間だ。ずっとフラフラしてたのが先代に取っ捕まって、鍬を持たされて、とにかく畑になりそうな所を片っ端から耕した。そんでよくやったって褒められて、飯がたくさん食えた。日が出たら起きて働いて、日が沈んだら眠る。……悪夢を見ない、やっと、真っ当な働きをすることができた」

　私はぼんやりとニックさんを見てた。

「別にそれまでの生活を否定するわけじゃあないぞ？　俺たちは太陽の下《もと》で過ごしたことがなかった。時代と言えば時代だし、育った土地がそうだったとも言える。俺たちにはそれが当たり前だった。……それを先代が引っ張りあげた」

　ニックさんが私を見る。

「だから、皆、残った。もちろん出ていった奴らもたくさんいる。そいつらも大変だろうから、持たせられる物はなるたけ持たせせた。……残ったのは、ここに骨を埋めるつもりの人間ばかりだ。良くも悪くも命令されること指示通りに動くことが得意な人ばかりが残ったからな、何かをしようなんて自分らじゃ上手いこと考えつかなくてな。……それでも色々とやってみたが、最後は諦めた」

また、私の頭に手を置く。

「嫁と子供が恋しくて恋しくて墓に腰まで突っ込んだのを、こんなチビッ娘《こ》に立たされるとは思わなかった」

ニカッと笑う。

「……奥さんたちが亡くなった時は、誰がいたの？」

「ルイスだな。あとヤンさんに、クラウスさんか？」

恐る恐る聞いたのに、あっさりと返ってきた。

「ルイスはまあ長い付き合いだしな。ヤンさんなんてすげぇ面倒そうな顔して面倒みてくれるから、嫌われたのかと思ったわ～」

確かにいつも飄々《ひょうひょう》としてるけど、一座に入るの以外は何でもやってくれるのよね。ニックさんの世話を焼くヤンさん……想像できそう。

「生きてることが辛くて、でも死ねなくて、いっそどうにかなればいいって、随分と自棄になってたのを世話してもらったからな。この三人には今でも足を向けて寝られない」

しみじみと柔らかく笑う姿に、大人の男でも似たように悩むんだと思った。

「ルイスなんて結婚したしなぁ。世話になった分恩返しのし甲斐があるよ。そう考えるとさ、十年なんて足りないだろ？　よぼよぼになっても何でも手伝うから、俺らの老後の面倒も頼むな。まあその前に、是非とも速《すみ》やかにあの絵を外してくれ」
思わず笑ってしまった。

二話　陞爵です。

謁見の間。

断罪の日から約半年。

事後処理の為色々と保留にされていた事のお達しがあると王宮に呼び出された。

なので、私の他にもたくさんの貴族がいる。おじさんやおにいさんばかりなので少女の私は悪目立ちである。同じ年頃の少年すらいない。まあそうだよね～。

なるべく目立たないようにと、深い緑色のワンピースを仕立ててもらったけど……うん、紅一点てあまり嬉しくないわ～。

とりあえず家格順に並んでいるので、端っこにいられるのは助かった。

陛下入室の言葉に全員が礼をとる。

「皆《みな》、面《おもて》を上げよ」

前の人の背中しか見えない……王は椅子に座っているのだろうけど……

「此度《こたび》の件、長々と待たせた。処遇が決まったのでこのまま言い渡す」

普通こういうのを話すのは王本人ではないはずなんだけどな～。ここら辺、王様軽いよね～。

主犯のキルファール伯爵家はお取り潰し。領地没収。

他の貴族は関わっていたのが当主やその長男だったが、他の家人が捜査に協力的だったとして、次男等、相続させる人物がいれば家格もそのままで良しとのこと。

但し、捜査には協力的だったが、手が入るまで何もしていなかった罰として、資産の三分の一を没収。分割払い可。または一段降格。

まあ、大量に貴族が減ったって管理が大変になるだけだし、据え置きが楽だよね。何年かは問題を起こさず大人しく治めてくれるだろうと、うちの会議でもそう予想された。

パラパラと音がするのでメモか書類を見ながら、一人ずつ伝えているのだろう。いくつか女当主になる家もあった。ここにいる人は親戚なのかな。だって女の人いないもん。その時にざわりとしたけど、まあ、王の言葉だし特に反論はない。

しかし……資産の三分の一か～、えげつな！

うちの場合は作物で納めていいだろうか？　動かせる資産なんて今はそれくらいしかない。没収分は分割払いでもいいってことだけど、家格が一個下がるのとどちらがいいんだろ？　うちは一つ下がったら庶民なので亀様たちを守るのには心許《こころもと》ない。しがみついてでも領地は確保しなきゃ。

「ドロードラング男爵」

あれ！　もう？

「はい！」

ちょっと上ずった声が恥ずかしい！　失敗した～！

「……何処だ？　見えんな」

王の言葉にこの野郎と思いつつ手を挙げようとしたら、王まで一直線の隙間ができた。

おお！　……すみません！　チビで！

「おおそこか。皆も覚えておくがいい。今回の捕り物の最功労者はそこにいる、サレスティア・ドロードラングだ」

今度は謁見の間がざわついた。

「親元を離れ領地に戻った折りに領地の現状に目が覚めたそうだ。皆も知っているとは思うが、近年ドロードラング領は我が国で一番の貧乏領地だ。それを当主に代わり復興をし、同時に当主の不正の証拠を集めた。随分と丁寧な仕事なのは、此処《ここ》にこれだけの出席者がいることがその証拠だ」

子供なのが惜しい。

その言葉にまたざわめく。

「当主に黙って作成したという二重帳簿の提出があったが、結果を見れば有効なことだと判断した」

お咎《とが》めなし。よっしゃ。

「よって報奨として、ドロードラング男爵を伯爵に。成人前だが、サレスティア・ドロードラングを当主に据えることとする」

…………は？　…………はくしゃく～!??

今度は遠慮なく謁見の間がざわめく。

「と、宣言したところで納得はすまい。そこでだ、ドロードラングに条件を出す。王都からドロードラング領までの道を整備せよ。費用はお前持ちだ。それでお前の能力を見せてやれ」

見せてやれ!?　と言い返したかったけど、ここでは駄目だ。

「……畏《かしこ》まりました。謹んでお受け致します」

淑女の礼をとると、うむ、という声が聞こえた。

整備の打ち合わせをするのでドロードラングは別室へ。他の者は書類を受け取ってから帰るように。と解散となった。

うむ、じゃねぇよっ!!


案内されるまま重厚な扉の前に立ち、失礼しますと開けてもらう。

執務室なのだろう、その机に地図を広げ、眼鏡を掛けた王が手招きをする。

近寄った私を見ると不思議そうに聞いてきた。

「なんだ？　怒っているのか？」

「……なんでそんな不思議そうに聞かれるのか、こっちが不思議なんですが？」

「何が？」

「伯爵ってなんですか!?」

「それくらいの地位がないと、アンドレイとの婚約に支障が出るからだ」

「それだけの為に!?」

「そんなわけあるか。道路整備はお前に頼むのが一番早く済むだろう。お前のとこのあの大通りは良かったからあれでやってくれ。そうすれば領に遊びに行くのも少しは楽になるな！」

「それだけ!?」

「学園長の移動は一人分だし、アンドレイたちと休みが合わんし、俺だって遊びたいのに皆ズルくないか!?」

「いい年したオッサンが、遊びたいって駄々をこねてる！」

「お前がこっちに遊具を造らんと言ったのだろうが！　駄々をこねて何が悪い！」

「うわっ、開き直った！　公私混同！　職権乱用！」

「俺だってサリオンを愛《め》でたい！」

「あぁ、そういうことなら道路くらいいいですよ」

「よし！」

何事もなかったように地図を覗きこむと、パンパンと手を叩く音がした。そちらを見ると、手を合わせたままのマークとルルーが困った顔をしていて、周りを見れば王のお付きたちが真っ青になっていた。

あ。前に領地に来た人たちは今日はいないのか。

「まずはお茶にしましょう？」

ルルーが苦笑しながらリュックから色々と出した。

ソウデスネ。

王付きの侍女に茶器を貸してもらってお茶を淹れるルルー。マークはハンクさんのお菓子をテーブルに出す。クッキー数種とチーズケーキ。お付きの人数も含めて侍女さんに切ってもらう。

立ったままで行儀が悪いけど、皆でいただきます！

私らはすぐに飲んで食べたけど、王は戸惑うお付きの人が食べてから口を付けた。

は～、今日もハンクさんのお菓子は美味しい！

「お嬢様、どこでも無礼講は駄目ですよ。皆さんが困るから」

ルルーが苦笑しながら言った。

「一応わかってるけど、伯爵にするって言われて動揺しちゃってさ～」

「うわっ、クラウスさん正解！　本当に伯爵って言われたんだ!?」

マークがお茶を噴く勢いで驚いた。

「そうよ！　謁見の間で暴れないで礼をしたことを褒めて欲しいくらいよ。びっくりしたわ……え、何？　クラウスがなんて？」

「アンディとの婚約は今日は言わないだろうけど、せめての釣り合い取るのに伯爵に陞爵《しょうしゃく》されるだろうって」

さすが元貴族。

親の不祥事があるからランクアップはないと思っていたのに。約束はしてくれてたから男爵に残れるだろうとは思ってたけど。まさかだったわ～。

「伯爵と言っても今までと変わらんようにするぞ。僻地《へきち》だしな。遠いのも人件費ばかりが掛かって面倒だ」

「王様、なんで道路整備です？　幅広い道は軍事的に不味《まず》いのでは？」

ケーキを食べ終え紅茶を飲む王は何事もなく答えてくれる。

「確かにそれはあるが産業の発展にも道は必要だ。良し悪しは何にでもある。軍を進め易い道は攻められたとしても読み易い。悪い事だけでもない」

ふむふむ。

「全てをお前の所に合わせるわけではないが、途中の地域の発展も考えているのだろう？」

それはそうだけど、改めて聞かれると言い辛いな……

苦笑する私に、得意気な顔をする王。

「地域の発展は結局は国の益になる。ならば便乗しないとな」

にやりと笑う。

……国王なんて、我が儘《わがまま》なくらいで良いのかもしれない……

「婚約発表は皆まとめてやるから、それまでに造り終えろよ」

「え～。いつになる予定ですか？」

「姫の嫁ぎ先が決まらなくてな。あと二ヵ月はかかる予定だ」

「もうちょっと時間下さい」

「なんだ終わらんか？」

「どんだけの道のりがあると思ってんですか」

「あぁ、ちょっと来い。ここら辺にこういう感じで敷けば今までの道よりたくさんの領地に掛かるだろう？」

執務机上の地図を指しながら説明をしてくれる。

「ああなるほど～。ここら辺は民家とか少ないんですか？」

「ないはずだ。スラムがあるかもしれんがお前のとこで引き取れ。山賊、盗賊には懸賞金が出てる」

「やったーっ！　ありがとうございます！」

「二ヵ月で終わるならドロードラングの借金をチャラにしてやる。キルファールが案外と貯め込んでたからな」

「……まじっスか」

「道路整備にそれだけの見込みがあるという事だ」

「やだ！　王様太っ腹～！　整備した途端に簡単に攻め込まれないで下さいよ？」

「はっはっは！　俺だって戦は嫌だ面倒くさい。お前、俺の根回し舐めんなよ」

やっぱり周りは青い顔をしていたようだけど、私はそれに気付かずに王と整備場所の確認をし合った。


「じゃあ、行きますよーっ！」

ただいまドロードラング領のお隣さん、バンクス子爵領に来ております。ここの当主はうちのお祖父様と同い年の朗らかなおじいさん。

隣とはいえ奴隷売買には手を出さず、うちとのやり取りをバッサリと断っていた。ここら辺はクラウスがそう仕向けたらしい。

そんな付き合いでも私が生まれた時はお祝いに来てくれたようで、今回挨拶にお邪魔した時に「大きくなったなぁ」と泣きそうな顔で頭を撫でられた。

子爵によく似た次期当主の長男さん（推定40才）には胡散臭げに対応されたけど、王からの命令書と預かった地図を見せたら渋々と現場に案内してくれた。

まあそうだよね。なんでこんなに王都からの戻りが早いのかとか、魔法が使えましてなんて言われたって胡散臭いだけだよね～。

バンクス子爵は呼び出されなかったけど、噂や情報収集で大まかに把握していてその確認をしてきた。長男さんはこんな小娘が爵位を持たされたことに不満なんだろうな～。

「この地図のように道を造るのならこの方向だ。畑が少々あるが、まあどうとでもなる。カーディフ領まで真っ直ぐだ」

長男さんは憮然としたまま説明してくれる。子爵はその様子に困った顔をしていたけど、ちゃんと仕事をしてくれているので全然ＯＫですよ！

ありがとうございます！　とお礼をして、カーディフ領に向かってさっそく地面に正座をし両手を付く。

亀様、お手伝いお願い。

《うむ》

魔力を練る。……真っ直ぐ、真っ直ぐ。

《修正が効くように少しずつだぞ》

くっ、それが難しいんだよね～。でも他所様《よそさま》の土地だし失敗しないようにしないと。

まずは道筋に添って魔力を伸ばす。カーディフ領との境目だろうと思われる所でストップ。地上には教えられたように畑が少々被るけど、他は何もない。

よし。

私を中心に半径五メートルが光り、整備される。そのままの幅でカーディフ領に向かって光と整備された道ができていく。

一度造ったことのある物だから余裕がある。

土魔法で雑草が生えないくらいに密度は濃く固めながらも水捌けも良いように。表面を綺麗にコーティングしつつ、雨や雪でも滑らない不思議仕上げ。感触としてはアスファルト。

亀様に指導されたようにゆっくり進みつつ、周辺の気配も探る。

バンクス子爵領も基本は長閑《のどか》だ。作物もうちと似たような物を作っている。

……バンクス領の野菜の方が美味しかったらちょっと悔しいな……

《サレスティア。集中》

は！　すみません！　まずは道！　集中集中！

集中十分、カーディフ領までの整備完了！

シロウとクロウを呼び出し、一緒に来ていた土木班を何人か乗せてもらって不具合がないかチェックしてもらう。

二頭を見送って振り返ると、呆然とした子爵と長男さんが。

逆側、バンクス領からうちまでの道も整備開始。こちらも十分で終了。

《よくできたな》

ふぅ。亀様にそう言われたなら大丈夫かな？　一応、残っていた土木班メンバーが歩きでチェックを始める。うん、シロウとクロウが戻ってきたら追いかけるね。

「立ち会っていただき、ありがとうございました」

隣とはいえ交流を断っていたのを、突然、王の命令で来ましたなんて怪しいことこの上ないのにも拘《かか》わらず、こうして立ち会ってくれた。

王様すげぇと思うべきかお祖父様ありがとうと感謝すべきか。

……両方か。

子爵たちにはこれから改めて領としてのお付き合いをお願いし、王都までの整備を終えたらうちにご招待することに。

まずは、新生ドロードラング領を知ってもらわないとね！

三話　開園です。

蕾が開いた花から次々と出てくるのは、猫耳、尻尾にモフ手袋、モフ足袋《たび》を身に着けた子供たち。

客席近く、舞台のぎりぎりに横一列で並び、曲に合わせて一斉に同じ振り付けで踊る。

お客の黄色い歓声にほくそ笑みたいところだけれど、私も舞台にくぎ付けだ。

舞台上で踊るのは5～8才の子供たち。このラインダンスを一所懸命に練習した子たちだ。失敗もあったし技術や身長の関係で今日のメンバーになれなかった子もいる。厳しい特訓に泣き出す子もいた。捻挫や擦り傷打ち身を何度も経験した。

それでも皆耐えた。

「だって僕らが頑張ればサリオンも白虎と一緒に遊べるんでしょ？　僕らも守るよー！」

……………もう、ほんと、良い子たちだよ～～っ！

そこまで考えるなんて～～！　おばちゃん頑張って稼いでアンタたちにご飯腹一杯食わせるからね～っ！

舞台脇で声も出さずに泣きながら見ている私を、クラウスがそっと、マークやタイトは苦笑しながらお客から隠す。

最後に頭を深く下げて尻尾をピンと立たせる。ピコピコと動く尻尾に拍手が巻き起こる。可愛い！　との声があちこちから上がる。

そうです！　可愛いんです！　うちの子皆可愛いんです！

舞台を捌《は》けて来た子から、私に抱きついて来る。

いっぱい、いっっっぱい、褒めた！

王からの命令でやってる道路整備のついでに興行もすることになった。領地にお客を呼ぶのに宣伝しなければならない。

王都でやったものが噂になっていたのもあって、興行には二つ返事で場所を提供してもらえることが多かった。

まあ、ドロードラングの名に誰もが怯むのだけど、舞台を見てもらえばおおむね良い評価をもらえたし、メルクに描いてもらったポスターがとても良い出来で、領地の方にも行ってみたいと思わせることに成功。

本当にメルクは何を描かせても上手で助かる！

道路が広く綺麗になったので行きやすいと、商人たちも腹黒を押し隠し寄ってくる。ふっふ。発展にはアンタらの仕事ぶりを発揮してもらうんで、どうぞいらしてくださいな……ふっふっふ……

まあ、子供たちの笑顔が何よりの宣伝だったと思うけど。

こうして道路整備は大きな邪魔が入ることもなく、つつがなく終了した。

あからさまな文句もなく、私は伯爵を授爵。特例として当主になったけれども、まだ未成年なので、一応ラトルジン侯爵が後見人となった。

新アトラクションのコーヒーカップに、アンディとレシィと乗ってみた。

「う～～、まだぐるぐるするぅ……」

レシィがよろめく。

「つい回し過ぎちゃうんだよね～」

「うん、回るの面白かった！　大きなカップなんて童話みたい！　小人になった気分で素敵だわ！

……う～……」

慣れないとしんどいよね～。

私が見本を少しして途中でレシィと交代したのだけど、今日初めてだから余計に加減がきかなかったもんね。私もちょっとふらふらするし。

アンディなんて降りてから四つん這いになってピクリとも動かない。

「大丈夫アンディ？　誰か呼ぶ？」

「……いや、まだ、……動きたくない……」

ですよね。まあ、私の不手際でもあるので二人に治癒掛けま～す。

「……あ～。ありがとうお嬢。すっきりしたよ。……見た目に反して恐ろしい乗り物だった……」

侯爵のような言い方に噴き出す私。

「ゴメンね、自分で回すとそうでもないんだよコレ。あんまり回らないように調整するね」

「ごめんなさいお兄様。楽しくてついやり過ぎてしまいました……」

しゅんとしたレシィの頭をポンポンとしながら笑うアンディ。

「初めてだし仕様がないよ。レシィが楽しかったなら僕も嬉しい。ただ、これからはほどほどにしてもらえると助かる」

真面目な顔でお願いする姿にまた笑った。

道路整備は指定された二ヵ月より早く終えることができたのだけど、ちょっとこちらの予定が狂った。

難航していた第一王女の相手がやっぱり決まらないらしい。アンディとの婚約発表はもう一ヵ月延びた。

……何が問題なんだろう？　普通の、と言ったら失礼だけど、普通の王女のはず。美しく賢く、王女に相応《ふさわ》しい立ち振舞いだと聞いている。

直接は会ったことがないから本当のところは知らないのだけど、噂を聞くに何の問題もないんだけどな～？　釣り合う相手がいないのか？　物語みたいに素敵な姫には素敵な結婚をしてほしいな～。乙女の夢～。

王子との婚約を発表して、それに合わせた領地のオープニングにしようと思っていたので予定の立て直しをする。

大々的にオープニングの日程を発表してきたので、今更の変更もお客さんに申し訳ない。わざわざ仕事の調整をしてくれるのだし。

まあ立て直しと言っても、アンディからの一言をカットすればいいだけなので特に問題はない。侯爵は後見人として一言があるけどね。

新しい遊具としてトランポリンハウスを増設。幼児用、子供用、逆バンジー。逆バンジーはお仕置き用よりは低く設定。

ブランコがぐるぐる回るヤツも設置。一人乗り二人乗りを交互に一列に一周させ、遠心力で浮いてきたら、左右の揺れをプラス。二人乗りは足場があるけど、一人乗りはなしにした。ズレにくいように椅子の形にした一人乗りは侯爵には不評。ベンチ型の二人乗りは大丈夫そうだった。どっちの椅子にも固定ベルトがあるからそうそう危険ではないのだけどねぇ。

救護所も増やした。うちの子たちは何を試してもわりと元気だけれど、侯爵はすぐヘタるので、侯爵が駄目だった乗り物には注意書きの看板を設置。

「前の人の様子を見て、無理をしない！」

そして年寄り危険度レベルを設定。ジェットコースターが最高の星五つ。ブランコ一人乗りが四つ。

いやあ、侯爵にはだいぶご協力いただきました。夫人は全然平気なのにな～。

救護所は大きめに作った。見た目は簡易テントだけれど、空間を区切って空調完備。ただの休憩もできるようにベンチ椅子もいくつか置いてある。救護所は定期的にまわって飲み物を販売すること。水なら無料《ただ》。

一座の芸も披露できるようにステージも造った。

領地組と興行組と二組か三組作ろうかな？　交代もできるし、子供たちが意欲的なので発表の場を増やしてあげたい。

雨の日は雨避けドームを遊園地からホテルまで展開。これは亀様の協力をもらう。はるばる来たのに雨で遊べないのは可哀想だもんね～。

お昼から雨が降りだした。

外の作業は終わりにして、大人はのんびり道具の手入れや屋内での作業に切り替え。子供たちは広間でお勉強会。

勉強会と言っても、それぞれのレベルに合わせたものになる。字を練習するグループ、計算をするグループ、地図を覚え、手紙の書き方を教わり、帳簿の付け方を習う。

今までは、字はカシーナさん、計算系はクラウスと私と、三人でどうにかしていたのだけど、子供たちの人数が増えたので教える側が足りなかった。

が、王都屋敷の従業員が全員こっちに来てくれたので、文字と計算は人数を増やす事ができた。クインさんにはサリオンの専属と勉強会の手伝いもしてもらうことに。

なんたってあの屋敷を仕切っていたのだ。経理はお手の物だ。

子供たちがメインの勉強会だけど、大人の希望者も参加可。読み書き計算は覚えていて困ることでもないので大いに学んでちょうだい！

もちろん勉強嫌いの子は早くから親方たちに弟子入り。人手不足の解消と手に職をつけさせる為。何かあっても、どこかへ行くことになっても、そこで食べていけるように。

王都での学業のレベルがどれ程か知りたくて、アンディに持っている問題集または教科書を持参してもらった。

パラパラと見てみた結果、文字と計算はうちでもまあまあなレベルだとわかった。

応用はとりあえず置いておくことに。勉強をもっとしたい子には、アンディの教科書を複写したものを与えることにした。

もっと勉強したいなんて誰も言わないので、複写は私がやることに。

いつかは学園に行くのだから、今はアンディのお下がりを利用したい。

「お嬢が読むと思うと何だか緊張して字も綺麗になったよ」

アンディの字はとても綺麗だ。本当にお手本のような文字。綺麗なノートを使っているのだけど、なによりわかりやすいんだよね～。色ペンもないのに何なのノートのこのクオリティ！

貴族の勉強として平均的な物かとおののいたら、アンディは特別だと侯爵に教えてもらえた。

あー良かった。充分に賢いだけだった。

不思議なのが、アンディが説明すると皆がスルッと理解することだ。

何だろ？　確かにわかりやすいように話してくれるのだけど、クラウスとそう変わらないと思うんだよねぇ……あれか？　身内なら教えられることに反発しても、他人なら素直に習うっていう、アレか？

……まあ、身に付くなら何でも利用したいところだけれど、アンディ忙しいのに悪いよね。

「ん？　全然苦にならないよ。レシィに教えるより断然楽しい！」

あぁそう……うん、アレだな。そういうことだな。


「医者？」

その日の夕食後。寛いでいる侯爵夫妻の部屋にお邪魔し、医者を紹介してもらえないかと相談をした。

現在うちで治癒術を使えるのは私だけ。薬草班は症状に対しての薬の調合はお手の物だけれど、手術はできない。

私がいない時の為に医者が欲しい。

手術道具なんかは自作ができるだろうけど、技術は教わらなければいけない。私が習ってもいいけど、あと二、三人はやっぱり必要だ。

王都からスカウトするか考えたが、彼らの望む給金を約束できるかは怪しい。というか金額によってはぶっ飛ばしてしまう恐れがある。交渉次第だろうけど、そんな問題を起こすなら時間が掛かっても教わった方が良いかもしれないとなった。

一応自薦で四名。

男子はヨール、ザイン。共に22才。

狩猟班に所属してるけど計算も強いのでよく買い出し班に交ざってる。一座でも剣舞を担当。

女子はミズリ、リズ。こちらは共に21才。

侍女として働きながら一座でも歌っている。とにかくこの二人は咄嗟《とっさ》の行動が早い。そして解体も平気で眺め、時には解体に参加する強者《つわもの》女子だ。

ちなみに皆独身。

リズさんなんかは王都で恋人を探す！　なんて不純極まりない動機だけども、彼女の人生なのでまあ良しとする。

「四人が一緒ならいいのですけど、一人ずつになってもいいです。どなたかご紹介をいただけませんか？」

この国では医者になるにはまず弟子入りしなければならない。一年雑用で二年目から助手になり、三年で執刀を始める。更に一～二年かけて独立する。らしい。

医大に行くより独立が早いな……なのに王都に集中するのはやっぱり物資が足りないからか……

「うちの掛かり付け医なら、いけるか？」

「ならば私も一人、心当たりがありますよ。問い合わせてみましょう」

侯爵夫妻が快く受けてくれた。

ありがとうございます！

修業先、二ヵ所ゲットできますように！

ホテルの正面に造ったステージでのオープニングセレモニー。

王都までの街道沿いの領地からはほとんど出席してもらえた。

街道が新しくなって距離感が摑めず、昨日の内に着いてしまった方々にはホテルに泊まってもらった。

すでに来ていた侯爵夫妻にびっくりしつつも、そこそこ寛いでもらえたよう。

うちの料理は朝から美味しいでしょう？　ふふん。

ホテルは別棟を追加。

本館は五階建て、約十五畳の二部屋リビング・トイレ洗面所風呂付きが十二室。

一号館は五階建て、約十畳一部屋リビングが二十四室、トイレと洗面所は各階に五人ずつ使えるように設置。一階には、本館と二号館にお泊まりの人も使える男女別大風呂。一般人ファミリー向け。

二号館はカプセルホテルのような一人部屋。だけど、避難路の確保のため廊下は広めにとっている。縦二畳分の細長い部屋が百六十室。数が多いので二号館は二階建てに。トイレと洗面所は各階五人ずつ使えるものを二ヵ所に設置。

エレベーターは二十人乗りで、本館と一号館だけ。避難路の確保に外階段を建物ごと二ヵ所ずつ取り付けた。特に本館は一階に調理場があるので何度か避難訓練をしてみた。

二号館も、中階段二ヵ所、外階段三ヵ所の設置。まあ、二階から飛び降りても捻挫くらいかと思うけど、子供がいた場合は無理だろう。親一人子一人なら横になれる部屋だからね。子供一人の場合は応相談。それがどんな状況かは謎だけど。

食事所は基本本館五階。

足りない時は外で屋台を出すことに。串焼き、ホットドッグ、ごった煮スープがメインメニュー。おにぎりも出したいところだけど、米はそこまで蓄えてないのでカット。

屋外用の折り畳み机と椅子も製作。

とりあえず、思い付く限りの物を用意してみた。

侯爵の挨拶も含め、五分で終了したセレモニーに呆気にとられた皆さんを遊具へ誘導。だってほとんどの人は道路整備の時に顔を合わせているし、昨日挨拶を済ませた。

遊んだ感想を早く聞きたい。

まだどの遊具も動かしてないので最初はうちの子たちが見本となり、その様子を見てもらう。

子供たちは慣れているからとても楽しそうに乗る。

で、初お客の番。

ぎゃあああああああっ!!

絶叫が響き渡った。

合掌。

「こんなに面白いとは思わなかった！」

バンクス子爵の息子さん、ブライアンさん（推定40才）が息を弾ませて私の方へ来た。おお、笑ってる。

「こんな事なら妻と子供たちも連れて来るんだった。失敗した」

「楽しんでもらえたなら嬉しいです。お暇ができましたら皆さんでいらして下さい」

今日、バンクス領からの出席は子爵とブライアンさんだけ。

どこの領地も少数で来ている。領地を空にはできないもんね。王都に近い領地からは、お抱えの商人と来ていたりもする。大きい商店なら単独で来ていたり。

バンクス領、そのお隣のカーディフ領、ダルトリー領とはこの後、遊園地その他の値段についての打ち合わせをすることになっている。

あんまり安いとうちが立ち行かなくなるし、逆に高いと一般農民が遊びにくい。

近所にある遊園地で遊べないなんて、そんな悲しい事は嫌だわ。

これから先、食料や宿の提携を頼むことになるので、それを見越しての値段に設定したい。

まあ、とにかくまずは遊んで楽しんで下さいと送り出し、ブライアンさんが一番に終わったようだ。子爵はまだ遊んでるのか……元気な人だな。

「じぇっとこーすたーか？　凄いなあれは！　高いのと速いのと恐ろしいのとで、つい叫んでしまった。あっという間に終わるのだが、不思議とまた乗りたくなる」

一通り乗った物の感想をくれる。真面目！　真面目だよこの人！　見た目ガッチリなのにインテリだ。

「は～、やれやれだ。サレスティア嬢はとんでもない物を造ったたな～」

カーディフ男爵領当主、セドリックさん（推定30才、チャラ男）もやって来た。ここは前当主一家が奴隷売買に関わっていたので、外縁のセドリックさんが継承。うん、ちょっとやり辛い。

今日はマークとルルーが私に付いている。ルルーに皆の分の飲み物を頼む。

「どれもこれも面白いですね！　一日遊んでいられます！」

ダルトリー男爵領次期当主、ドナルドさん（推定25才、ほんわりインテリ）も来た。

私たちは今、ステージの観客席にいる。

救護所でも良かった気もするけど、騒がしい所よりはとこちらに集合。ここなら何となく全体が見えるしね。

ちなみに皆既婚である。でも奥さんを連れて来たのはドナルドさんだけ。奥さんは一座のケモ耳の子供たちがお気に入りで、ドナルドさんを引きずって来た。見た目に反したパワフル奥さん。素敵。

まず私の希望する金額を提示する。と、すぐに安過ぎると言われた。

え、そう？

「サレスティア嬢、この施設を農民たちを基準に考えるのは勿体ない」

「俺もそれは同意見だよ。持ってる奴から落としてもらった方が採算が取れる」

「そうですね。遊具もそうですが宿も素晴らしいし食事もとても美味しかったです。こう言ってはなんですが、たくさんのお客を迎えようとするならば、礼儀正しいお客ばかりではないという事も経営に盛り込まなければいけません。迷惑料も含めましょう」

なるほど。

「今日こうして経験して思ったが、これではバンクス領に足を止める人はいなくなるだろう」

「それは我がカーディフ領も同じだ。参ったね～」

「ダルトリー領は一泊を考える距離になるか素通りするか、悩ましいところですね」

え～と。

「道路整備、早まったのでしょうか……？」

ブライアンさんが苦笑した。

「我々というかバンクス領ではそう思うが、王命だから仕方がない。現在目立つ不安要素がそれであって、これからどうなるかはわからない」

「まあ正直に言えば、カーディフ領では現在、道路整備の為の予算が取れないからね。ドロードラング領だけで受けてくれたのは助かったよ」

「ダルトリー領でも去年の不作がまだ響いてまして、道路整備は感謝してます。しかしあんな風に魔法を使うとは本当に驚きました。あ！　すみません！　値段設定でしたね！」

魔法の事になると大人の男でもキラキラし出すんだよな～。

夢はあるよね～。

「とりあえず、わかりやすい格差として宿を三つに分けました。全ての建物をご覧になりましたか？」

「見ました！　どの建物も素晴らしいですが、二号館の造りは感動しました！　あの宿はうちでも真似したいです！」

あ、設計図見ます？

「確かに二号館のような造りであれば、食事は外に出ることになるからな、既存の食堂を使える」

「俺はあの大風呂が良かった！　欲しいわ～。維持がとんでもない事になるから造らんけど」

「何が問題になるかと言うなら、貴族の態度だな」

「そうだな～。サレスティア嬢が想定しているより横柄だぞ？」

「え、そうなんですか？」

「そうですね。こう言ってはなんですが、我々は田舎者ですから農民との距離が近いことは苦になりません。ですが、王都に近いとどうしてもそういう人は多くなります」

「代々高位の方々とかな。そういう意味ではラトルジン侯爵は特異な人だ」

ブライアンさんがしみじみと言う。

「あ、やっぱり！　侯爵優しいんですよね。私みたいな小娘でもきちんと話を聞いて下さるんです。侯爵夫人もそうなんです。貴重な方々なんですね」

全員しみじみと頷く。

「俺も侯爵のように在りたいとは思うが、田舎ではそうそう必要もない。ちょっと横柄な態度をとれば赤ん坊の頃の話まで持ち出されるからな。領民には敵わん」

「はっはっは！　いいね！　バンクス領！　俺なんか突然の襲爵《しゅうしゃく》だったからな。今、礼儀を勉強中だよ～」

「私も勉強中です。特に妻が厳しくて」

へぇ意外。ドナルドさんの奥さんて朗らかな感じなのに。

「ドナルド君とこも？　うちも奥さんが礼儀には特に厳しくてさ～。わかってはいるんだけど、今回は息抜きだよ」

「まあ、突然なら難しいこともあるだろう」

「あ～、ブライアンさん優しい～！　俺、ブライアンさんを目指そうかな～」

「ぶふっ！　頑張って下さい……」

「ちょっと、嬢。……ふっ！　自分でも笑うわ～」

四人で笑った。

三人からの助言を盛り込みながら、本館と一号館の部屋代を上げ、食事処や大風呂は館毎に時間を区切ってトラブルを減らせるように苦心した。

本館は風呂付きの部屋なので、大風呂が嫌ならその部屋を選ぶだろう。

食事は基本ビュッフェ。個室での食事は割り増し料金に。

それでも安いと言われたけれど、後は何で取ればいいの～？

「サレスティア嬢。こう言っては何だが、貴族は見栄を張らねばならん。安心してぼったくれば良いぞ？」

「おお！　ブライアンさんもそんな事を言うんだ～！」

セドリックさんが大袈裟に驚く。

「大店《おおだな》の商人もそうですね。これだけの金額を払えるんだよと見せつけなければいけないそうです。大変ですよね」

「究極の話、同じ食事でも金持ちは三倍も払ってくれるよってね」

セドリックさん、軽いな……。

三人の話を聞いているとこんがらがってくるな～。いや、楽しいんだけど。

「あ～！　面倒くさ～い！」

私がぐったりすると三人が笑う。

ルルーが空《から》になったカップにお茶を注いでくれる。

あ。

「マーク、ルルー、二号館の値段をどう思う？」

「そうですね、スラムからは全然手が出ませんけど、農民なら年に一度の贅沢ってところですかね」

「私も二号館はこれでいいと思います。一号館は王都で泊まったあの宿の値段を真似てはどうでしょう？　うちの方が少々小さいですが、部屋数も同程度ですし、お風呂の維持も含むのですし、先程の協議での一割増しが妥当かと思います」

王都のあの宿は良かったよね！　本当は本館があの宿を真似るんだったんだけどなぁ。

「お嬢はよくわかってないみたいですけど、スパイダーシルクって高級品なんですよ。寝巻きから寝具からスパイダーシルクで作られた宿なんてないって侯爵が仰ってました。それだけでも皆さんの提示金額で俺は納得です」

そっか～。

「でもさ～、こんな辺境でこんな高級宿っておかしくない？」

「あのエレベーターが付いてるだけでも俺は高級宿で売り出していいと思います」

「私も同じです。お嬢様が製作に関わっているから材料費が恐ろしく少なく済んでいます。同じ物を普通に作るなら何年も掛かりますしその分人件費も膨れ上がります。完成したらその分も料金に含めなければ採算が取れません。お嬢様が悩む値段では、きっと回収できずにつぶれる事になるでしょう」

そっか～。

「まあ、高過ぎて人気がないってわかってから値段を下げても良いんじゃないですか？」

マークの鶴の一声！

「じゃあ、そうしようかな」

お、侯爵が丁度こちらに来た。

「侯爵～！　ご意見下さ～い！」

私の言葉で侯爵を確認した三人が起立をする。

「おお、どうなった？　ルルー、すまんが儂《わし》にも茶をくれ。皆《みな》座りなさい」

私も倣《なら》って皆と一斉に礼をし、着席する前にメモを侯爵に渡す。

「ふむ。無難じゃろう。本館はあと二割足しても良いな」

マジっすか⁉　え～！　どんどん上がっていく！　恐い‼

「王も学園長も満足していたではないか。お前も言っていたじゃろう？　金を持ってる奴はドロードラングに落として行けと」

侯爵がニヤニヤしながらお茶を飲む。

他の三人は唖然としている。ん？

「もう既に、王がいらしていたのか……」

「だから道路整備を……」

「……まさかだけど、今の言葉、王に向かって言ったのかい……？」

「？　はい、言いました。国王のくせにしみったれた事を言ったので、金を出せと」

恐いっ‼　この娘、恐いよっ‼⁉

セドリックさんとドナルドさんが抱き合い、ブライアンさんは魂が抜けかけた。

その様子に侯爵が大笑いし、マークとルルーはため息をつく。

……なんで私、誰といてもこういう空気になるのかな～？


メルクの絵描き屋も開店。画材はクレパス。

とにかくメルクの描くスピードが尋常じゃなく速い！

B5サイズのキャンバスに、一人五分で色まで塗り終わるって、凄い！

布も使うわ、手も使うわで、描き終えるとメルクがとにかく汚ない。いや、色んな色が付くから綺麗なのか？

クレパスなので写真よりは絵らしくなるけれど、やっぱり写実的なので侯爵たちは驚いていた。

人物の背景に遊具もちょろっと描いてくれるので、遊んだ記念にとバンクス子爵がお買い上げしてくれた。それを見た人たちが休憩がてらに注文していく。

わ。何人待ちですって看板必要かも。

それにしても、メルクは楽しそうだ。鼻歌まじりで描いている。いつもはおどおどしてるのに、キャンバスに向かっている時はモデルのお客にも微笑んでいる。

あ、メルクの後ろに音楽隊がいてもいいかもな～。要議題っと。

そうそう、私らの絵は侯爵たちにも馬鹿ウケでした……いや、サリオン以外の絵ね。

おすまし私をホテルに飾れと笑いながら言われても、チラリともそんな気は起きず、屋敷の部屋にしまっておくことにした。

アンディには婚約発表したら持って帰って良い？　と聞かれ、微妙な気持ちになる。だってあれ私と違う！　……まあ、婚約者だから絵姿は要るよね……なんだかアンディもメルクに描いてもらうって言ってるし……

レシィにはタイトのが欲しいと言われて驚いた。真っ赤になって、すんごいボソボソ声で言うもんだから何回も聞き返してしまった。

……タイトか～。身分的にもだけど性格的にも応援しづらい。アイツ、女の子の扱い雑なのにな～。まあ、姫の周りにはいないタイプだろうし、初恋だろうし、可愛いから絵はあげちゃう！

私らの婚約発表でレシィは除外されているので、エリザベス姫もこのまま決まらなければ今回は除外になるらしい。王子の分だけでいいんじゃね？　姫にはもっとじっくり時間をかけてあげて～。

画材は王都での購入なのだけど、この勢いで減っていくならもっと近場で調達したい。我が領の紙はまだまだ発展途上なのです。

と、ドナルドさんが、王都の画材屋にあるキャンバスはダルトリー領産ですよと教えてくれた。運賃が抑えられるので王都で買うより値引きできます、だって！

是非取引を!!　でも独占はしませんから！　他にも絵描きさんいるし！

セドリックさんは、これからカーディフ領で何を融通できるか調べると言ってくれた。

ブライアンさんは、うちは野菜しかないと言う。とそこへ子爵がキラキラとしてこちらにやって来た。満喫されたようで……

そしておもむろに、「ブライアン！　子爵、お前に譲るわ！　ワシ、ドロードラングで遊んで暮らす！」とのたまった。

ブライアンさんの目が光った。よし、うちは父を教育係として貸し出そう！　ダンス以外は何でもいけるぞと言われたので本人そっちのけで決定。子爵は、ん？　とニコニコだ。

うわ！　ブライアンさんズルい！　とセドリックさんが叫び、侯爵とドナルドさんが笑う。

あれ？　もしかして人身売買になっちゃう？

子爵には給料だしますから！

売買じゃないから！

四話　飴とムチ？　です。

ドロードラングランドのオープンから一月。

そこそこの数のお客さんに恵まれて、こちらも接客に慣れ、トラブルも少なくなってきた。

トラブルと言っても、庶民と一緒に遊具を使うのは嫌だ、なぜ我らが並んで待つのだ、銀の食器でなければ食べない等々。

うふふ。

文句付けた全員、逆バンジーに空中輸送してやりましたわ。おほほ～。遊具を無料《ただ》で使えるサービスですぅ！

相も変わらず領民に戦慄される笑顔でご案内～。

ええ、無料サービスを何度か受けられた皆様は、それからは周りの方々にも気を使われてつつがなくお帰りになられました～。

またのお越しをお待ちしております～♡

「……お嬢、顔恐い」

うっさい、マーク！

「よお！　なんだか滅茶苦茶やってるってな？」

朝っぱらから国王が来た。屋敷の執務室に。

「いらっしゃいませ～、ご宿泊ですか？　とんぼ帰りですか？」

「はっはっは！　相変わらずの無礼さだな！　今日は昼までのとんぼ帰りだ、くそ。ん？　おお！　バンクス子爵。おっと、もう引退したのだったな。息災で何よりだ」

班のリーダーを招集した朝会議に集まっていた面々が立ち上がり、国王に礼をとる。

元バンクス子爵バーナードさんも綺麗に礼をする。

「国王におかれましては、」

「よいよい、俺は今日は遊びに来た唯《ただ》の貴族だ。ここではあまりに庶民を蔑《ないがし》ろにするとお仕置きされるという噂を聞いたからな、大人しくせねばならん。国王など唯の職業だと言い放った娘だから俺にも容赦などない」

バーナードさんがビシリと固まり、ギギギギギと私を見る。

にこり。うふ。

「とんでもないお子だと思っておりましたが、まさかここまでとは……」

「まあ、一人くらいは許す。それだけの子供ではある」

王がにやりとすると、バーナードさんは恭《うやうや》しく下がった。

「ずいぶんと早くにいらっしゃいましたね？」

現在朝八時。王が城を空けるには早くない？

「ああ、学園長に無理矢理付いてくる為に朝の会議は無しにした。昨日も平和なものだったし、今日も特に大事な用はない。机仕事だけだ」

　自由か！

「あの爺、ずっと自身一人分しか転移できんと謀《たばか》っていやがったから嫌がらせをしてやったのだ」

　……何やってんだ……てか、やっぱり学園長は二人以上の転移できるんじゃん。

「学園長の転移は何人まで可能なのですか？　そして嫌がらせって、どんなものをやらかしたんです？」

「やはり詳しくは教えないが二人は余裕のようだな。嫌がらせは、学園長の個人書庫の本を二冊ずつ向かいの棚の本と入れ換え続けた」

　ショボい！　そして地味に悪どい!!

「……わぁ。それでその可哀想なご老体はどちらに？」

「亀様の所だ。やはり本体に会うのが良いらしい」

　へ～。会えば何か閃くものでもあるのかな？　学園長は私が会ってないだけで、二週に一回は来てるらしいからな～。

「あ！　素晴らしい絵を描く者がいるそうだな！　遊具を動かす時間までその絵を見せてくれ」

　クラウスが絵の保管室（物置ともいう）に王を案内する間に朝会議を続け、解散と宣言した途端に王の馬鹿笑いが響いた。

　……くぅっ！

『お嬢！　やられた！』

　ダンから珍しく通信が入った。

「どした？」

　何だか焦っているようだけど、最近平和なものだから私は気の抜けた返事をした。ら。

『小虎《ことら》隊のロイが拐われた！』

　……はあああっ!?

「なんで!?」

『ガットとライリーがロイを抱えて走って行くのを、どうしたのかと追いかけたら殴られた！』

　はあああっ!?

『すぐに助けられなくてごめん！　今から追いかける！　奴らは東に向かったんだ！』

　はっ！　ダンも殴られたんだ！

「ダン！　あんた動いて大丈夫!?」

『痛いのは顔だけだから走れる！　でも俺今スケボーがないから、お嬢！　ロイをお願い！』

　わかった！　と言いながらダンがどこにいるかを探る。イヤーカフ通信機を身に付けていれば私にはわかる。なんたって私の血だ。

　今は夕方。

　遊園地をそろそろ閉園させる時間で、遊園地スタッフは片付けをし、ホテルスタッフは食事の準備や部屋に戻るお客の誘導を開始する。

屋敷は屋敷で、仕事を終えて帰ってくる者を迎える準備が始まる時間。

私は大抵この時間は執務室にいる。何かあった時に、どこかを見回ってウロウロしているよりも動き出し易いのに気付いてからはずっとここ。

『お嬢、すみません……』

バジアルさんからも通信。

『厩舎《きゅうしゃ》からうちの馬が二頭消えていますんで、これから探します』

「どした！」

やられた！

バジアルさんが「うちの馬」と言ったなら、たくさんいる騎馬の民の馬だ。騎馬の民は馬を選ばない。個人で所有しない。相性はあるけれど、馬は皆で共有する。だから騎馬の民の馬はその勇敢さのわりに人懐っこい。

だからなのか厩舎の造りはわりと雑だ。

「バジアルさん！　それたぶん盗まれてる！　今、ガットとライリーが東に逃げたのをダンが追ってる！」

『はあ!?　じゃ俺も今から東に向かいます！』

「待って。私が行くから、騎馬の里の厩舎の見張りと周辺の警戒をお願い！　こっちのはクラウスとニックさんに任せる！」

『了解です！　ついでに客用厩舎も見ます！』

「頼んだ！」

そばにいたクラウスにも目で指示し、執務室のバルコニーに出てシロウとクロウを呼び出す。

「シロウは二頭の馬を追って。私はロイを辿る。クロウは領地の警備に。他にも何かやらかす奴がいたら押さえて」

《《 承知 》》

二頭がゆらりと消えたあとにロイの位置を掴んだ。そのだいぶ手前にダンがいる。

私はスケボーに乗り、バルコニーを越えた。


道路整備の際に王からスラムと賊は好きにしていいと言われていたので、スラムの住人は引き取った。

盗賊団も三つ、四つをしょっぴいて、懸賞金と共に下っ端をうちに引き取る。頭《かしら》と幹部の数だけで牢から溢れると言われたから、じゃあ入りきらないのはうちでもらうと連れてきたのだ。

スラムも盗賊団も王都に近い領地にあり、王都に近づくにつれ規模が大きくなった。

マークのスラムは子供ばかりだったけど、一般的なスラムは年寄りが多い。それから、片手片足がない人がざらにいた。

子供が少ないのは売りに出すからだそうだ。女の子は次の子を産むために何人か残しておくとか。

今度はニックさんに羽交い締めにされた。

スラムの住人は、食事で釣った。

賊は魔法で潰した。

道路整備はわりと気を使う。集中力がいる。

慎重に進めているところをギャーギャーと飛びかかってくる。

私に付き添っている土木班がそれらを叩きのめした。木剣やら金槌やら鶴嘴《つるはし》やらスコップやら、手に馴染んだ武器を鮮やかに使う。

が、後から後からわいてくる。

集中力と忍耐力がぶちギレた私は、対大イノシシ複数用魔法網をぶん回した。賊たちの悲鳴の他にも途中でキラキラしたものが網から飛び出たので、私たちから離して更にぶん回した。

もちろんその様子をその領地の当主たちは見ている。

自分たちでは手こずり、酷い領地では放置されていた賊を、私たちは苦もなく捕まえる。

懸賞金は王都に請求できるので、手を組んだ事にして山分けにします？　と青い顔色をした当主に聞くと、どうぞ全てお持ち下さいと言われた。

あざーす！

あ、アジトにあった盗品は持ち主に返してもらうように、にっこりとお願いした。

「……悪魔の微笑み……」

誰だ！　今言ったの！


そうしてまあ、ドロードラングでの生活が始まったわけなんだけど。

なんというか、飴と鞭を使いまくり。

飴は料理長ハンクさんで、鞭が私。

…………………物申したいが、この上ない適材適所。

領地に来る前に抱きつき診察を全員にしたけど、やっぱり誰も病気はしていない。大概が腹減りからの衰弱。

こういうのゲーム補整っていうのかな？　丈夫だよな～。

それと、細工班、鍛冶班の合同で義手義足の製作開始。土木班も狩猟班も途中参加。鉄だけではやはり重く、木や獣の皮が使われたり。

仕上げはもちろん黒魔法。これも眼鏡のように本人の血液を極少使用。

脚はともかく、手の指がきちんと動いたのには私も感動した。

ちなみに、この時にたまたま来ていた学園長も参加。色々助言をもらえたので助かった。

「またとんでもないものを造ったのぉ……」

スラム出身の新領民に義手を取りつけたところでの学園長の発言。

義手造りの職人はいるでしょうよ。本があるんだから。

「指が動く物を初めて見たわ。普通は一つ作るのに半年かかるのだ。細かい調整が必要じゃからのぅ。商品としての値段は高いが、製作期間が長いから採算が取りにくい。なり手の少ない職業じゃ。……黒魔法でここまで短期間に出来上がるとは」

違うよ学園長。早く出来上がったのはうちの職人たちが色々と考えて頑張ってくれたから。黒魔法は仕上げだけど、仕上げってのは元がなければできないんだよ。

そんなやり取りをしてる間も、二の腕から先の義手が付いた新領民は呆然としていた。ハーシーさん（40・男）は義手の右手と生の左手を、同時にグーパーとしている。

「どう？　調子が良さそうなら畑を耕してみてもらいたいんだけど、いい？　それとも木剣で手合わせする？」

義手作りに関わった皆で畑へ移動。

ハーシーさんに鍬を渡し、四、五回ザクザクとやってもらった。

「まず痛い所はない？　そう良かった。ひっかかりとか違和感は？　あまり感じない？　……ふむ、ちょっとさっきよりも大振りで耕してもらえる？」

ザックザックと耕してもらってまた同じ質問をしたけど、違和感は少ないと言う。

今度は細工班や鍛冶班に聞く。

「動きが大きいと金属の擦れる音が大きいね」「だが皮を付けたとしても擦り切れるぞ？」「上手く関節が動かなくなってしまう」「形を変えれば弱くなるしな～」「やはり腕としての動きはぎこちないな」「油をさすのが一番いい」

「重さはどうだ？」

鍛冶班の親方の問いに、ハーシーさんが戸惑いながら答える。

「正直重い。久しぶりの感覚だから、変な気がする。……だが、丁度いいかもしれないとも、思う……」

また義手をグーパーとし、開いたままの手を見つめ、つー、と涙を流す。

「……俺の腕は……こんな重さだったんだな……」

その様子を見て、親方たちは静かに笑う。

「違和感があったらすぐに俺たちに見せてくれ。もうお前一人の身体じゃないんだからな?」

「嫁か!」

「あっはっは!　お嬢うまいこと言うね!」

「嫁っていうか子供だな〜。俺らで作ったからな。ははっ!」

朗らかに笑う皆を、ハーシーさんが眩しそうに見てた。

義手義足の付いた人たちはとても変化した。意欲的になった。

それにつられてスラムの人たちは明るくなってきた。

一日三食の食事が良かったのかもしれない。夜に安全な場所で眠れるのも良かったのかもしれない。働いて汗を流し、風呂に入って清潔な服を着るのが良かったのかもしれない。

よく笑うようになった。

賊の連中も少しずつ変わってきた。

これは子供たちのおかげ。

大抵が強面《こわもて》の為に避けられてきた男たちだ。毎日代わる代わる抱きつく子供たちに戸惑う姿が面白かった。

髭で遊ばれるのが嫌で剃った奴がいた。無造作に伸ばした髪で遊ばれる奴も髪を短く切った。

気晴らしにと、ニックさんとの打ち合いに、格好いい!　と子供たちの声援が飛ぶ。そして、ニックさん以外との勝負に勝っても負けても飛び付かれる。

飛び付く子供をそっと放り投げると、ロックオンされ集中される。やけになって強く放っても受け身がバッチリな子供たちは屁でもない。

顔に傷のある男たちが字を読めるとわかると、子供たちが絵本を読んでと群がる。木陰で皆で昼寝をしてるのを見た時は笑った。

ある日、一人の男（顔に傷の太め体型）が私に聞いてきた。

「ここのガキ共はなんなんだ？　俺らが恐くないのか？」

噴いてしまった。

「ご、ごめんごめん。だって見た目はサッパリしたし、もう恐くないよ？」

「最初からおかしいという話だ」

「あ～、うちは元々強面の大人が多いからじゃない？　親方たちでしょ、料理長に、あ、料理班もわりと強面がいるな～。狩猟班もそこそこな人たちだし。ね？」

思い出しながら頷く男。そばにいたマークも頷く。

「子供たちが一番に恐ろしいと思ってるのはお嬢だよ。その次はお母さんたちだな～」

おいコラ、マーク。

ちょっと！　なんで納得!?　あ～！　ってなんだ!?

「お嬢がいるとはいえ、あんたらがあんなに子供たちの相手をするとは思ってなかった。ありがとう」

マークにそんな風に言われ、男はほんの少し赤くなる。

ぶふっ。

睨む男に笑いをこらえながら謝る。

「ごめんて。え～と、ジム。ここでやってみたい職業はある？」

目を丸くするジム。

ん？

「こんだけの人数がいるのに名前まで覚えたのか……」

ああ、そういうこと。

「ジムのとこは腕の立つ人が多いからゆくゆくは自警団を組織してもらいたいんだ。平和なまんまで過ごしたいけど、私がいない時の保険は準備しておきたいの」

ジムの目が更に丸くなる。

「元盗賊に、自警団をさせるのか？」

「もちろん本職は農業よ。犯罪以外は要望を聞くわ」

「……俺らを信用し過ぎじゃないか？」

「そうかもね。でもうちの子らがあれだけ懐いているのを、裏切るのは難しいと思ってる」

苦虫をかんだような顔をした。人が良いのは誰かしらね～？

考えておいてねと、その場で別れた。

子供たちはほとんどが小虎隊《ことら》に入る。

小虎隊とは、猫耳&尻尾を付けた子供たちがダンスをする隊のこと。サリオンの姿で動く白虎をコトラと呼ぶことにし、それと同じ姿だから小虎隊。

小虎隊は今や一座の一番人気だ。

ガットとライリーはなかなか馴染もうとしないオッサンだった。共に40才だけどいつも二人一緒で、盗賊一味の頭《かしら》に心酔していたようだ。

だから、頭を捕まえた私が近づくと物凄い目で睨む。

……悪いけど、全然恐くないし。

領地を出るのは見逃そうと思ってた。駄目な時はどうしたって駄目だから。

慣れるまで時間がかかるだろうなとは思っていたが、まさかこんなに早く行動するとは。

だけど誘拐は絶対に許さん!!

なんで誘拐と判断したか。

ロイが5才で、小虎隊で一番人気だから。

貴族に限らず幅広い女子に人気。ふわふわ銀髪の青い目で、男の子なのに女の子にも見える中性さが受けている。

高価《たか》く買ってくれそうな人がわんさといるだろう。

《お嬢、馬の気配を辿った先にロイがいる》

ビンゴ!

「私が着くまで待機」

《承知。視界を共有する》

従魔と視界等を共有できると教えてくれたのは学園長だ。

スケボーを走らせながらも、今シロウが見ている隠れ家の様子も見える。

森の中の更に藪に隠された小屋。場所がカーディフ領ということは、奴隷売買で使われていたのだろう。

全部壊したと思ったけど、まだあったのか。

そして地元でもない二人が知っているということは、横の繋がりもあったのだろう。

あ！　ダン！

ダンも私に気づいたのか、振り返る。

その瞬間、別映像では泣きじゃくるロイをガットが殴り飛ばした。

カッとなった。ということはわかった。


数分前。

「ここまで来りゃあ、しばらくは大丈夫だろう」

ガットは森小屋の扉を閉めながら独り言のように言った。

「そ、そうだな。つ、次は、隣の領の、お、奥方に、こ、こいつを、売り付ければ、か、金になる」

ライリーはどもりながらもニヤリとし、怯えるロイを見た。

途中で一人のガキに見つかったが、一発殴ったら吹っ飛んだ。

助けを求めた者が、殴られて伸びた姿がショックだったのだろう。それからロイは震えてはいるが大人しい。

ドロードラングに捕まって一月《ひとつき》。

明らかにロイは人気があった。特に金持ちに。さもありなんな見た目だ。巧くやれば、想定している倍の値段でも売れるだろう。

国内の主だった奴隷商がなくなってしまったので、闇市でもいいし貴族に直接売り付けてもいい。

それも難しいようなら国外に出ればいい。

とにかく金を手に入れて、頭《かしら》を助ける。

その為にはまず、あの化け物のような小娘から逃げ切らなければならない。

自分たちを捕まえた時は圧倒的なものだったが、領地に戻ってからはほんの少しも魔法を使っていない。

魔法の威力が大きければ、その分回復に時間がかかるというのが一般的だ。

回復する前に逃げる。

そしてそれはほぼ予定通りにできた。

「うぅ、おじょ～、うぅう～、ひっ、ひぐっ、」

ただ震えていた子供が声に出して泣き出した。

その様子にイラッとする。

自分たちもかつてはそうしていた。

いつも誰も助けてはくれず、次第に神に祈ることもなくなった。

「誰も来ねえさ」

「そ、そうさ、だ、誰も来ねえ。へへっ」

意地悪く、染み付いた下卑た笑いを幼児に向ける。

それを見たロイがまた震え、更に涙が溢れる。

「おじょ～、おじょーっ！」

甲高い声が気に障る。

わざと泣かせたのにイライラする。

助けなど来ない。自分たちが望んだ時は何も来なかった。

望まなくなってから頭《かしら》に拾われた。いいように使われているだけなのはわかっていた。一味を逃がす為に顔や体に傷が付こうが火傷を負おうが、何も誉められたり労《いたわ》られたりもなかった。それでも帰る場所があるのはとても安心できた。

それをくれた頭には恩がある。

自分らの名前を呼ぶことは一度だってなかったが、今さら指示なしで生きていく術《すべ》もない。

ドロードラング《あんな所》で生きていく理由もない。

自分たちは犯罪以外知らないのだ。

あんな所で生きていけるわけがない。

泣きじゃくるロイを殴った。

あっさりと吹っ飛んだ。

それを見て口の端が上がった。お前にももう未来はないんだよと、暗い笑いが出た。

と、急に小屋が明るくなった。

振り返ると、壁一面が炎に包まれていた。

いや。

業火《ごうか》に煽られ、木の壁が溶けて消滅していく。

何が起きているのかわからない。

わかったのは。

その業火の中、こちらにゆっくりと歩いてくる小さな人影が、ドロードラングの当主だということだった。

「……ガット、……ライリー、……ここで、何をしている……」

低い声に震え上がった。汗が全ての毛穴から出てくる。口の中が乾く。目の前の光景が理解できない。

なんだこれ、魔力の回復期じゃないのか？　道を造って、大綱をぶん回して、あれだけの魔法を使ったのに、この炎は何だ!?

「ガット、ライリー、……ロイを連れてどこに行く？」

恐い。

淡々とした口調とは裏腹に、炎はごんごんと燃え盛る。

魔法の炎なのか、森の木に燃え移ったものか、小屋の中からは判別できない。

その小屋もじりじりと溶けていく。

「ガットぉっ!!　ライリーぃぃっ!!」

その声に、死んだ、と思った。

怒りのあまり腸《はらわた》が煮えくり返るというのはこういう事か。

我を忘れ、体の中をめぐる衝動を、目の前の男たちに放とうとした。

「お嬢！　待って！」

その男たちを庇うように両手を広げた人影が私の前に立つ。

……アンディ？

「炎を抑えるんだ！」

……うるさい、あいつら、ゆるさん……！

「駄目だ！　しっかりしろ！　サレスティア!!」

私の目の焦点がアンディに合うと、彼はほんの少しホッと息を吐いた。

そのまま私に向かって歩いてくる。

え。ちょ、ちょっと待って、炎！　まだ出てるから！

そんなのお構いなしにアンディはずんずんと近づいてくる。

なんとか、後一歩というところで炎を消化（消火？）できた。

「正気に戻って良かった」

にっこりと笑うけど、こっちはそれどころじゃないっての。危ないでしょ！　火傷しちゃうでしょ！

興奮していたからか、まだ上手く喋れない。

きっと変な顔をしているだろう私の手を、アンディは躊躇なく取る。

「君の手はあいつらをどうにかする為にあるんじゃない。あの子を抱きしめる為のものだ。間違え

ないで」

「……アンディ……」

名を呼べば、花が咲くように微笑んだ。

「そんなおっかない顔してちゃあ、あの子が泣くよ？　助けに来たんだから泣かせちゃダメだよ」

……ごもっとも。

「さ。一緒に迎えに行こう」

アンディに手を引かれて歩き出すと、小屋からロイがずりずりと這い出てきた。慌てて二人で駆け寄り、起こして抱きしめた。

うわあああああーっ！

力の入らないロイの、殴られて赤く腫れた所に治癒術を掛ける。

よし、綺麗。

それでも何度も撫でてしまう。

痛かったね、恐かったね、よく頑張った！

アンディと一緒にいっぱい褒めた。

「なんなんだ……」

ガットが小さく呟く。そちらを見ればライリーは白目をむいている。

「なんなんだ!?　化け物か!?　まだ回復期じゃねぇのか!?　なんでこんなに追いつかれるのが早ぇんだ!?　なんでここが見つかったんだ!?」

え～と。どれから返事しようかと思っていたら、

「お嬢は魔力が多いだけだ。化け物じゃない」

と、アンディが低い声で応えた。

あら……ありがと。

シロウがのそっと現れたので、ガットは自分がシロウに追われたのだとわかったようだ。

「……なんだってそんなガキ一人に従魔まで使ってんだ……一人くらいいなくなったって、大して変わんねぇだろう……」

「一人でもいなくなったら大騒ぎするでしょうよ」

私の言葉に、ガットが不思議そうな顔をする。

「たった一人だ。大したことない」

なんだ？

「たった一人よ。大騒ぎよ」

「たかが一人だ！　いなくたって変わらねぇだろ！」

「うちのロイはたった一人よ！　ガットも！　ライリーも！　うちには一人ずつしかいない！　いなくなったら大騒ぎだって言ってんでしょうが！」

そう怒鳴り返したらガットが目を丸くした。

なんだ？

「……俺らは、盗賊だ。盗んで、殺して、売って、それで食ってきた………今さら、農業なんてできねぇ……」

歯を食いしばるように言う。

「もう普通の暮らしなんて今さらできねぇ……俺らは犯罪者だ！　処刑されるだけの人生だ！　俺らには真っ当な暮らしなんざ無理なんだよ！」

私は抱いていたロイをアンディに預け、ガットに向かってズカズカと近づき、気合いを入れた拳骨をお見舞いした。

ガッ！

いでっ！　と蹲《うずくま》るガット。

「コンの～、腑抜けたことを言ってんじゃないよっ!!」

私の声にビビる。ついでにライリーも拳骨！

いだっ！　とライリーも頭の天辺を押さえて蹲る。目ぇ覚めたかこの野郎。

「うちに来たなら真っ当な暮らししかさせないんだよ!!　誰がアンタたちにそんなことを言ったんだ!!　アンタたちはうちで引き取ったんだ！　うちに来たからには当主である私の子だ!!　子供の面倒を見るのは親の義務だ!!　誰が処刑させるか！　これは躾だ!!　この馬鹿タレどもっ!!」

私の勢いに圧《お》されたのか、唖然とする二人。

怒鳴ってちょっとスッキリした。

「悪い事をしてるのをちゃんとわかっているんだから、しないようにすればいいの。これからやっていきゃあいいの！　アンタたちを好きにして良いって、私は王様に許されてるの」

ガットとライリーを見つめる。

「ただし、それはドロードラング領の中だけ。ドロードラング領で真っ当な暮らしをする、それが、あんたたちの償う方法よ」

そんなこと……と呟くが。

「言っておくけど、真っ当な暮らしは大変よ？　だから私はあちこちから人手を集めてる。猫の手も借りたいの。意味わかる？　あんたたちなんて五体揃って話も通じる、いい物件だわ」

二人はお互いを見る。

ガット、ライリー、と目を合わせて名前を呼ぶ。

「あんたたちは、うちで生き直すの」

呆然としている。

じっと見る。

「罪は消えることはないわ。いつかは誰かに刺されるかもしれない。それでも、あんたたちのことは私が任されたの。もうガットもライリーも住民帳に載せたからドロードラングの住人よ」

「さっきも言ったけど、うちの領民は皆、当主の私が守るものなの」

二人の目が微《かす》かに揺らめいた。

「だから安心して私にこき使われなさい！　もし誰かが来ても刺さないでくれるように説得するから」

「お嬢に守られるのは羨ましいな」

ロイを抱っこしたアンディがそばに来た。ロイも落ち着いたようだ。

「何言ってるの。アンディも守る側でしょう？」

まあね、と笑うので、私も笑った。

「じゃあとりあえず、ロイに謝罪だね」

「そうね」

アンディが抱っこしたまま更に近づく。

ちょっと引く二人。

「何逃げてんの。こんなちっさい子を泣かせたんだからキチッと謝んなさい」

そう言うと、渋々と、すんごい小声で、

「『　悪かった……　』」

と言った。

ロイはそれで満足したらしく、アンディから降りると二人に抱きついた。

あ。

「そういえば、なんでアンディがここに?」

アンディがにっこりと微笑んだ。

……ん?

「ダンが、お嬢が目の前で燃えて消えたって亀様に連絡して、亀様に婚約者の暴走を止めろって連れて来られたんだ。まさか森火事の中心になってるとは思わなかったよ。水魔法を勉強していて良かった。ほとんどは亀様が消火したけどね」

「そ、それは、お手数をおかけしまして、誠に申し訳ございません……」

「うん。燃え移った分は消せて良かった」

そういえば、今日のアンディの服がいつもよりキラキラしている気がする。

汚してごめんね。そう言うと、

「いいんだ。夜会での挨拶は終わっていたから。それより間に合って良かった。暴走したお嬢を亀様でも止められないのかって、わりと本気で焦ったから」

夜会!?

「か、重ね重ね、申し訳……」

「いいよ。代わりにお嬢のあの絵をちょうだい？　母上が見たがってるんだ」

……………えぇ～、せっかく封印したのに……

その後、何事かと駆けつけたカーディフ領の人々にお騒がせしましたと頭を下げ、ガットとライリーは馬で、私とアンディとロイでシロウに乗って戻る途中に、置き去りにした私のスケボーに乗ったダンを拾い、また謝る。

領地に帰って顚末を報告。ここでもガットとライリーは謝罪。

そして騎馬の里を含めた防犯を見直すことに。

色々と今日の分を片付けてからアンディを送る。まあ、亀様の力だけど。玄関ホールで挨拶をする。事のだいたいを亀様が学園長に説明してくれたらしいので今夜は特に国王には会わなくて良さそうだ。

「今日はありがとう。でも危ないからもう飛び出さないで?」

「あそこで飛び出さないでいつ止めるの。僕が飛び出てお嬢が止まるなら何度でもするよ」

うう、こそばゆい……

「う～……何度もないようにする」

よろしくねと笑うその手には私のあの絵が抱えられている。……二枚。

ふと、私の頬にアンディの手が触れる。

絵を睨んでいた目を上げるとアンディが微笑んでた。

「……おやすみ、お嬢。亀様、送ってくれてありがとう。またね」

《うむ。またな》

「うん。おやすみアンディ。またね」

領地に戻ってふと、アンディに触れられた頬を触ってみた。

……うん。

アンディの方が手がすべすべしてる。

なにでケアしてるか、今度聞こうっと。

第七章　11才です。
一話　罰掃除です。

夜会議でガットとライリーへの罰は何がいいかと尋ねたら、騎馬の里の厩舎の掃除と、屋敷の掃除でいいんじゃないかと言われた。

……あれ、そんなんでいいの……？

「こっちの気の済むまでやってもらおうや。掃除だって男手があると楽になるだろう？」

ニックさんがカシーナさんに言う。

「素人など大した戦力になりませんが、力があるなら使いようがあります。期間を設けずに毎日やってもらいましょう」

「罰は基本、掃除にしたらいいんじゃないですかね？」

ルイスさんの言葉に男連中はほぼ頷く。料理班は調理場は省いて下さい、素人に器具を触られたくありません、と言う。

「え～と、男ってそんなに掃除って嫌？」

そう聞くと、頷いた連中は皆嫌そうな顔をし、ルイスさんがそうですよと続ける。

「男所帯で綺麗なとこなんてありませんよ。週に一回玄関周りを掃くだけで綺麗好きと言われる程です。たまに存在するマメな男が頑張って掃除しますけど、限度にキレて自分の範囲だけになりますね。だいたいは毎日しないからアイツらあんな格好をしてられるんですよ」

捕縛した時のことを思い出す。

あ〜。うん。土足でも汚いわ色んな匂いが混ざって臭いわ散々だったな……

「それに今さら手足を切り落としたって使いようがない。スラムの奴らがやっと五体揃ったのに、健康で更に丈夫な奴らを減らすこともない」

ニックさんが続ける。

「ドロードラングはまだまだ途上中だ。使えるやつらは使わせてもらう」

土木班長のグラントリー親方がごっつい手を挙げる。

「隣国とのトンネルはどうする？　掃除もいいが、トンネルの拡張をするならそっちに使った方がわかり易くキツいぞ？」

あ！　そうだ！　トンネル！　イズリール国と交渉しなきゃ。

「まだ交渉していませんので、それが済んでからの拡張ですね。ですが掃除を覚えるのも悪くはありません。どうせ体力はあるのです。徹底的に仕込みましょう。わかり難《にく》い方が罰になりますし」

……クラウスって、たまにダークだよ……

「うちの侍女たちがどれだけ丁寧に仕事をしているか、賊どもにわからせるいい機会です」

うおっ、皆がほくそ笑むって恐っ！

「じゃあ見張りは私がやろうかね。義手作りも落ち着いたし、細工班は私だけなら手が空くよ」

細工師ネリアさんがニヤリと言う。

「ネリアさんが付いて下さるなら心強いです。よろしくお願いします」

カシーナさんがネリアさんに頭を下げる。

……うん、まあ、掃除でいいなら良いんだけど。

次の日の朝から、ガットとライリーの悲鳴、鞭を叩きつける音、ネリアさんの楽しそうな怒鳴り声が屋敷に響くようになった。

毎日ボロ雑巾のようになる二人に、賊仲間が恐る恐る「毎日何をしてるんだ」と聞いたらしい。

すると虚ろな目で「……そうじ……」と答えたとか。

どういう掃除の仕方!?

ネリアさんに探りを入れたら「箒の持ち方、雑巾の絞り方から、毎日毎日丁寧に教えているよ？」と、にっこり言われた。

そして、義手義足作りでとうとうできたネリアさんの眼鏡がキラリと光る。

む、無理！　私にはこれ以上聞き出すのは無理！

箒と雑巾の使い方を覚えるのに鞭要らなくない？　とは言えない！

「掃除がいいんじゃないか」と言ったニックさんルイスさんすら悲鳴が聞こえるとビクッとする。

ガット、ライリー、頑張って……


カーディフ領での森火事の始末書を王城に提出に来ました。

カーディフ領当主セドリックさんには再度土下座をし、お詫びとして遊園地招待券（二号館ホテル一泊無料含む）を渡した。森に近い村のみ約五十世帯分。

放置された森だから隠れ家があったわけなんだけど、森の恵みを得ていた人はいた。その賠償は後程の交渉で。

ビビらせてすみません！

あの炎はドロードラング領からもばっちり見え、バンクス領とダルトリー領からも問い合わせがあった。

もちろんドロードラングでの不始末ということを素直に告白。

お騒がせしてすみません！

他の領地は王城に問い合わせたようで、そのあまりの数に始末書の提出が決定。

アンディから聞いていたんじゃないんかい。いや、そもそもは私の油断だからいくらでも始末書を書きますけども。

学園最上階にある学園長室からも、ぼんやり明るいのは見えたらしい。

……アンディが来なかったらぼんやり明るいどころじゃなかったかも……反省！

王の執務室に通されると、すでに学園長もラトルジン侯爵もいた。ジイサマたちは自分の仕事を持ち込んでのお出迎え。あざーす。

もちろん三人とも私のことをチラリと見ただけでそれぞれの書類にサインをしてる。

「え～、この度はドロードラングの不始末について、多大な御迷惑をお掛け致しまして申し訳ございませんでした」

扉から三歩進んだ所で頭を下げる。マークとルルーは部屋の外で待機。

「大人しくしていられんのか、おぬしは……」

呆れ声の侯爵。いやあ、うちの子が誘拐されたので……亀様がついていながら派手にやったのぅ」

「魔法使い関係はまたも大騒ぎになったぞ。亀様がついていながら派手にやったのぅ」

いえ学園長、アンディと亀様がいたからアレで済んだのですよ……

「ま、ある意味良い暴走だったな。お前を陞爵《しょうしゃく》した時に睨んでいた奴らが青い顔してやって来たからちゃんと言ってやったぞ。ドロードラング伯爵は学園に入学こそしていないが、学園長も認める魔法使いだ、暴走するとあの位になるらしい、とな」

……うん、微妙……

「うるさい小蝿共も大人しくなったんじゃないか？」

あ、ご存じで？　てか、パターンか？

実は森火事前から他領からの偵察が物凄くあった。

領地オープンに伴い、ガードも緩くして開《ひら》けたドロードラングを！　と思ったんだけど……

私の想定以上の人数が押し寄せ、うちの大人が皆ピリつくという事態になってしまった。向こうも偵察だけだったようで、小競り合いも起きずに済んだんだけど……

この時大活躍したのはうちの大蜘蛛たち。飼育担当ロドリスさんの指示で巣を出て、覗き見しようと怪しい動きをする輩《やから》を吊し上げ。

ありがとう！　スゴいね！　って、スパイダーシルクのミノムシの数が多い！　すみません、亀様ガードを再度お願いします！

クラウスや薬草班のチムリさんに眉間の皺は似合いません！

「気配がだだ漏れ。質が悪い！」

チムリさん！　目が恐い！　そして怒ってる理由はどこ!?

偵察などせずに堂々と遊びに来いやあ！　と、粗い紙で無理くり作ったチラシを持たせて弾き返したけども、それでもちょいちょい来る。

もうさ、来たついでに遊んで行きなよ、そして帰って宣伝してよ……もう紙作りが追いつかないし、皆が恐いからー！　私が悪かったからー……

という有り様だったのだけど、それが減った。

皆は、下手をうって仕返しされた時の被害の目安になっただろうと言う。

うん……まあ、良かった、のかな……？

「下書きはしてきたろう？　ここで清書していけ」

王が書類から目も上げずに言う。

へーい。

以前、領地に来てくれた護衛さんが始末書の準備をしてくれる。お手数お掛けしますと言ったら、大変でしたねと労られた。優しー！

「ああそうだ。婚約発表の日時が決まったからその書類も持っていけ」

……お使いか！

私の書き終わりと同時に、侯爵も書類仕事が終わったようで、私の時間があるのなら城内を案内してくれると言う。

そういやゆっくり見た事なかった。

是非！

「ていうか、始末書を直接王様へ渡してしまいましたけど良かったんですかね？」

廊下とは言いづらい絢爛豪華な通路に人影がいなそうなのを見て、侯爵にそっと聞いてみた。

「王がお嬢に会いたがっておられるのだ。本来なら手順があるし、直接渡すなどない」

ですよね。

「私の位置づけ、かなり雑ですね。いいんですか？　王様舐められません？」

歩きながらの会話だけど、侯爵が鼻で笑った。歩みはそのまま。

「お嬢が王に会う時は側近しかそばにおらん。たまにしか会わぬ貴族よりも王の事を十分にわかっている者たちだ。お嬢が心配するようなことにはならん」

「良かった〜。これで王様まで評判が落ちたら私の淑女教育が極悪な事になりますからね。ひと安心です」

「……安心できん淑女ぶりだぞ……」

え？　ええっ!?　振り返るとルルーもマークも頷いている。

駄目!?　今、公式の場じゃないけど駄目だった!?

……そっか、駄目か〜。

「二時間保《たも》たせてお暇致します」

侯爵が噴いた。

「お嬢？　なぜ侯爵と？」

アンディの授業参観に来ましたー。やほー。

「この間の始末書を提出に来たついでに城を案内してるところだ」

侯爵の説明に、始末書とアンディが呟く。

しずしずと前に出る私。

「先日は大変にお世話になりました。アンドレイ様にあの時にお助けいただけなければ、本日こうしてお目にかかることもございませんでしたでしょう。心からお礼を申し上げます」

スカートをつまみ、淑女の礼をとる。

よし、と自画自賛していると、

「お嬢、お腹すいてるの？」

と言われた。……おい。

「………アンドレイ様。淑女たるもの、そのような事は申し上げません」

礼をしたまま答えるその脇で、侯爵が手で口を押さえ肩をガタガタ震わせる姿が見えた。

「それは失礼しました。ですが、僕はいつもの天真爛漫な貴女の方がいいので、そちらの方にしてもらえませんか？」

言いながら私の手を取る。そんなことされたら真っ直ぐ立つしかない。目が合う。

「……これ以上、淑女教育を受けずに済むように協力してくれる？」

「ふふっ。例えば？」

渋々と白状した私に、ふっと笑ったアンディが手を組み直し、左手を私の腰に添え、ステップを促す。

　ルルーとマークが手を叩いてリズムをとる。

　それに合わせて一歩を踏み出す私たち。

「こんな感じでダンスの練習に付き合うとか？」

　笑いながらもワンフレーズをしっかり踊り、お互いにお辞儀をし、侯爵、マークたちにも同じくお辞儀をした。

「なかなか見事なダンスだったな。……ぶふっ！　なぜダンス……！」

　侯爵が噴いた。私も笑う。

「本当になんでダンス？　びっくり！　楽しかったけど！」

　アンディも笑う。

「ダンスも必要でしょ？　お嬢は畏《かしこ》まった後は動いた方がいいってニックさんが言っていたからね。打ち合うよりはダンスの方が安全だし、お手軽だし」

　アンディはうちに来ている時にニックさんに稽古をつけてもらっている。王族は基本守られるものだから、王族教育では護身がメインなんだろうけど、それでは足りないとアンディは思ったらしい。

　勉強だってしてるのに、線の細いアンディにはまだ無理じゃないかと心配したけれど、ニックさんはそこら辺もちゃんと考えて指導してるようだ。

「頭を使うのも体を使うのも、とにかく飯だ！」

　これには侯爵も納得。……アンディが侯爵のようになったらちょっと嫌だな～。

私の方もやっと護身術が本格的になってきた。

皆は亀様に、シロウ、クロウという従魔もいるから要らんだろうと言うけど、もうね、体を動かしたいの！

事務も会議も接客も嫌いじゃないよ。

でもね！　か・ら・だ・を・う・ご・か・し・た〜〜い!!

と訴えた。駄々をこねた。とも言う。

だからもう楽しくて楽しくて。

やばいわ〜脳筋は私もだわ〜と思いながら稽古をする。

畏まった後は特に楽しい！

付き合わされる人が大変だけど、今はそれでバランスをとってる感じ。

ま、今日はスカートだし、手合わせは無理だよね〜。

アンディの判断は正しい。そして私のやり易いようにリードをしてくれる。この優しさを見習え。

エスコートを見習えドロードラングの男《野郎》ども。

てか、ほんのちょっとしか畏まってないからそれほどダンスも必要なかったんだけどね。楽しかったからいいや。

展開について来られずに呆然としていた先生に、アンディと二人で謝罪。

ハッとした先生は戸惑いながらも許してくれた。

今は地理を勉強していたようで、机の上にアーライル国の地図があった。

「今はここにあの街道があるんだよね？」

色々と書き込みがしてある地図をアンディが指でなぞる。うちで造った街道もうっすらと書いてある。下書きかな？

「そう。大体これで合ってるよ。え、見てきたの？」

「うん、途中までだけど先生がね」

先生を見ると少し慌てて、え！　っと、あの！　と挙動不審。

「なんじゃ、アンドレイに関わるようになってもあがり症が治らんなぁ」

侯爵が微笑ましく先生に声を掛ける。

親戚か何かかと思ったら現役の部下だそうだ。仕事しながら家庭教師？

「そうじゃ。財務の仕事にとらわれず若いのに知識が豊富でな。ゆくゆくはアンドレイに仕える事にもなるじゃろうし、早いうちに馴れた方がいいと思ってな。儂の手配だ」

「た、大変光栄なことです」

へ～すごいな～、侯爵が褒めてる。……あ！

「申し遅れました！　私、ドロードラングだ……失礼しました、ドロードラング伯爵家当主、サレスティア・ドロードラングでございます」

あ、忘れとった、と侯爵も呟く。今まで相手からの紹介ばかりだったからうっかりしてしまった。

「はっ！　ぞ、存じております！　私はテオドール・トラントゥール。トラントゥール子爵家の三男です。大臣から領地の事を伺っております。いずれは訪れたいと思っております」

トラントゥール子爵領は王都を挟んでうちとは反対の場所だ。机の地図を指さすと、それを見たテオドールさんは頷いた。合ってた。

「いずれはこの街道が国を横断するかな？　そうしたらテオドール先生も領地に帰りやすくなりますね」

アンディが地図を眺めながら言った。それに対して先生はやんわりと否定する。

「そうだといいですが、トラントゥール領は丘が多い土地なので、きっとこちらのユルバン領を通した方が後々の発展に使えるでしょう。それでも今までよりとても行き来が楽になります」

ああ！　と納得して頷くアンディを先生は優しく見ている。

ははっ！　アンディが子供たちに教える時と似てる。

良い先生だね。良かった。

コンコン
扉がノックされ、アンディと先生があっと言った。

「エリザベスです。授業は終わりましたか？」

エリザベス？　……第一王女かい!?　アンディと同い年の!?　第二側妃の子の!?　え、なんで??

扉脇に控えていた従者が扉を開けると、ふわふわ栗色の髪の可愛いお嬢さんが入って来た。おお！

「あら、ごきげんよう侯爵。お客様でしたのね。邪魔をしてしまってご免なさい。あら、貴女は？」

可愛い～！　と感動していたら目が合った。可愛い～!!

「はっ！　お、お初にお目にかかります。サレスティア・ドロードラングと申します」

緊張しながらなんとか淑女の礼をとる。

可愛いお嬢さんは目を大きくした。可愛い～！

「ああ！　貴女がドロードラング伯爵？　アンドレイの婚約者ね！　初めまして、私はアーライル国第一王女、エリザベス・アーライルです」

これから会うことも多くなるでしょうし、仲良くして下さいね、とにっこり。

レシィも可愛いけど、エリザベス姫も可愛い～!!

可愛さにやられた私はよろしくお願いします！　と元気に頭を下げてしまった。

それだけで収まれば良かったのだけど、

「アンディ！　姫が二人とも可愛いとやる気が漲《みなぎ》るね！」

と叫んでしまった。

同意を求められたアンディは、

「う～ん。僕にとっては兄弟だからね。漲らないな」

と困った様子。

そして、私が漲るね！　と叫んだ瞬間、大笑いの侯爵に時間の止まったその他（姫含む）。

あ。やってしまった……ルルーの呆れた目が刺さる……


さて。

エリザベス姫がアンディのとこに来た理由は、授業終了後の先生に、財務室に戻るまで質問をする為だそうだ。その証拠に教本に栞《しおり》を挟んで持ってきている。

先生はアンディの前に、短期間エリザベス姫にも付いたらしい。が、姫には慣例として女性の教師が付くことが多いらしく、侯爵の働きもあり、先生はアンディ担当となったようだ。

そんなこんなで、今私たちは前を歩く先生と生徒にくっつきながら、侯爵に案内をしてもらっている。今の時間は休憩のアンディも一緒に。

しかしあれだね～、可愛い姫をガン見していて思ったけど、

「エリザベス殿下は先生が好きなの？」

とアンディに聞いてみた。

鳩が豆鉄砲くらった顔をしたアンディが歩みを止める。そっと言ったつもりだったけど侯爵にも聞こえたらしい。止まった彼もアンディと同じ顔をしている。

あれ？　違うのかな？

だって先生に向ける顔が明らかに可愛いんだよ。うっすらと頬が赤くなるし。目が合うと潤むんだよね～。ああ、可愛い。

あ、置いていかれる！　と、二人を追う。

そんなこんなで財務室に着いてしまった。

本日もありがとうございましたと姫が礼をすると、質問はいつでもお受けしますが、あまり根を詰めないようにして下さいねと先生が返す。

わかっていますわと返す姫様は可愛い。

お部屋までお気をつけて下さいと言う先生は優しい。

そして先生は私たちの方を向き、礼をして仕事に戻って行った。

姫は扉が閉まる寸前にこちらを向いた。

「私もサレスティアさんの案内についていっても良いかしら？」

やった！　右に姫、左にアンディで両手に華!!

「お嬢様……」

ハッ！　ル、ルルーさん！　大丈夫です！　ヨダレなんか垂らしません！　お願いカシーナさんに言わないでっ!!

ちょっとパニクった私は、何か話を逸らそうとうっかりと口に出してしまった。

「殿下は先生が好きなんでフガッ！」

姫の両手が私の口をがっつり押さえた。その勢いのまま後ろ歩きをして壁に後頭部を打ち付けた。

痛い。

それでも真っ赤な顔をした姫がふるふると睨んでくる。

と思ったら、にっこりした。

「私の部屋で、ゆっくり話しましょうねえ？」

……笑顔に迫力ある人が多すぎない……!?

「あまり誰がいるかわからない所で迂闊《うかつ》なことを仰らないで下さる!?」

「は！　申し訳ございませんでした！」

ただ今エリザベス姫の部屋に全員でお邪魔しております。女の子らしい明るいふわふわとした内装で、部屋の主人が怒ってなければなお素晴らしい事だったと思われます。

……ええ、怒られてます、ハイ。

土下座まではしてませんが、腰を九十度に折って誠意を表してます。

他の皆はお茶を飲んでます。ええ、私一人です。

お部屋にお邪魔し、扉を閉めた途端、真っ赤な顔でうるうるとした姫が振り返り、

「サレスティア様、困ります！」

と、開始。

随分と溜まっていたようで、勢いのまま姫は全てを吐いてしまいましたとさ。

先生をいつから好きだとか、良い所をばんばん挙げ、アンディや侯爵が勢いに押されてそれらを肯定すれば、それはそれは喜んだ。ああ可愛い。

家格の釣り合わない事はわかっているし歳の差もある。第一に自分は王女、国の益の為に嫁がなければならない。想いを遂げられない事は重々理解しているつもりだが今はまだ諦められない。

彼が独身の間は誰にも嫁ぐ約束をしたくない。

きっと彼が結婚するのは時間の問題だ。恋人がいないと聞いたけれど23才だ。その仕事ぶりからいずれは侯爵からの紹介もあるだろう。

どうせすぐだ。だから、その時まで、ただ彼を想っていたい。

……11才って、こんなに情熱的なの？

ええこの間、私は九十度でございます。

「この想いが知られては先生の迷惑になります。今後このような事のないようにして下さいませ」

「は！　肝に命じます！」

「よろしい。さあ、貴女もお茶をどうぞ」

「は！　ありがとうございます！」

なんだこれ……とマークが呟くが、やっと体を起こす事ができた私にはどうでもいい。

あーしんどかったー。

「姉上、僕たちも聞いてしまいましたが良かったのですか？」

姫は基本、部屋には一人でいるらしく、侍女たちは部屋の外に控えている。怒ってはいたけど怒鳴ってはいないので、今の話は聞こえていないはず。

一人の時間は存分に先生を想うのだそうだ。可愛い。でも部屋に籠《こも》る理由にしている自主勉強もちゃんとやっているとか。真面目だ！

ということでルルーにお茶を淹れてもらう。

「……あの状況では隠しきれないでしょう。知ってもらった方が口止めがしやすいと思ったのですわ」

「え、侯爵に応援を頼まないのですか？」

「サレスティア様！　それが先生への迷惑になります！　……ただでさえ質問という形で邪魔をしているのです……侯爵の元で働く先生をこれ以上煩《わずら》わせたくはありません」

切なげに俯《うつむ》く姫が、私の懐かしい記憶を思い出させる。

そうだよな～、好きな人に近づきたいけど近すぎて嫌われるのが恐いんだよね～、あったあった、うんうん。

お節介はしないようにしよう。先生が姫を好きならお節介し放題だけど、彼女は「姫」だ。本当に余計な事になってしまう。失恋する為の手伝いは、正直しづらい。

ならば。

「誰にも話せなくて辛い時は私が聞きます。呼んで下さい。または、領地にいらした時に夜通し女子会をしましょう。美味しいお菓子とお茶を用意します」

ぽかんとした姫も可愛いな～。


「ただいま～」

今夜も子供部屋（10才までの男女）にお邪魔します。コトラが赤ちゃん部屋を卒業してこちらに移ったのを追いかけて、私もここで寝ている。

養子縁組がなかなか進まないのだけど、子供たちはあまり気にしていない様子。

……あれかな、大人たちがめいっぱい構い倒すのが良いのかな？　大人たちは子供らが良いならそれで良しとするスタンス。どの子も皆可愛いよね～。

「おじょう、おかえりなさい」

「ロイ！　遅くなってゴメンね」

ぎゅうっと抱き合う。苦しいよと笑うロイ。ロイが離れると他の子たちが抱きついてくるのを抱きしめる。

コトラ（サリオン）はもう寝てるので、おでこにキスをする。

おやすみ。

誘拐事件の後から、暇さえあればロイにくっつくことにしている。

そして、子供たちには三人以上で行動するように伝えた。もちろんそれが難しい時もあるので、一人になる時はどこに行くのか誰かに伝えてから向かうようにと念を押す。それがたとえトイレでも。

私がずっと背負っていた亀様のぬいぐるみは、今は子供たちが順番に持って寝てる。

……そろそろ洗濯をしてあげたい。真っ白だった亀様がくすんできてる。隙を見てしよ……

後から後から、子供たちの「今日はね！」を聞かせられる。同じことを言う子がいるのは一緒に行動したのだろう。よしよし、守ってくれてありがと。

この時間がつい苦笑するほど長いけど、欠かさないようにしている。寝る前のこの時間しか、お互いにゆっくりできないから。

ロイは一週間くらいうなされた。昼間は何ともないが暗がりや夜は少し震えた。だからなるべく一緒にいた。私がいられない時は、ニックさんやルイスさんなどに頼んだ。子供同士の他に必ず大人が付くように。

抱っこしながら寝て、ロイが寝ついた時に起きている子たちにまた、いつも気にかけてくれてありがとと言う。この子たちは必然的に下の子たちの面倒をみてくれてる。大人の目の届かない所を見つけてくれる。ロイが震えてるのを教えてくれたのはこの子たち。

ロイを起こさないようにサリオンの隣にそっと転がすと、起きている子たちの話も聞く。

大人の見逃した所は子供が見える。

今日も誰も震えてなかった。

良かった。

あんたたちも無事で良かったと、一人ずつ、名前を呼びながら抱きしめた。

二話　婚約発表です。

うぅ、しんどい……

本日王城にて、王子たちの婚約発表の為の夜会が行われております。

ドロードラング侍女ズ＆騎馬の里女性陣からなる服飾班による今季最高傑作らしい、大人しくかつ淑《しと》やかに見える緑色のドレスと装飾を身につけ、アンディの隣に立ってます。アンディの衣装も一緒に作ったので、しっかりお揃いです。

第三王子ということであまり目立たず、でもきらびやかだけどシックな装いはアンディの麗《うるわ》しさと相まって今日もしっかり美人です！

ほんと勘弁してよねっ！　隣に立つのは私なんだからねってあれほど言ったのに……

素敵なドレスだよ。アンディの黒髪にも私のゆるふわ（綺麗に巻かれない中途半端さがショボい悪役令嬢たる由縁）一般的茶髪にも合う色に仕上げたのがスゲエよ。この日の為に肩上だった髪は、伸ばしたけど肩を少し越した程度しか伸びなかったので念入りに編み込みされている。

この編み込みはレシィが教えてくれたもので、会得した侍女がやってくれた。レシィは喜んでくれた。ふっふっ。

「今日は一段と可愛いね。ドレスもよく似合ってる」

見習えーっ！　出がけに私を見て笑った奴等よ!!　アンディのこういうトコを見習え――っ!!

「私もお嬢とお揃いしたい～！」

ありがとレシィ！　言えば彼女たちはきっと張り切ってドレスを作るよ。今からこの編み込みは時間的に難しいけど……おお、お揃い楽しそうだな～。

「噂に違《たが》わぬドレスね。サレスティア様にとてもお似合いですわ」

エリザベス姫もありがとうございます！　今日は淡い紫色のドレスがお似合いで！　きっと私のこのドレスも、姫の方が何百倍も素敵に着こなしてくれるだろう想像でもう少し頑張れます！　脳内着せ替え！　……変態か。

「はっはっは！　誰かと思ったぞ！　化けたな！」

コンの親父はよおっ!!　息子を見習えっ！

あ～、顔が～、ひきつる～。

王城に着いて一時間半経ってます……

あんなに特訓した「淑女の微笑み」が崩れそうです。うぅ、二時間、頑張れ私～。

これで失敗したらこれからの淑女教育が極悪に……！

頑張って私の表情筋!!　私も頑張るから！

「もう少しだから頑張って」

隣からアンディが囁く。視線を向ければ、ちょっと疲れてるアンディが微笑む。

ああ、アンディもしんどいんだ……うん頑張る！

微笑み合う私たちをエリザベス姫とレシィが見ていたらしく、夜会終了後に一番仲が良さそうだったと言われた。

王太子ルーベンス様（12）は、王様そっくりの金髪碧眼。THE王子。

そのお相手、友好国バルツァーの第一王女、ビアンカ様（11）。縦ロールの美しい明るい金髪に翡翠《ひすい》の瞳。正統派美少女。ツンだけど。

二人とも白を基調とした衣装で、もうそのまま結婚式ですか？　って感じ。とても派手なカップルだ。

第二王子シュナイル様（12）は、一の側妃譲りの銀髪を一つに結わえ、これまた王様譲りの碧眼。立ち振舞いが武闘派っぽい。

お相手は、カドガン宰相の四女クリスティアーナ様（11）。髪はサラサラとしたストレートでキャラメル色。第二王子に合わせたのか、高い位置で髪を結ってある。瞳も明るい青で水色みたい。知的美少女。ツンだけど。

こちらは青が基調の衣装だ。きっと二人の瞳の色に合わせたのだろう。やっぱりお似合いの二人だ。

なんだろうな～。皆成人前の子供のはずなのに凜々しいな～。偉いな～。

アンディの恥にならないように頑張らなきゃ。

あ、ルルーとマークが壁際に立っているのが見えた。今日のお付きも二人だけ。

行くと面倒そうなのでと言うクラウスには留守番を頼んだ。

王都偵察のヤンさんとダジルイさんも護衛として城のどこかにはいる。マークと一緒に表に出てもらう予定だったのにヤンさんは固辞。てか拒否。それを見たダジルイさんにもドレスには慣れていないのでと断られた。

……どこにいるやら。

ルルーたちのすぐそばには侯爵夫妻がいた。夫人と目が合うと小さく頷いてくれたので安心した。

このドレスには夫人も関わっている。完成したのを今日見せる事になってしまって不安だったけど、喜んでくれたようだ。良かった。

最後に私たち三組だけでダンスを踊ることに。

……くっ、どうせならこの美人軍団が踊る様《さま》を脇で見ていたいのに！　レシィ〜代わって〜！

「レシィと代わろうとしてる？」

うわっ！　何でわかったの!?

淑女の笑みを崩さないまま驚くとか、私も器用になったな〜。

しかし鋭いなアンディ。

「ふふっ、当たった？」

「うぅ、そんなに顔に出てた……？」

「いや言ってみただけ。これを踊ったら終わりだよ。初めての夜会を頑張ったから何かプレゼントしようかな。何がいい？」

「ええ!?　そんな制度があるの!?」

「ないよ〜。お嬢が頑張れるかなと思って」

「ビックリした。なあんだアンディの冗談か〜、ふふっ」

「ん？　本気だよ。あまり大きい物は無理だけどね」

「あ！　じゃあ、アンディが使っているハンドクリームを教えて？」

「？　ハンドクリーム？」

「え？　塗っているでしょ？」

「使ったことないけど」

「ええ!?　じゃあこの手のスベスベさはなんなの？　王族仕様なの!?」

アンディが噴いた。ダンスの最中なので極々小さくだけど。

「後で侍女に聞いてみるよ。お風呂とか何か使っているかもしれないから、ふっ」

「やった！　ありがと！　……もう、笑っちゃったら？」

「い、言わないで、我慢できなくなる……」

そうして二人で小さく笑いながら踊ったのだけど、やっぱりそれもレシィとエリザベス姫に一番仲が良さそうと思わせたようだ。

まあ友達だからね！　仲良いよ！


ようやく大広間から出られました。よし。まだ淑女に見えるはず。

この後はもう解散なのでそれぞれの部屋に向かうらしい。

ビアンカ姫はこのままアーライルに留まり、アーライルの王妃教育を受ける。

クリスティアーナ様は家が近いので、宰相を待って帰る。

私は一番下っ端なので、皆さんをお見送りする為お辞儀をする。

王子二人は、私の隣にいたアンディにはにこやかに「お疲れ」「おやすみ」と声を掛けたけど、私には何もない。それぞれの婚約者にも声を掛けて、そのまま専属の従者と共に去っていく。

「ドロードラングの奴隷王の娘。どんな美女かと楽しみにしていたのに、ただの田舎者でしたわね。ごきげんよう」

ビアンカ姫も侍女に連れられて行った。

「どんな手を使ってアンドレイ殿下をたぶらかしたのか、必ず曝《さら》して差し上げますわ」

クリスティアーナ様も侍従に連れられて行く。

……たぶらかす……何の話？

ギリッ
何の音？　と見たら、アンディが床を睨んでいた。

目線を下げれば、アンディの握りこんだ手が白くなっている。

ふっと私の口許が緩む。正面に回り込み、その手をとる。

「手が、傷ついちゃうよ？」

少しだけ力が緩んだ。でもまだ握ったまま。目も強く瞑《つむ》っている。ブルブルとする顎は、歯を食いしばっているのか。

こんな表情、初めて見た。

「アンディの手、好きなんだけどな〜」

アンディは拳を開き、私の手を握る。

「僕は君の友達だ！」

強い眼差しで私を見る。その言葉に頷く。嬉しい。

「今夜、正式に婚約者になった！」

頷く。

「君を！　もっと！　守れると思っていた！」

……純粋に嬉しい。

「……君を守れる力が欲しい……！」

「それは違う」

アンディを見つめる。眉間の皺はとれない。

実際田舎者なので貴族様に田舎者と言われるのはハァそうですねとしか思わない。私だってあんな綺麗な子と並びたくない。美形は見て眺めて愛でるものよ！

そういう意味じゃ、近寄るだけで言葉よりもよほどダメージがある。

やはり育ちの良い人は、罵る言葉も大人しい。

可愛いもんだ。

「守ってくれるのはとても嬉しい。けど、貴方が守るのは国民よ。貴方はその為の力を得るの。私の為じゃない」

眉間の皺がまた深くなる。

「君も国民の一人だ」

「ありがと……だから私は、その貴方を支えたい」

あ、少しとれた。

「どんな形でも」

夫婦にならなくても。王都と領地とで離れても。

「アンディが挫《くじ》けそうになったらそばにいるわ。飛んでくる。だから、私がそうなった時にはアンディがそばにいて。いてくれるだけでいいの。……いい？」

戸惑っていた顔が、ゆるゆると笑む。

「……じゃあ、早く転移の魔法を覚えなきゃ」

あぁ、いつもの笑顔だ。

「取り乱してごめん。兄上たちがあんな態度をとるなんて……婚約者たちも……ビックリした」

そりゃあそうだろう。優しい人に囲まれて油断していたのもあるけど、あの子たちの態度が普通なんだと思う。

可愛い弟の婚約者に、まさかの奴隷王の娘だ。邪魔をしたくても父王の命ならばそれも難しい。

わかりやすい拒絶の無視。

婚約者たちも犯罪者の子と同列にされたのだ。プライドに障ったのだろう。

「ふふっ。兄弟仲が良い証拠よ。いいお兄ちゃんたちね」

「うん。……いつか、わかってくれると思う」

「そのために頑張るわ」

「僕も頑張るけど……無茶はほどほどにね」

「……努力します……」

アンディが笑った。

ああ。

良かった。

「あらぁ、本当に仲良しなのねぇ。可愛いわ～」

「ね！　言った通りだったでしょう！」

「……二人の世界すぎませんこと？　羨ましい……」

三の側妃（アンディとレシィのお母さん）マルディナ様、レシィ、エリザベス姫が現れた。

人の気配は感じていたけど……ん？

「ルーベンスもビアンカさんにこれくらい打ち解ければいいのに……そうすればビアンカさんもあんな捨て台詞のようなもの言わなかったでしょうに」

「シュナイルもそうですわ。クリスティアーナさんと二人でいても、ちっとも話が弾みませんの。何であんな朴念仁《ぼくねんじん》になったのかしら？　それにしても仲の良さに嫉妬だなんて、はしたないわ。クリスティアーナさんの相手はシュナイルですのに」

「は～。エリザベスの相手はどんな方になるのかしら……私たちのように仲良くできるかしら……」

王妃、一の側妃、二の側妃まで!!

何コレ!?　お妃勢揃い!!　コンプリート!!　目がチカチカする!!

……なんだろうな、気分的に罰ゲーム……

おっとっと、慌てて礼をとる。

「あらいいのよ、サレスティア。貴女とそのドレスを見に来たの。皆で私の部屋へ行きましょう」

ひぃぃぃぃイイ！　なんで初対面の王妃の部屋に!?

「それは、僕も行ってもよろしいでしょうか？」

アンディの言葉に、王妃はゆっくりと微笑んだ。

「もちろんよ。ふふっ、とって食ったりしないわ。ラトルジン侯爵夫妻も後から来るのよ。貴方もいらっしゃい」

お妃たちが現れた時に咄嗟に繋がれた手が少し緩んだ。

そうしてぞろぞろと王妃の部屋にお邪魔し、ドレスに群がられ、夫人の説明を熱心に聞く女性陣が生地の色を決めて発注をするまで二時間かかった。

ええ、もぅ、淑女どころか、女子として駄目な状態になりました……脱がされはしなかったけど……へろへろです……ぐだぐだです……

久しぶりにマークに背負われて帰りました。

疲れた……


今年は雪が少ない。

こういう時は年明けにドカッと降る。ドカ雪対策しなきゃ。

年末年始を挟んで一ヵ月は遊園地事業は休みとした。大抵の地域では冬の備えをして家族で慎ましく過ごす時期。

王都の年明けのお祭りだって、年明け十日に行われる。例年それまでには降雪は収まる。

亀様ガードを展開してもらえば、雪だろうが矢だろうが気にしなくて済むけれど、うちの皆の休みが一斉に取れるのはこの時だけだ。

家族の時間を過ごして欲しい。

ま、それぞれだけどね。

今年の帳簿付けも終わり、仕事納め～と伸びをしたところで、元盗賊のジムがニックさんに連れられて執務室に来た。

「いつかあんたに言われた、やりたい職業なんだが、……何も思いつかなかった」

ガットとライリーの罰掃除がよっぽどだったのか、あれから喧嘩はあっても犯罪はない。何とか真面目に農業に従事している。

ちなみに罰掃除はまだ続いている。

「まあ、まだ時間はあるから、」

「そういうことじゃねぇ」

私をじっと見た後、ばつが悪そうに逸らす。

「あんた……俺らを信用し過ぎだ……」

「見張りを付けてるけど、そう思うの？」

「見張りの数が少ねぇよ。あれじゃあ、逃げようと思えば逃げ切れる」

確かに。そこまで人数を割けないからだけど、亀様もシロウもクロウもいる。もう逃がすことはない。

「ガットとライリーに、これから悪い事をしなきゃいいと言ったそうだな」

「言ったわ」

「……そうすれば、チャラになるのか？」

それか。

「……なればいいな、とは思ってる」

ジムが鼻で笑う。ニックさんがそれを睨み、私のそばにいたクラウスが一歩出たのを手で制した。

「そうだな。俺らはそう簡単には許されない……」

沈黙。

何を言いたいんだろう？　目を伏せたり唇を噛んだりしている。執務室《ここ》に来たという事は、言いたい事が決まっているのだと思うけど。

気持ちが決まったのか、ジムは瞑った目を開けた。

「……俺らは、物心がつく頃にはスラムにいた。物心がつけば食うために必死だ。自分さえ良きゃあいい。毎日、毎日毎日、奪って奪われて、そうしてきた」

ただ生きる為に奪った。生きる為に必死だっただけなのに、蔑《さげす》まれた。

蔑まれる事に腹が立って、もっと奪った。

縄張り争いに負けて傘下に入った。仲間という括《くく》りも、あってないようなものだった。

顔の傷は、その仲間だったヤツにつけられた。

「……俺らは、だいたいがそんな生い立ちだ。誰も、一味でも、頭《かしら》でも、心から信用なんかしねぇ。ガットとライリーは珍しいんだ。ただ、自分が逃げ切る為に誰かを囮《おとり》にするようにつるんでるだけだ」

だから、あんたに捕まった時に処刑されて終わりになるはずだった。

「……俺たちは、いや、俺は……今まで奪ってきた物がどんな物か、考えたことはなかった」

ジムが、ゆるく開いた自分の手をじっと見る。

「食い物が……野菜が小麦が肉がどう作られて店で売られるのか考えた事がなかった。……それはそこにあったから、店にいつもあったから、ただの商品だと思ってた……俺が作れる物だなんて、これっぽっちも思ってなかった」

握った手も、じっと見る。

「この手は、誰かを殴る為、殺す為のものだと思ってた。……けして、鍬を持ったり、子供を抱えあげたり、絵本を持ったりなんてしない。そのまま死ぬはずだった」

くしゃりとした顔を私に向ける。

「……なんで、俺を引き取った？」

「自分の犯した罪を後悔してもらうためよ」

即答した私を、ジムは青ざめた顔で見ている。

「まあ、最初はただの労働力としてしか見ていなかったわ」

押さえ付ければ簡単に盗賊たちを制御できるとは思ってた。だから簡単に引き取った。

だけど、日々を過ごす内に考えを改めた。

「今、あんたも言ったけど、あんたたちが奪ってきた物はただそこにあるんじゃない。何ヵ月も手を掛けて実らせた物よ。危険をおかして仕留めた物よ。そうして糧にして生活している人の物よ」

ジムは一瞬伏せた目を、すぐにまた私に合わせる。

「真っ当な生活を知らないあんたたちに何が罪なのか、最初からわからせなきゃいけないと思った。そうしなきゃ、ただ処刑したって意味がない。なぜ処刑されるのか、それを理解しなきゃ意味がない。開き直られちゃ、浮かばれない」

もし私をひいた車の運転手が、あー、最近仕事忙しくてー、つい運転中眠っちゃったみたいでー、すんませんしたー……なんて言うような奴なら、怨《うら》んで怨んで、私の運のなさに落ち込むだけだが、……家族の誰かがその事故にあっていたら殺意しかない。想像ですら同じ方法でなんて生ぬるい。

切り刻んでも気がすまない。

誠心誠意謝ってもらったところで、それがすぐに消えるわけもない。

でも、憎くても憎くても、どこかでいつかは気持ちに折り合いをつけなきゃいけない。

どんなに憎んだって、悲しんだって、戻っては来ない。

家族が、私の為に、そんな思いをずっとして欲しくない。

サレスティアとしての人生を生きているから、そう思うのかもしれない。

家族の誰でもなく、私で良かった。


お父さんもお母さんも苦労してたから、ゆっくり旅行でもして欲しい。歳のわりに多い白髪を密かに気にしていた二人には、思う存分髪を染めて欲しい。打ちっぱなしじゃなくて、コースを回るゴルフも、大好きな演歌歌手の追っかけも。

お兄ちゃんは長兄らしく真面目で、私の小学校の参観日に親の代わりに参加してくれた。その真面目さが顔にも出るのか、私といると「若いお父さんね」と必ず言われた。どこに出掛けても百パーセント。当時高校生だったのに。

そんな不憫な兄をずっと待ってくれてる、私のこともとても可愛いがってくれた彼女と結婚して、幸せな家庭を築いて欲しい。

お姉ちゃんも、赤点取ってる暇などない！　と学校にいる間は勉学に励み特待生として進学。バイト禁止の学校だったのにバイトを認めさせ、それでもトップの成績で卒業。先生たちには、成績優秀な問題児と言われ、伝統をぶち壊すという爪痕を残したとか。友達の多いお姉ちゃんからは、その友達のお下がり服をたくさんもらえた。貧乏なわりに私は可愛い服を着ていたと思う。

お姉ちゃんの壊滅的な料理を美味しいと言うあの貴重な彼氏と是非とも結婚までこぎつけて欲しい。

卓也も充実した大学生活を……あ、卒業したかな？　とうとう社会人か～……。五つ下の弟のオムツも取り替えたし、離乳食も食べさせた。中学生になった途端に身長がグングン伸びて、制服の丈直しが大変だった。結局買い直したけど。

しょっちゅう部活終わりに部員を引き連れてうちで晩御飯を兼ねたミーティングをし、私をちいママと呼ぶ生意気盛りだったけど、インターハイでそこそこの成績を納めた後に部員たち皆でケーキバイキングに連れて行ってくれた。

社会人生活大変だろうけど、ここから応援してる。

私は毎日に満足してた。我慢することがたくさんあったし、未来予想図も特になかったけど、友達にも職場にも恵まれたし、家族がいたから毎日が楽しかった。

今でもそう思う。

だから。

こいつらにも、こういう基盤があったなら、犯さなかった罪がたくさんあったのでは？

そもそも起きなかったのでは？

犯罪が多いのが政治のせいなら、一《いち》領主の私にできることは？

引き取った時は人足としてしか考えてなかった。

その私を変えたのも子供たちだ。

笑って、彼らに手を伸ばしたのだ。

その姿に、盗賊たちがポカンとした。そして戸惑った。扱いがわからなくてオタオタとした。

「おふろにはいって、くさくなくなって、よかったね！」

間《ま》を一つとってから、微妙な顔になる盗賊たち。

それにまた手を伸ばす子供たち。

孤児でも5才以下は、スラムの記憶などほぼない。周りにいる大人は誰もが自分を抱き上げてくれるものだと思ってる。

見た目が違う、騎馬の民も皆自分を抱き上げてくれる。

新しい大人たちもそうだと思ったのだろう。

スラムの大人は片手片足がない。

だから、盗賊たちに向かったのだろう。

止める間もなかった。

盗賊たちが暴れる隙もなく群がった。

そして、とりとめもなく、わちゃわちゃと話しかけた。

5才以下を止めようと10才以下が寄ったが巻き込まれた。そして15才以下も、以下同文。

盛り上がる子供たちを呆然と見ている盗賊たち。

とうとう一人抱き上げた。

更に大騒ぎになった。

子供たちが喜んで。

そして、満足するとさっさといなくなった。

呆然とした盗賊たちだけが残った。

おかしかった。

安心安全を知っている子供たちと、知らないで大人になった子供たち。

委《ゆだ》ねることを知っている子供たちと、威嚇するしかなかった子たち。

同じ世界にいてここまで違う。

……前の世界もそうだったけど。

全世界が一つになって争いのない永久の平和を。

そんなものはどこにもなかった。二十年ちょっとしかいなかったけど。

けど。

だからって、その考えは嫌いじゃなかった。

家庭が平和なら世界も平和になるのよ。

誰が言ったか忘れたけれど、いいなと思った。

喧嘩は、仲直りができる。

殺しは、取り返しがつかない。

その違いを解らせる事が、私のすることかもしれないと思った。

いつか謝りに行ったとしても、簡単には許されない。作った野菜を持って行っても、その場に腐るまで置かれ続けるだろう。

それでも、それを続ける気持ちを持ち続ける事が、贖罪《しょくざい》だと思う。

それこそ、自分の肉体を離れるまで。

または、離れても。

手にかけた命がどれだけのものなのか、子供たちと触れあって、自分を見てもらって、感じて欲しい。

そして、心からの後悔を。

「私は国王に、盗賊たちの事を好きなようにしていいと許されてる。……ここで勘違いしないで欲しいんだけど、あんたたちは許されたわけじゃないわ。条件付きで生かされているの」

戸惑ったまま、それでもじっと、ジムは私を見る。

盗賊一味の幹部は、どうしようもないと判断された。

王命の事業中に捕まったので管轄は王都騎士団であり、王の裁決は早い。

根城にしていた領地の貴族との繋がりが疑われている者だけ連れて行かれた。それでも結構な人数だった。

それ以外を引き取った。

「うちの人足として、死ぬまで、うちで、真っ当に生活する。いい？　何かやらかしても掃除程度で終わると思わないで。ガットとライリーの事はロイが関わっているから特例よ。拐われて恐い思いをしたのに、それでもあの子は二人を許したの。ごめんなさいをしたから許したのに、その相手が死んでしまったらロイが混乱するわ」

悪いと思ったら、悪いと思う事をしてしまったら、その相手に謝るの。そう子供たちに伝えている。

思いを上手く伝えられなくて、喧嘩して、つい手が出ることもある。

子供たちは素直だ。

理解できれば、自分の間違えたことを直ぐに謝れる。

そして次の瞬間には連れだって遊ぶのだ。

喧嘩より、一緒に遊ぶ方が楽しい。

当たり前だ。

もちろん、話し合いが長引くこともある。

それが成長の証し。面倒くさくも、尊いもの。

世界は違えど、ここも社会だ。

人がいて、集まって生活する。

人は、一人では完結しない。

必ず誰かと会うのだ。

殴り合いも、拳骨も大事だと思ってる。

自分で痛みを感じられる。

転んで擦りむいて、血がにじんで。

自分で痛みを覚える。

体の痛みを、心に置き換える事ができるようになっていく。

人の痛みを思えるようになっていく。

その上で、ごめんなさいをしても許されないことがあると、きちんと理解する。

「偽善だと言うならそうかもしれない。でもね、世の中キレイゴトを大事にする時もあるのよ。子供向けの絵本なんて、大抵がどんな話もめでたしめでたしで終わるでしょ」

ジムはよく絵本を読まされている。同じ話を子供たちを入れ換えて何度も聞かせてる。それを思い出したのか、ちょっとゲッソリした。

「子供たちはめでたしめでたしが大好きよ。いつか自分にも起こりうることとして、その話を記憶していく」

キラキラとした目で、良かったね～なんて喜ぶから、同じ話を何度でも読むのだろう。

最近のジムはずいぶんと柔らかい顔で読み聞かせるようになった。

大人たちは思うのだ。今の生活も良いが、子供たちの未来にはより幸《さち》多かれと。

「誰かの喜びを祝えるようになっていく。もちろん嫉妬だってする。その理由に向かい合って、折り合いをつけられるようになっていく。汚い事も知っていく。だって世界は綺麗なだけではないもの」

自分が何をしてきたのか、取り返しのつかないことをしたと正しく理解し、死ぬまで後悔しながら働く。

処刑するよりある意味酷いと思うんだけど、まあこれも上手くいくかはわからない。

そう決めた時、ニックさんたちにはエグいと言われたので、親を処刑に追いやった私の行使する罰としては良いかなと思った。

「あんたたちは、ちゃんと大人にならなきゃならない」

ジムは、もう目を逸らさない。

「そうして自分の罪と向き合うの」

睨み合うように見つめ合うと、根負けしたようにジムが小さく息を吐いた。

「一つ、頼みがある」

「なに？」

「俺を仇《かたき》だと、ドロードラングに誰かが来た時の為の場所を、用意しておいてくれ」

「……なぜ？」

「そこで、大人しく刺される」

ジム以外が息を止めた。

「自棄になってるわけじゃない。そうなったらそれで良いと思ったんだ。……ただ、それを子供たちに気付かれたくない。今日は、それを言いに来たんだ。その日までは、それまでは、あんたの言うように働く。だから、希望の職なんて思い付かなかった」

その苦笑は、ひねくれていなかった。

何かが芽吹いた気がした。
それは、思うように育たないかもしれない。
途中で枯れるかもしれない。
でも、今まで通り水を掛け続ければ、他にも芽吹く希望が持てた。
それは、私だけの満足かもしれない。
結局は誰の救いにもならないかもしれない。
それでも、その手探りを止めるわけにはいかない。
子供たちに、皆に、穏やかな生活を。

おまけSS②　女子力緊急会議

☆第一回、お嬢の女子力維持、増強するための緊急会議☆

（侍女長）カシーナ　すみません！　私だけではどうしようもないので、誰か案を下さい……！

（細工師）ネリア　カシーナがそこまで言うとは……

（薬草班長）チムリ　元気で良いんだけどね～

カシーナ　クラウスさんはもう少し見守りましょうって、全てを受け入れるつもりのようで、参考意見がありませんでした……

ネリア　男なんてそんなものよ

チムリ　そうそう。クラウスさんなんてお嬢が元気ならどうでもいいと思ってるよ

（洗濯婦）ケリー　なんたってジャン様にそっくりだからねぇ。私も時々懐かしくなるよ

ネリア、チムリ　あ～！

チムリ　たま～にジャン様とおんなじ事を言うわ……

ネリア　という事は、クラウスは戦力外だね

カシーナ　はぁ……（がっかり）

（専属侍女）ルルー
（侍女）ライラ
（侍女）ナタリー
（侍女）インディ
（侍女）リズ
（侍女）ミズリ
ルルー
ライラ
リズ
カシーナ
ケリー
ネリア
チムリ

最近本格化した護身術を嬉々として学んでる姿に、とても不安になったんです……
わかる～！　ただでさえ頼りがいがあるのに、更に勇ましくなったらって
私も不安！
サリオン様といらっしゃれば、お姉様として大人しいのですけれど……
その他《ほか》はお嬢って、ほぼ少年か、ほぼお母さんですよね～。可愛い衣装も
自分で着る時は嬉しくなさそうですもん
でも、お嬢のあの豪快な笑い方がなくなるのはさみしいわ～
豪快に笑うのはいいのよ。それを身内限定にしてくれれば、少しは取り繕えるのにね
そう！　でも今じゃその身内が増えて、日常で緊張がないのだと思う……
お嬢の態度って男女変わらず同じだもんね～
女子にはわりと優しいけどね
……国王様や侯爵様のようなロイヤルな方々にも物怖じしないですし、困ったものです……
見た目が可愛くなっただけに余計にもったいないねぇ。舞台で着てたあのフワフワな衣装も可愛いかったから、あれを作り直すかい？
なるほど、見た目から固めるか。それも手だね
だったらほら！　婚約発表用の衣装を大人っぽくしようよ！　その日だけ

でもせめて淑女らしく見えるようにさ

カシーナ　いえ、チムリさん。日常的な女子力の方を……

リズ　これはもう、アンドレイ殿下に頼ってみましょうよ

カシーナ　え？　どういうことです？

リズ　だって、お嬢を正しくエスコートするのって、殿下しかいませんもん。雑な男たちに囲まれてたら女子力は下がるだけですよ

ミズリ　確かに！

ルルー　でも、殿下ですから、そうそう此方《こちら》に来ていただくわけには……

ライラ　そうよね。でも私もそれが一番いい気がする！

ルルー　ええ～……

ナタリー　レリィスア殿下もいらっしゃれば、お嬢さまは少し大人しく振る舞いますし、私も賛成です！

カシーナ　いや、だから……

ネリア　いや、こういうのは男が相手の方がいい！

チムリ　そう！　このまま婚約者（仮）から本気の恋でもしてくれりゃ、こっちとしても一石二鳥！

ルルー　いえ、あの、

ケリー　亀様～！

《ん？　どうした？》

ケリー　話は聞こえていたでしょう？　申し訳ないんだけども、ちょいとお嬢の女子力の為に協力してもらえないかい？
カシーナ　ええ!?　亀様に助力を!?　そんな畏れ多い!!
ミズリ　いいえカシーナさん！　この際亀様にも手伝ってもらいましょう！
ルルー　ち、ちょっと、皆さん落ち着いて～！
《ふむ……女子力……サレスティアに必要か？》
全員　必要!!
《お、ぉぉ……わかった……して、協力とはどんな？》
チムリ　お嬢に何か起きた時はアンドレイ殿下を連れて来て！

そうして、森火事の中に放り込まれることになったアンディでした。

カシーナ　……ちょっと、想定したのと違う……
ルルー　……私も頑張ります……！
カシーナ　そうね……、頑張りましょう……！

侍女の闘いは続く……かもしれない。

三話　雪祭りです。

年が明けると一面の銀世界でした。

いや、昨日から降ってはいたけれど。

『おはようございます。本日は休日ですが、予想通りの積雪量の為、雪かきをします。朝食を済ませた成人男性は速やかに準備を整え集合して下さい。繰り返します……』

クラウスの声が領地に響く。

前以て打ち合わせはしてあるので、人数が揃い次第雪かきは開始される。雪が止んでいる今が作業チャンス！

まずは建物の雪降ろしと大通りの雪かき。

おお、スゴい量。これならきっとかまくらを作っても余裕だな。

かまくらを作る場所に雪を運んでもらい、小山になった雪を、縦三十、横四十、高さ三十センチくらいの木箱に詰めて、はい、子供たちを投入。それぞれの木箱の雪を踏み固めてもらう事になっている。が。……足が小さくて全然工程が進まない……可愛い！

《わはははっ！　たのしい！》

コトラが尻尾を揺らしながら、他の子と手を繋いで足踏みしている。

皆が外套やらマフラーやら帽子やらでモコモコしながら一所懸命足踏みをする。

フミフミフミフミフミフミ………ああああ！　可愛い～!!

私が領地に来て二度目のドカ雪。前回は6才の時。食料だけがどうにかなった時だったので、魔法をフルに使って屋敷周辺の雪を綺麗に溶かした。

防寒着なんてまだなかったので、体力作りの為に雪合戦を短時間設定で決行。その後の風呂が気持ちいいと好評でした。

それからは毎年の恒例行事。雪合戦、お風呂の後は蜂蜜クレープを作って食べる。

作るのは私と有志。料理班も年始のお休みだからね。ハラハラしながら見てるのが可笑しい。

簡単な調理だから子供たちにもさせてみる。ちょっとの火傷なんてチムリさんの薬ですぐに治る。まあ、痛そうだけれど、しゃーないね。火傷はそういうものなのよ。

フライパンは鉄製しかないので子供用サイズを作ってもらった。軽い！　親方ありがとう！

クレープは大サイズと小サイズが一枚ずつ。おかわりは待っってて！

で。

今年は人力でどれほど雪かきができるかの検証をすることに。約五年に一度の頻度でドカ雪って、結構頻繁じゃない？　これから連続で降らない保証もないので、とりあえずやってみよう。

元スラム、元盗賊と、結構な人数の大人がいるけどどのくらいで終わるかな？

義手義足は魔法を使っているせいか寒くても動かすのにはあまり影響がなさそうだ。触ると冷たいけど、表面の主な部分は木製だからか、関節の鉄部分も肌が張り付いて取れないという事はない。

凍傷にならないのはこれも黒魔法のおかげかなと思う。

これについては学園長にレポートを提出している。例の自室書庫を引っ掻きまわして検証してくれてるらしい。

「魔法陣は描けて理屈がないとはどういうことだ!?」

そう笑いながら文句を言ってくる。

すみませんフワッとした魔法陣の作り方で。

理屈も勉強してるんですよ。でも作る時はフワッとできちゃうんで……

義手義足は機械ではない。正しくは手足の模型だ。それを黒魔法で神経が通ったような動きができる物にする。神経の繋ぎ方なんて知らないから理屈がないって言われるのだけど、知らないから説明できない。でも動く。家電か。

今、領民のほとんどが付けているイヤーカフ通信機も、他の一般魔法使いでも作れるように魔力量を絞った魔法陣を作って欲しいと、解析を学園長に頼んだ。

アンディたちの他にも私が作ってもいいけど、その子孫代々ずっとアイテムとして保《たも》つかはあやしい。

遊具は基本はカラクリです。動力と安全ベルトが魔力。魔力玉という魔力を集約させた物、いわゆる電池方式で遊具は動いている。一応充電？　可。丸一日寝込むけど、オープン以来まだ魔力の補充はしていないし、まだまだしなくてよさそう。

亀様の助力もあるので、こちらは亀様が飽きるまで。半永久動力確保！

なーんて。

だからっていつまでも頼ってばかりはいけないので、親方たちとカラクリだけで動かせないか、せめて魔力の少量化を日々考えては模型で実験している。元子爵バーナードさんにも見てもらったり、バンクス、カーディフ、ダルトリー各領から、カラクリ好きに出張してもらったり。

これはなかなか長くかかりそう。ジェットコースターなんて、ここにしかないもんね。私が生きてる内には解決したいな～。


さて、子供たちにはかまくら用ブロック作りを任せて、お母さんたちにはそのブロックの積み上げをお願いする。男連中はまだまだ雪かきだ。

私はというと、雪像造りのため雪山に魔法で水撒き中です。

最初は雪だるまの大きさ競争だったのだけど、雪まつりって言ったら雪像もいいわね～、と呟いたら皆が食いついた。

どうせ休み中はまったりしているだけなので造ってみようと。

メルクの絵を雪像に、なんて高等技術は初心者には無理だろと思いつつ、造ってみたい人らを募ったらほとんどが参加……

大通り脇に何個か雪山を作り、雪かき終了次第、好きな雪山を選ぶ事に。

私も造った事はないからどれだけかかるか心配だけど、まあ、とりあえずやってみよう！

失敗しても筋肉痛だけだしね！

北国の雪まつりに比べればはるかに小さい規模なので、一週間でなんとなくできないかな？　あんまり長くかかっても休みがなくなっちゃうし、それじゃあ本末転倒！

とりあえず、水撒きが終わったらかまくらの手伝いだ。

「どんな風になるのか楽しみです」

今日は私に付いてるルルーが雪山を見てニコニコしてる。

「でっかい雪だるまだらけになっても楽しいね～」

彫刻家がいれば初めてでも巧いこと出来上がるかもしれないけど、素人しかいないからね。でっかい雪だるまでもまあ、良しでしょう。

巨大雪だるま群を想像したのか、ルルーが声に出して笑う。

「マークたちは亀様を造るって言ってましたけど……、ふふっ、雪だるまかもしれませんね」

二人で笑った。


「おー！　想像してたより大きい！」

雪かきを始めて一週間で何とか形になったので、仕事が始まる前にとアンディたちにお披露目です。

アンディも初めてらしく、レシィと共に楽しみ半分、雪像が倒れたらどうしようのドキドキ半分てトコかな。

「なんでもやるのぉ……」

侯爵は楽しみ半分、呆れ半分かな。

夫人はただただニコニコだ。お付きの人たちもにこやかだ。ほっ。

「俺の像もあるのだろうな！」

「あるわけないじゃないですか」

あ、なで肩になった。

「お父様の像なんて飾りがたくさんあるのですから、造るとなると大変ですよ。仕方ありません」

エリザベス姫のフォローで国王が持ち直した。

そう！　今回は姫にも来てもらいました！

アンディや侯爵には雪像造りを始めてから教えていたけど、国王には言ってなかった。だって国王だからね、忙しいと思ったのよ。なんだかんだと。

で。アンディを迎えに行ったら国王も部屋に来ていて、昼までということで急遽参加。やっぱりたまたま来たエリザベス姫も誘ったら、国王と戻る事を条件に参加。お出掛けルックに着替えるというのを外套だけで！　と押しきって連れて来ました。

……さすが姫。

「寒くないですか？」

「楽しみであまり寒さを感じません！」

ありがとうございます！

今日はタイミング良く快晴だけど、冬の快晴なんて寒いからね。姫用おしゃれ外套から、ドロードラング仕様のもこもこ外套に着替えてもらった。

……どんな服でも着こなすな～美人は。


ちゃっちゃと見ていきましょう！

もったいぶって雪像には大きな布が掛けてある。作業中の日除けと目隠しも兼ねていたので、誰がどの雪山を担当したかは知っているけど、何を造っていたかはわからない。

私も楽しみなんだ〜。

担当した人物が布を引く。

まずはメルクと騎馬の民と土木班。一番安心感のあるチーム。このチームだけ雪山を二つ使用。

現れた像はシロウとクロウ。大通りを挟んで向かい合っている。

カッッコイイ〜〜!!

毛並みの再現に努力の跡が！　フワフワっぽい！　色もどっちも白だけど、似てる！　わかる！

格好イイ！　阿吽《あうん》の像みたい！

私たちの惜しみない拍手に恐縮するチーム。凄いよホント！　一週間で二体とか、とんでもないな！

場所を取るからと自主的に柴犬サイズになったシロウとクロウは、コトラの両脇で尻尾をブンブンと振っている。

……喜んでる……可愛い……！

コトラは二匹をいいな〜いいな〜と言いながらグリグリ撫でている。

……可愛い……!!

続いてはネリアさん細工班とチムリさん薬草班合同のチーム。

布を取ると、花畑が現れた。

冬の向日葵。

凄い！　向日葵の群生風景！

こちらも歓声と拍手！　もったいない！　溶けちゃうなんてもったいない！

狩猟班製作、うちの主食肉の大豚&主要木材のトレントというモンスターコンビ。見てすぐわかる。器用だな〜。

鍛冶班製作、ジェットコースター全体像！　再現率高っ！　細かい！

子供たちが造ったのは雪だるま群。私とアンディ、レシィに侯爵夫妻。亀様、シロウ、クロウ、コトラ、サリオン。大蜘蛛。

一所懸命にどの雪だるまが誰かを説明する子供たち。ほのぼの別空間だよ。

俺がいない、とどこかのオヤジがまたなで肩になった。

服飾班と元スラム住人で、テーブルに乗った数々の料理！　あ、鳥の丸焼きがある！　今度豚でやろうかな〜。テーブルクロスのなびく様《さま》が本物みたい。

マーク率いる少年格闘チームは亀様の雪像。ちゃんと亀様に見える！

……亀様も嬉しそう。ふふ。

格闘女子部のウエディングドレスはオリジナルデザインらしい。おお素敵〜。年齢が若いとデザインも可愛らしいな〜。

最後に、ニックさん率いる元盗賊チーム。

布を取って現れたのは、際どい所を布で隠した横たわった裸婦像でした……

デッサンがむちゃくちゃで、バランスが悪すぎるのだが、とにかく胸とお尻がデカい！　土偶か！　顔なんてピ○ソか謝れコラ!?　っていうような凹凸無しの落書き。

「ひどい!!　もっと芸術を期待してたのに!!」

「何を!?　馬ッ鹿お嬢！　覚えとけお嬢！　この尻の！　ここら辺の滑らかさが男のロマンという

芸術だ!!」

ニックさんの言葉に製作した男達が力強く頷く。

「……嫁嫁と、嫁一筋《よめひとすじ》と思いきや、何がロマンだーっ！」

「それはそれ！　これはこれだ!!」

ぶちギレそうになったところで国王の馬鹿笑いが響く。

「ぶわっはっはっは！　ロ、ロマン……！　わっはっはっはっは！　イイではないかお嬢。ひっひっ、一つくらい、こうした物も芸術だぞ」

他作品との落差がひどくてショック倍増だよ！

国王のお墨付き～！　なんてハイタッチで喜んでるし……。何だって屋敷に一番近い所で造るかな～。

「こういう体の女の人がいるの？」

と子供の一人がニックさんに話しかける。ニックさんはその子と目線を合わせるためにしゃがみ、にこやかに言った。

「いない。だから、ロマンだ！」

野郎どもはイイ顔で胸を張るが、こっち側は苦笑いだよ！

「あ！　いる！」

ニックさんに質問したのとは別の子が叫ぶ。

「ケリーおばさん！」

洗濯専属のケリーおばさんは、ふくよかなので胸もお尻もドンと大きいがお腹も大きい。あぁなるほど、と皆がそこにいたケリーさんを見て納得しかけたら、男連中の悲壮な悲鳴が響いた。

「「「絶対違――う!!」」」

「ちょっと、絶対ってどういうことだい？」

「あっはっは！　男なんて結局は母親が恋しいのさ」

「男なんて仕方がないねぇ」

ケリーさん率いる洗濯班のオバチャンたちが、生ぬるい目で野郎どもを見やる。

「「「ヤメロ――ッ!!　男のロマンは、若いオネーチャン限定だ――っ!!」」」

絶叫が響き、爆笑が被さる。

そんな中、エリザベス姫がじっと裸婦像を見て、

「男のロマン……私、あんな風になれるかしら……？」

エリザベス姫!?　なんでなろうとしてんの――っ!!?

早く溶けてしまえぃ!!


その後はかまくらで火鉢を囲みながら芋餅を焼いて食べた。調理済みの物を火鉢で炙《あぶ》って温めてから食べました。表面に醬油を塗りたかったけど、まだ入手できていないので、餅の中にチーズを入れてのほんのり塩味。旨かった！

かまくらの規模が小さいので中でゆっくりはしなかったけど、好評でした。

「こんなに暖かいのに、溶けないんだね？」

「もちろん長くは保たないよ。今回はアンディたちに見せるのに魔法で維持してあるから頑丈なだ

けよ～」

それからは、魔法で造った雪の滑り台（土手のような一度にたくさんの人数で滑れるもの）でそりを使って遊びまくり。

滑り台初体験のエリザベス姫は、最初はおっかなびっくりしてたけど三回目には笑ってた。なんとチビッコたちと二人乗りでもやってくれた。良かったー。

来年は長い滑り台に挑戦しようかな？

「来年の冬は私も雪像造りに来てもいい？」

「レシィが忙しくなければいいよ」

「年始の行事などレリィスアはまだ一日で終わるからな。来年はいいんじゃないか？」

「お父様！　ありがとう！」

「いいなレシィは。僕は今年から学園に入るから、休みを合わせられるかな？」

「そうね、課題がどの程度出るかによるわね。私も雪像造りに参加してみたいわ」

「儂は寒いから見るだけがいい」

「あら、私はやってみたいですわ」

「わあ！　皆でいらっしゃいます？　楽しそう！　あぁでも、休み中のご飯は私が作るので、好き嫌いできませんよー」

「え、お嬢が作るの？」

「お料理もするの!?」

「何でもできるのね……」

「……食えるのか!?」

食えるわ！　誰も腹も下さんわ！　料理班がストックした物もあるわ！　ちなみに今日食べる昼食も私が作ったものですよー。我が領定番のごった煮スープでーす。


冬の夜空は、季節の中で一番澄んでいる気がする。

執務室のバルコニーから見上げるだけでも、星明かりが眩しい。

「お嬢？　いるの？」

アンディが来た。執務室の入り口にいるようだけど、そこはバルコニーからは見えない。

「いらっしゃ～い。バルコニーにいるよ～」

「あぁ、じゃあ失礼します。……わあ、空が綺麗だね」

外に顔を出したアンディが、思わずといった感じで口にした言葉が嬉しい。

同じように感じてもらえるって嬉しいな～。

「やっぱり。ルルーからストールを預かったんだ。風邪をひくよ」

屋敷の中はあたたかくしているので、普段着のままで外に出ていた私にアンディがストールを広げて掛けてくれる。足まで隠れる大きな物だ。

「アンディも入る？」

たぶん、そうするように大きいのを持たせたんだと思う。

「僕は一枚着てきたから大丈夫だよ。でも寒くなったら入れてね」

「了解」

二人で笑い合った。

ベンチなんてないので手すりに寄りかかりながら、見える範囲で一番明るい星を探したり、星座を教えてもらったり、料理のことを褒められたり、雪像の話をしたり。

星以外はさっきも話題にしたけど、今も何だか楽しい。

けど、本題はお喋りではない。

「お嬢はなんでもできるな～。僕なんて……」

ハイ出た。

「アンディ。それ説教だからねって言ったでしょ？」

あ。とポカンと口を開けた後に、苦笑する。

「しまった。言わないようにしていたのに……お嬢にはつい言っちゃうなぁ」

「よし！　説教だー！　亀様お願いします！」

え？　え!?　と戸惑うアンディと手を繋ぎ、亀様の力を借りて空を真っ直ぐ上へ飛ぶ。

高く高く上がっても、ちっとも星には近寄れない。

テレビでよく見た夜景もない。手を繋いだアンディの顔もよく見えない。

真っ暗な地上に点々と明るく見える所がある。

「あれが、王都かな……」

高さに強いアンディが向こうの明かりを見て呟いた。

まあ、この暗闇じゃあ、高さもあまり感じないけど。

「たぶんね～」

「……遠いなぁ……」

「遠いね～」

「城から眺める街は夜がないくらい明るいと思っていたけど、……ここからだと、大した事はないね……」

「そう？　ここからその明るさが見える事がスゴいと思うよ。さすがの王都ね」

明かりを見ていたアンディがこちらを向いた。

「お嬢は良い方に言い換えるのがうまいね。……そう言われるとそんな気がしてくる」

「だってあそこは、アンディのいる所よ」

え、
小さな声がした。暗がりの中でアンディの目を見る。

「アンディがいつも頑張ってて、貴方の家族も頑張ってる。そして、貴方のそばにいる人も頑張ってる。それが、あの光」

また王都の方を見る。

「……でも、ここまでその光は届かない……」

繋いだ手を少し強く握られた。私も握り返す。

「そうよ。だから私たちがいる。ここには、私たちがいる。光が届かない所にも、必ず貴方を想う人がいる。だから、疲れたら休んでいいの。しんどい事が他人《ひと》より多いんだから、ちゃんと休んで。

任せられる事は割り振って。助けが欲しい時は呼んで。まずは私が駆けつけるよ、それを覚えていて。

アンディは私を助けてくれた。だから今、私たちはこうしていられる。アンディは〝なんか〟じゃない、紛れもなく大恩人よ。

……ねぇ、覚えてね？　私らは皆でアンディが大好きだからね！」

また少し強く、握られた。

アンディの自信になるなら何度でも言うよ。

君は頑張っている。

私たちは、君がスゴいことを知っている。

だから、いつでも、頼って。

「お嬢……」

弱々しい声で呼ぶ。

「な～に？」

「……抱きしめていい？」

「ふふっ、いいよ～」

いつものようにふわりと包まれる。

けど、何か変。

……あ、そか。いつもはレシィも一緒なんだった。

「レシィがいないと変な感じ……」

「あ、私もそう思った」

二人で笑った。

「お嬢は背が小さいな～」

「なんだとー、泣かすぞー！」

「わー、こわい、こわい」

「笑ってるし」

「泣いてるよ？」

「嘘ー」

「説教されたからねー」

「ふふっ。へなちょこアンディには私らがついてるからね」

アンディに背中トントンをする。

「……うん。覚えた」

アンディも私の背中をトントンとする。……アンディも上手いな……

「じゃあ僕はお嬢の無茶を止める係だね」

「……あ～、あ～、うん、……お願いね……」

アンディが噴いて、私がつられて、二人で大笑いしながら、ゆっくり降りた。

雪解けも終わり、地面が乾き始めた。

カンカカカン、ガッ！　ガッ！

マークがニックさんと打ち合っている。

今まではあしらわれることが多かったが、最近はマークの力負けも少なくなったのか、つばぜり合いが増えた。

それでもニックさんの表情には余裕がある。

ただ、マークも焦ったりせず冷静だ。

二人が飛びすさる。と、着地と同時にマークは木剣を上段に振りかぶり、ニックさんは払うつもりか、木剣を横に構えてまたお互いに前に出る。

ニックさんの木剣が先にマークに届くかと思いきや、剣筋を変えたマークが木剣で受け止める。

速っ。

どんな勢いが作用するのか、マークはそのままニックさんの頭に蹴りをみまう。

避ける。が、ニックさんはふらついた。

その隙にマークは着地するなり飛び込み、低い姿勢からニックさんの首を狙う。

マークの木剣は、ニックさんの首を横薙《よこな》ぎにする寸前で。

ニックさんの木剣は、マークの腹を突く手前で。

止まった。

踏み込んだ時の砂埃が、風に流されていく。

「……うが――っ！　今度こそいけたと思ったのに!!　騙されたっ！」

「いやいや今のは俺の負けだな。さすがに首を切られちゃあ、腹は刺せねぇわ」

「くっ、今日こそ綺麗に一本取れると思ったのに！」

「はっはっは！　本当にふらついたんだぜ？　マークお前、力ついたな。は～、疲れたわ～」

「何オッサンみたいに言ってんスか。ニックさんから一本取れなきゃ、お嬢の護衛外されちゃうよ……。来年には学園に入るのに……あ～あ！」

執務室のバルコニーから二人のやり取りを見てた、隣りに立つクラウスに視線を向ける。

「マーク、惜しかったわね」

「そうですね。ニックもああ言っていることですし明日からは私が稽古をつけましょう」

おお、ついに剣聖の稽古！

「マークーッ！　クラウスから合格出たよー！　明日から稽古つけるってー！」

「うえっ!?　本当ですか!?　え!?　いいんですか？」

「おいおい、剣聖が稽古つけてくれるってんだ。おまけだろうが何だろうが受けろって。次はないかもしれないぜ？」

ニックさんがニヤニヤとマークを脅す。

「ありがとうございます!!　クラウスさんお願いします!!」

学園に通う子には従者の付き添いが認められている。

まあ、今まで傅《かしず》かれてきた坊っちゃん嬢ちゃんが制服とはいえ、入学して急に一人で着替え及び身支度ができるとか誰も思っていない。

王都内に家があるなら自宅から通うが、大抵が学園内にある寮に入る。従者は寮での世話、学園内での世話、とにかく主人である生徒が過ごしやすいように動く。

希望があれば、従者も騎士科や侍女科等、授業を受ける事ができ、成績が良ければ卒業証書をもらえるという。ただ、主人の世話が忙しくて、証書を受け取った人は少ないらしいが。

年齢も問わないので、マークは私と8つ違うけど連れて行く予定。もちろんルルーもだ。

もしかしたら年上過ぎて浮くかもしれないから、年齢的には私より4才上のダンとヒューイがいいんじゃない？　と言えば、皆に「ダンとヒューイでお嬢を止められるわけがない！」と力強く断言された。

「もしもの時はお嬢を殴れないと駄目だ」

とのタイトの言葉に皆が頷く。

……うん、もうちょっとさ、言い方なくない……？

「ちなみに俺はお嬢を殴れますよ」

しれっと言うタイトを睨み付けた。知ってるわぃ！　アンタ本当に女子にも容赦がないな！　レシィはタイトのどこが良いんだ!?

とにかく、マークとルルーに子供ができるまではお付き継続です。

……う〜ん、二人の子供に早く会いたいんだけどな〜。私が成人するまでは専属でいたいって言うし。うん、二人が早く安心できるように頑張ろう。

ダンとヒューイには補助要員として心構えをしておいてもらって。いや、別に本気で殴らなくてもいいから。そういう時は亀様に頼んでいいから。そんな怯えなくていいからー！

って私、何かやらかしたら皆にタコ殴りにされるのね……

……ほんと、容赦ない！

※少し時を戻し、星空説教・亀様による生中継を見ていた侍女部屋。

「「「「　酷い!!　」」」」「お兄様ズルい……お嬢と星空デート……」「ですよね!?　あれ、デートですよね!?」「どうなってんの!?　ねぇ誰か説明して!?」「マークとルルーより酷い!!」「ストール仲良し作戦を上回る行為！　なのに、この残念さ!!」「これは……なかなか手強いわね……」「夫人！　お願いします！　私たちに救いの手を……！」「どこまで友情でくる気なのーっ!?」「……お嬢って、女子なの？」

誰が発したのか、その言葉に沈黙が続いた。

亀様はこの件に関しては口を出さないことにしたようだ。沈黙を守っている。

侍女たちの奮闘は続く……かもしれない。

四話　再度、まさかのお客です。

「ロイ！　ああ、こんなに大きくなって……迎えに来るのが遅くなってごめんなさいね。よく、顔を見せてちょうだい。……目の所にあるホクロ、あなたが生まれた時からお揃いなの。私、あなたのお母さんなのよ。これからは一緒に暮らしましょうね」

ハラハラと涙を流してロイを抱きしめる女性。やむにやまれぬ事情で子供を手離すしかなかった母親が、興行中の一座に我が子を見つける。その我が子を追ってドロードラング領まではるばるやって来た。

そんな奇跡が目の前に。

「はい、ダウト《嘘》～」

「「アイアイサ～！」」

私の判定に、控えていたニックさんとバジアルさんが母親をロイから引き離す。母親が離れると、ロイは私の方に来る。

「ちょっと！　なぜロイと離すの!?　私を離して！」

困惑しながら強めに拒絶する母親に、思わずため息を吐く。

「せっかく来てもらってなんなんだけど。あなた、偽物よね？」

「なんですって!?　髪の色は違うけれどホクロの位置は同じでしょ！　それが証拠よ！　あの子は

生まれた時からあるのよ！」

ロイを同じ王都スラム出身でチビッコたちの世話係をしているニーナに預ける。その二人のそばには狩猟班副長ラージスさんが立つ。

それを確認して、騒ぐ母親の目尻のホクロをハンカチで拭う。

取れない。

母親は少し笑った。

「さあ、私を離してちょうだい」

母親が挑戦的に私を見る。

私はもう一度ロイを呼び、ニーナと連れだって近寄るロイの、目尻のホクロを拭った。

あら、綺麗に消えちゃった。

母親は目玉が落ちそうなくらいに目を見開いた。

「残念。うちのロイは、付けボクロなの。人違いみたいね？」

「……うそ、だって、ずっとあるって、」

「誰に聞いたのかしら？」

私がそう言うと、ラージスさんがロイとニーナを屋敷へ連れて入る。それと入れ替わるように誰かが寄って来た。

偽母はその人物を確認するとカッと睨み付けた。

「コムジ！　話が違うじゃないさ！　どうなってんだい！」

コムジと呼ばれたのは20才の男。左の手足が義手義足のひょろりとしたスラム出身だ。

「どうもこうも、そろそろ足を洗ったら良いと思ってさ。姐《ねぇ》さん、俺らがいなくなって困ってここまで来たんでしょ？　でももうどこにも売れないよ。ここの領主、噂以上におっかなくてアーライルではもう売れる所がないぜ？　あんたらには足を切られて世話にはなったからさ。お礼させてもらおうと思ったんだ。……俺からの連絡を不審に思わないなんて。……刺青するくらいだ、今の生活よっぽどなんだろう？」

　偽母から罵詈雑言が飛び出す。図星か。

　それを聞き流しながらコムジに聞く。

「足を切られた？」

「えぇまぁヤンチャだったんで。手がなかったから足だけで暴れたんですけど、まあ、あっさりと捕まって……」

「……コムジもなかなかの生活だったのね」

「お嬢が来なかったら、まあまず死んでましたねー」

「あ～、膿んでたもんね～」

「おかげさまで普通の人間になりました」

「こっちも人拐いの手管を知れて助かったわ。さて、どうしようかな？」

　偽母を指さす。

「姐さんからはもう何も出ませんよ。全ては親方が仕切ってますからね。まあ、姐さんがここに来たってことは拠点が落ち着いたんでしょうね」

「コムジ！　この裏切り者!!」

「はあ？　裏切りも何も、仲間と思ってないのはお互い様だろ。用意してもらった飯は元々は俺へのお恵みだったじゃないか。あんたらはそれで肉を食べ、酒を飲み、俺にはパンと水だけだった。いやいや、金の稼ぎ方って色々あるね、勉強になったよ。ありがと姐さん」

女は真っ青になっても喚《わめ》いている。それをうんざりした顔のニックさんとバジアルさんが連れて行く。アジトを見つけるまで新設した牢に入っててもらう。

魔法を施した独房だ。建物の見た目は長屋。牢に入れば周りの音、隣の部屋の音が一切聞こえない。食事やトイレが大変になるので、小さい明かりとりの窓が一つあるだけの造り。

とりあえずは色々全部吐くまでずっとここに入っててもらう。

それを見送ったコムジが息を吐く。そして私に向かって軽く頭を下げる。

「俺の言葉を信用してくれて、ありがとうございます」

「こっちこそ教えてもらえて助かったわ。あの手で来られたら見極められないもの」

「でも俺、あの一味のそれしか知らないんで……」

「私たちは一つ知ることができたわ。そのおかげでロイを連れて行かれずにすんだ。同じ手を使う他の奴らも捕まえられた。ありがと、コムジ」

「いえ……礼は言わないで下さい。俺、そうされて連れて行かれた子を何人も見てただけですから……」

「……怪我で、動けなかったじゃない」

コムジの左足を見る。膝の下からなかったけど、見つけた時には膝まで壊死していた。義足は、太ももの半分からだ。

「……動けてもかないませんでしたよ」

私の視線を追って、コムジも自分の足を見下ろす。

「……子供って、一緒に育った血の繋がらない兄貴《あにき》擬《もど》きより、得体の知れない母親に飛びついちまうんですよ……馬鹿ですよね……」

無表情に呟くので、聞いてみた。

「捜そうか？」

くしゃりと笑う。

「いえ。皆、確認してありますいいいい」

「……そう」

コムジがポケットから薄汚れたハンカチらしき物を出した。

「……これ。領地の端の方でいいんで、供養させてもらえませんか？」

何かを包んだようなその布を、コムジは大事そうに持っている。そして自嘲気味に笑ってから、歯を食いしばった。

項垂《うなだ》れると、前髪に隠れて表情が見えない。

「どうせならコイツらもここに来られたら良かったのに……まあ、俺一人で連れて来られたかはわかりませんけど……」

スラムや孤児院から、見目の良い子を親のふりして連れ出すやり方がある。

それを聞いてすぐに子供たちに何かしらの印を付けた。

そして、それを噂として広めた。舞台に上がるのに、目立つホクロは化粧で隠していたのだ、と。

実を言えば、今日のあの女でロイの母親は四人目だ。

なんとコトラの親だと言う輩も現れた。

最初の母親でロイが混乱してしまったので、次からは亀様に手伝ってもらった。ロイのサイズのぬいぐるみを亀様の幻術でロイに見せた。別に喋らなくていいけど、不自然な動きを誤魔化すために、ニーナに付いてもらった。

今、本物のロイは広間でお菓子を皆と食べている。

そうして本物の血縁かどうかを亀様に調べてもらう。血液や遺伝子なんか調べようがないけど、亀様やコトラにはわかるだろうという信頼はある。

実験として、ダンの母親を当てられた。他の親子も当てた。親子の顔を隠して、声も出さないようにしたのに、あっさりと親子を正しく組み合わせた。

見極めお願いします！

コムジは元僧侶見習いだそうだ。

物心ついた頃には左手はなく、教会で世話になっていた。就ける職がなさそうだったし、僧正の勧めもあって見習いを始めたが、元気があり過ぎた。

コムジのいた教会はにぎやかで有名だったそうだ。

市場よりうるせえ！　と毎日苦情がある程。

隣接した孤児院の手伝いをしていると、よく大人が子供を迎えに来た。

やっと迎えに来られた、これからは一緒に暮らそうね。

親の顔も覚えていないのに、子供たちは迎えに来た大人に飛びついた。その様子を、やっぱり親には敵わないなぁと残った子供たちと見送りながら思っていた。

ある日、「あのガキ高く売れたぜ、分け前に少しイロつけといた、次も頼むな」と、金子《きんす》を受け取る先輩見習いの姿を見た。

力づくで僧正たちの前につき出した。先輩見習いは泣きながら何かを喚いていたが、コムジはそのまま教会を飛び出し、子供たちの行方を追った。

せめて、せめてまともに暮らしていますように。

国境を越えて追いかけても、運良く全員に辿り着けても、コムジの願ったようになった子はいなかった。

もう、帰る気力もなかった。

道端でぼんやりしていると、路地の奥から小汚ない子供を連れた小綺麗な女が出てきた。そしてその近くにいた男に子供を渡し、小袋を受け取った。

子供が「おかあさん！」と何度も叫んでも、女は振り返らずに去って行った。

何を考えたのかは自分でもわからない。自棄になっていた自覚はあった。

男と子供の後をつけ、その建物に入り、とりあえず目についた人間を蹴った。蹴って蹴って、一つしかない拳で殴った。肘も膝も頭突きだってした。

何人を蹴倒したかわからない。

子供がどうなったかわからない。

コムジは取り押さえられ、殴られ、足を切られて、気を失った。

「もっと、自分はできると思ってました……世の中、わかってるつもりでした……それでも、一人くらいは、助けたいと、思って、……っ……」

うちの子を助けてくれたよ、というのは違うのだろう。

コムジが助けたかったのは、コムジを「お兄ちゃん」と呼んだ子たちだ。

全員確認したと言っていた。たった一人で探し出した。

その執念が、コムジの持つハンカチに包まれている。

「……コムジ。教会《じっか》に手紙を出しなさい。皆を見つけたって。そしてドロードラングで一生供養し続けるって。……悪いけど、その義手義足はまだ領外に出せないから、すぐ教会《じっか》に帰すことはできない。……きっとあなたを心配してるから、生きてることを知らせなさい」

「……飛び出してもう五年です……もう俺のこと、忘れてますよ……」

鼻をすすりながらボソボソ喋る、まだ下がっていたコムジの頭のてっぺんをチョップした。

イデッ、と痛くなさそうに言う。

「五年も一人で探し続ける問題児を世話した人たちよ。忘れるわけないでしょうよ」

ポカンとした顔が見えた。

「それとも、僧正たちはボケた年寄りばかりだったの？」

「……いえ、皆、天然で剛腕の年寄りでした……」

天然で剛腕!?　なにそれ！

「ならまだ元気に知らせを待ってるわよ。あんたが手紙を書き終える頃にはお墓の準備も終わらせておくわ。だからそのハンカチ、ちゃんと持ってなさいね」

コムジはハンカチを握りしめて、今度は深く頭を下げた。


えーと。

「突然の申し込みにも拘わらず、受けてもらい感謝する。今日は世話になるよ。ドロードラング伯」

「私もついでによろしく頼む！」

……なんですかね、アーライル国は重要人物は二人一組でお出掛けが決まりなんですかね……？

本日のお客様は、宰相と、騎士団長です！　……何なんだ!!

「まずはドロードラング伯には謝罪をさせてくれないか」

ん？　宰相に何かされたっけ？

「いつぞやは娘が失礼をした」

あ。あ〜！　〝たぶらかした〟ってあれか〜。

新年の挨拶のために王城でまた皆さんに会ったけど、前と同じ塩対応。ちょっと違うのは、ビアンカ様、クリスティアーナ様、共に私を無視されたこと。口をきくのも嫌ってことかとほんのちょっぴり凹んだけど、しゃーないと帰ってきた。

見た目は皆良かったからね、眼福でした。年明けから良いもの見た！　やはり美人は見て楽しむに限る！

帰ってからそう力説したら、同意は得られたけども皆に呆れられた。

「いえ。どうぞお気になさらず。子供同士の事ですから」

「いや。事実無根とはいえ、原因は私にある」

奴隷王は本当の事だからな～。宰相だけが原因じゃないでしょう。

そうだとしても、クリスティアーナ様のは褒められた態度ではないってことかな。

「そうですか。では宰相様からの謝罪は受けます。ところで本日は夕方までの滞在でよろしいのですよね？」

宰相が目を丸くした。

「原因は、気にならないか……？」

「伺った方がよろしいならばお聞きしますが、クリスティアーナ様の沽券《こけん》に関わるならば必要ありません」

「そう……か？」

「はい。私たちは問題がなければ長い付き合いになるのです。いずれどうにかなると思いますので」

「面倒だろう？」

「まあ、女同士ですからね。逆に男が入った方が拗《こじ》れますから、放っておいていいですよ」

宰相が……ふむ、と言う後ろで騎士団長がニヤニヤ笑っている。

「男も女も同性同士のいざこざは一回は派手に本人同士がぶつかりゃいいんですよ。和解するならできるし、合わないならそれなりの付き合いになるだけです。ぶつかるとなれば負けませんけど！」

騎士団長が噴いた。

「あ！　そこは私が先に宰相様にお断りしておきますね。私が勝っても文句無しですよ？　団長、覚えておいて下さいね！」

「ひーっひっひっ、わかった、覚えておこう……くっくっ」

そこまで笑うか……

「なるほどな。王の言う通りこれは一筋縄ではいかんな」

あのオヤジ、宰相に何を吹き込んだ。

「……まあ、私は宰相様の常識的な行動に信用できました」

「常識？　なんのことだ？」

「今回事前に予約して下さった事です」

「いやしかし、一週間前では突然と変わらんだろう？」

「余裕ですよ！　余裕！　準備期間、めちゃくちゃありましたよ！」

急に勢いこむ私に少々おののくお二方。

「王様はいっつも突然ですからね！　学園長はいつの間にかいるし！　こっちだって気持ちに余裕が欲しいんですよ！　王に属する方々は皆奔放かと悩んでいたんです。そしたら宰相様からのご予約ですよ。これが常識だって皆で喜んだんですよ！　宰相様いつもお疲れさまです！　今日はいっぱい遊んでって下さい！」

ガバッと九十度！

騎士団長は再び笑う。

十秒後に体を起こすと二人は苦笑していた。

「フッ、こちらこそ、王が世話になっている。今日は我らも世話になる」

ドロードラング領ツアー、お二人様でーす。


半分案内し終えたところで、たまたま訓練時間が被った少年格闘部に飛び入りした騎士団長を宰相と並んで眺めてます。

ハーメルス騎士団長は白髪混じりの短髪で色黒。鍛練時には上半身裸らしく、日焼けの色黒らしい。確か50才。威厳を出すのに口髭を生やしているとか。

充分強いらしいから剃ればいいのに。侯爵曰く、圧がすごいらしい。

……うん、侯爵とはまた違う〝圧〟なんだろうな……

カドガン宰相は、第二王子シュナイル様の婚約者、クリスティアーナ様の父親である。カドガン家は娘しかおらず、しかもクリスティアーナ様は歳の離れた末っ子だ。お姉様方は皆お嫁に行き、家にいるのはクリスティアーナ様だけ。婿取りになるのだけど、まあ第二王子だし、王太子がよっぽどでなければ問題ない。

先王から宰相として仕えていて、王も宰相に仕事を押し付けて遊びに来る程信頼してるとか。騎士団長とは同い年ということもあり、仲は良いらしい。

……宰相の白髪は、仕事と関係ないとこで増えたんだろうな……

「済まないな……」

「慣れてますのでお気になさらず。ここであれですけどもお茶にしましょう」

子供たちと行動すると予定が狂うなんて当たり前だ。

王様と学園長でも慣れてるからね！

領民に言わせると私が一番予定を狂わすらしい。えー、そーかなー？

肩掛けしたポシェット型保存袋からピクニックシート、カップ、紅茶入りポットを取りだし、さっさとシートに座ってカップにお茶を注ぐ。

「毒見しましょうか？」

「いや。今、毒を盛られてもな？」

「ありがとうございます。砂糖やミルクもありますよ」

「お。では全部で」

「あら珍しい。甘党は大歓迎ですよ！　昼食のデザートは楽しみにしてて下さいね！」

甘党のオッサンは隠れているものとばかり思っていたよ。潔いな宰相。そこら辺うちは自己申告制。申告しない奴には出さないスパルタ式です。子供たちのジャンケン大会の景品になるからね。

余るお菓子は多い方がいい！

「なるほどな、そうして入れておけば好きな時に飲めるか」

「水筒という手もありますよ。冷たい飲み物は水筒がいいですね」

本日の冷たい飲み物はいつものレモネード。それが入った水筒を取り出すと、気が済んだのか、丁度こちらに来た団長にそのまま渡す。

「おお済まんな。レモネード？」

団長も甘いものは平気らしくグビグビと飲む。あ、毒見、言うの忘れてた。と思ったら、冷たい！　と咳き込んだ。

「なぜこんなに冷たい!?」

「水筒自体に保存の魔法が掛かってますから。冷蔵庫で冷やしたものを入れてます」

はあ!?　と二人に言われる。え、冷たい物はそうやって飲むんじゃないの？

「冷凍冷蔵庫や保存庫も驚いたが……どこまで魔法が使われているか興味深いな」

ホテル等もこれからご案内しますよー。ところで毒見しそこねたんですが。

「もうチェスター（宰相）が口をつけていたからな。要らんだろ？」

物が違うだろうよ、おおざっぱだなー。まあいいか。入ってないし。

「団長様、子供たちへの指導をありがとうございました」

「いや、子供のくせになかなかやる。あの子等はスラムにいたのだろう？　ニックと言ったか、指導が上手いとこうも違うのだな」

「私も彼には指導を受けていますが、楽しいです」

「楽しい、か……」

「子供だから手加減されてるのでしょうね」

「ふむ……ちょっと彼と手合わせを、」

「止めんか。この脳筋が」

わあ、宰相ズバリ言っちゃったよ。てことは本物か。

「がっはっは！　冗談だ冗談。子供の鍛練は案外と難しいからな。どうやって体幹を鍛えているのか気になったんだ」

「後で実物にご案内しますが、トランポリンという物で遊ばせてます。それに騎馬の民もよく馬に乗せてくれるんですよ」

楽しみだと笑う団長は、この水筒は商品であるのか？　とも聞いてきた。オーダーになりますがお安くしまっせ〜。

子供たちの訓練時間が終わったのか、こちらに手を振りながら移動していく。舞台もあるからよろしくね〜！

「は〜！　長閑だな〜」

「寝転がるなヒューゴー（団長）。まだ見るところがあるんだぞ」

「わかっているって。そう固いことを言うなよ」

憮然とする宰相にあっさりスルーする団長。

「仲良しですね」

「「　腐れ縁だからな　」」

綺麗にハモった。ははっ。

そしてここでも揃って口を開ける。

《お初にお目にかかる》

亀様です。

「……こちらこそ。いつもうちの者が迷惑を……」

おお、宰相早い。

《構わんよ。誰かが訪れるのを我も楽しみにしているからな》

「痛み入る」

「……これは～、勝てんなぁ……いでっ!?」

「頼むから試すなよ！」

「殴らんでもいいだろうが！」

「殴らんと話を聞かんだろう！」

……仲良し。

《面白い》

お昼はホテルで食べたのだけど、団長の食べ方が酷くて急遽屋敷へ移動。他のお客の分がなくなる!!

そして屋敷で育ち盛りの子たちとのフードファイトが始まった。

「本当にスマン……」

遠い目をした宰相を誰が責めようか。

勝負はもちろん料理班の勝ち!!

腹パツでも握手を交わす団長と子供たち。

ええ、団長には食事代ガッチリもらいますからね！

三十分の休憩で復活した団長と宰相を今度は遊園地へご案内～。

二人に気付いたお客は挨拶に来たが、まあ、一応プライベートということで、軽い対応で済ませてもらう。二人は視察も兼ねてるけど、向こうは遊びだからね。

遊具は楽しんでもらえたよう。良かった。

「とらんぽりんか、なるほど、これは、体幹を、鍛えるのに、良いな！」

「ち、ちょっ！　待て、落ち着け、うわっ！」

がっはっは！　どうしたガリ勉！　立つこともできんのか！

喧しいわ！　おっと、このっ！　うわっ、脳筋っ!!

…………仲良し。

『お嬢！　ザイツです！』

「どうした！」

成人し新たに狩猟班に所属したうちの一人、ザイツからの通信が入った。

『北の見回り中、大イノシシを三頭見つけました！　畑との境界と平行に移動してるので、このままだとバンクス領に入るかもしれません！』

「仕留められる？」

『すみません！　追いかけるのに精一杯です！』

「わかった！　今行く！」

私の返事と共に北の森から狼煙《のろし》が上がる。ロケット花火仕様なので、狼煙と言ってもとても小さい。場所確認！

「シロウ！」

《二人は任せろ》

「よろしく！　お嬢より！　クラウス！」

突然現れたシロウに驚く二人をそのままに、ポシェットからスケボーを取り出し最大出力で向かう。

『狼煙確認しました』

「大イノシシ三頭！　私が行くから後《あと》を！」

『了解』

森に近づくにつれ震動が見えてくる。木が揺れて、ドドドドという音も聞こえてきた。

ザイツ発見！　ビノとユジーさんも枝から枝へ飛び移りながら追い掛けている。

「ユジーさん！」

「お嬢！　すんません！　脚の速い奴らで射る事ができませんでした！」

「見失わないでくれて助かった！　怪我は？」

「ありません！」

「この先に壁を出すから、とどめをお願い！」

「「了解！」」

森の中では大イノシシを網で捕まえるのは難しい。

ので、土壁を出す！

勢いを殺す為に頑丈なヤツを、おおぉぉぉ、おりゃあぁ!!

ドガアアアアン!!!

イノシシたちは急に現れた土壁に激突したようだ。

ものすごい土煙が上がる。視界が効かないが静かだ。

うーん、土壁はイマイチか。

『お嬢。ユジーです。風上にまわりました。三頭共伸びてます。このまま射ますが、仕留めたのを確認するまでそこにいて下さいよ』

はい！

『お嬢様？』

「クラウス。こっちはとりあえず仕留めてるとこ。確認中。怪我なし。そっちは？」

『問題無しですが、お客様の誘導に少し手こずりました』

「仕方ないっちゃないのよね～。誰か怪我した？」

『お客様が何人か。擦り傷程度です。手当て中です』

「わかった。戻ったらお詫びに行くわ」

『了解しました』

クラウスとの通信が終わると、屋敷の方からホバー荷車を引いたルイスさんたちが来た。買い出し担当だったルイスさんは計算に強いとこを見込まれ、今はクラウスの補佐の一人になっている。

「お疲れさまでーす。現物見れば怪我したお客も避難に納得するかと思いまして」

なるほど！

「との、宰相様の言葉です」

ルイスさんの後ろというか荷車に、宰相と団長が乗っていた。

あらまあ。
「すみません、お見苦しいところをお見せしました。お怪我は？」
「ないない。それにしても迅速だったな。獲物は？」
ひらりと荷車から飛び降りた団長が呆れたように森の手前まで近づく。
と、
うわっ、と森の奥から聞こえた。
瞬間、
大イノシシが一頭飛び出した。
団長の目の前に。
団長は剣に手をかけ、抜こうとした。
ルイスさんは短剣を投げた。
私は壁を。
が、
間に合わない。
団長が居合い抜きのように構えたところで。
牙が団長の頭部を捕らえる。
その様子は、とても、ゆっくりと、見えた。
ピギュ
何かが潰れたように聞こえ、大イノシシが消えた。

何もない空間を短剣が飛んでいく。短剣が過ぎた瞬間に風の壁ができた。
団長は、構えたままだ。
私からは団長の後ろ姿は五体満足に見える。
ふと、団長が左を向いた。
そこには、ぐったりした大イノシシを喰わえたシロウがいた。
私と目が合うと、ぺぃっと大イノシシを放り、耳と尻尾をペタリとしてお座りをした。
《油断した……怪我は？》
～っ、しぃぃろぉおぉぅぅぉおお～～っっ!!!
団長と宰相以外、皆でシロウに飛び付いた。

その後は皆で二人に土下座。

今日、北の担当長のユジーさんはさっきから真っ青な顔で謝罪を繰り返している。

団長の頬のかすり傷は即、治癒しました。

「いやいや流石に死んだと思ったわ～！　シロウか、助かった」

《いや。貴公らの守りを任されたのは我だ。怪我を負わせてしまった。済まない》

「誰も間に合わなかったところをかすり傷で済んだのだ。シロウ、私からも礼を言う。ヒューゴーを助けてくれてありがとう。皆も、謝罪はいい。よくよく考えれば安全確認が終わってない現場にホイホイ近づいたヒューゴーが悪いのだ。団長だと持て囃されて驕《おご》りがあったというういい証拠だ」

「くっ。相変わらずグジグジとうるさいな」

「やらかして直ぐに言わねば覚えんだろうが！」

「説教ジジイ……」

「はあっ!? 戦場でもないこんな長閑な領地で死ぬところだったんだぞ！ 俺は姉上になんと言えばいいのだ！ 俺の命もなくなるわ!!」

「はぅあっ!? そうだった――っ!! チェスター！ 頼む！ 俺が悪かった！ だからどうかマミリスには黙っててくれ!!」

「ああ、黙っててやる！ いいか！ 今回のコレはお前が悪い！ なのに、土下座してるのはドロードラングだ！ いい加減にそういう事も覚えろ！」

「俺が悪かった！ 傷も治してもらったし、皆もう土下座は止めてくれ！ そして、どうか、この事は内緒にしてくれ!!」

団長と私らと土下座をし合う状況に。何だこれ。

「そうしてくれると私も助かるんだ、ドロードラング伯。安全管理の見直しはあるだろうが、ヒューゴーが危機に陥ったことはなるべく領外に出ないように、まあ、この面子だけにしてくれると助かるが、まあ、なるべくな。……こいつ、恐妻家でな……私の実の姉なんだが……戦場以外で死ぬ時は老衰しか認めんと常々言っていてだな、擦り傷を作るだけでもタコ殴りにされるのだ……」

擦り傷が重傷に!? うん！ 恐い！ お姉さん恐いね！

心底困ったように宰相が言うので、そろそろと頭を上げた。

「しかし、どうお詫びをしたらよろしいでしょう？」

「いや詫びも要らんよ。下手に勘繰られてボロが出る。ヒューゴーがな」

「お嬢、ジャーキーはいかがですか？」

ルイスさんがそっと言う。

「あ！　イノシシで作った塩漬け干し肉なのですが、やっと試作品が出来上がったんです。お酒のおともにいかがですか？　えーと、今度商品化するための味見をお願いしたということで、お持ち下さい。うちの酒呑みには好評です」

「うむ。それでお互い手を打とう」

「マミリスも酒は好きだからな。土産があると助かる」

「ん～、女性は好き嫌いが別れますよ？　獣臭さが少しありますので」

構わん構わんと団長が立ち上がったので、私らも起き上がる。

大イノシシを荷車に載せ屋敷の方に戻ると、二頭の大イノシシがこと切れて重なっていた。

その脇にはクロウがいた。

《騎馬の里の方にも出た》

くぅろおおぉぉぅぅおおう!!!

五話　温泉です。

「初めましてドロードラング伯爵。マミリス・ハーメルスと申します。以前に主人がいただいたジャーキーが大変美味しく、よろしければもう少し譲っていただけないかと参りました。もちろん代金も準備しております」

想像していたよりも遥かに小柄な貴婦人がふわりと微笑む。

てっきり団長のようにガッチリしたタイプかと思ってたのに。

「それと、助けて下さった従魔にも直接のお礼を」

団長――っ!?　生きてるの――っ!?

ふおおぉ！

シロウとクロウを目の前にしたマミリス様から聞いてはいけない叫びが聞こえた。イエ、聞イテマセンヨ。

「先日は主人をお助けいただき、ありがとうございました」

深々と淑女の礼よりも頭を下げるマミリス様。

その先にいるシロウは少々項垂れる。

《いや、我は引き受けたことを全うできなかった。礼は不要だ。我から謝罪申し上げる》

ゆっくりと体を起こしたマミリス様は感激したように微笑んだ。

「いいえ。かすり傷で済んだのです、取り返せる失敗ですわ。実際、主人は綺麗な体で家に戻って参りました。治癒魔法で治る程度、騎士として怪我の内に入りません。騎士が五体満足で帰れる事は家で待つ者の何よりの喜びです。シロウ様はきちんと役を終えました。重ねて、お礼を申し上げますわ」

にっこりするマミリス様と戸惑うシロウ。クロウはその様子をじっと見ている。

なんだかほほえましい。

「ねぇシロウ。団長も宰相も同じように仰っていたでしょ？　私もそう思っているし、もういいんじゃない？」

《……しかし、従魔として主人の命《めい》を、》

「シロウ。私の思うことは、生きてりゃ後はどうにかできる、よ。団長も無事で皆も無事に済んだのはシロウがいたから。大感謝よ。それを忘れないで」

《…………うん。わかった》

子供たちと触れ合うことが多いからか、たま～に口調が砕ける。私としては距離が近くなったようで嬉しい。なんと言っても可愛いし！

「ああ可愛い……！」

……マミリス様漏れてますよー。

《我も仕留めたのに……》

「もちろん、クロウのおかげで皆無事なのも感謝してる！　向こうの方には大イノシシが出た事なかったもんね。クロウがいてくれて本当に良かった！」

ぼそりとこぼしたクロウもフォロー。いやホント、二頭がいなかったら大惨事だったよ。

クロウは気が済んだのか尻尾をぱたぱたしている。

二頭が伏せをしたので、順番に顔に張り付く。

ふぁあああっ！

…………ねぇ、マミリス様にも撫でてもらって？

《《……承知》》

テレパス便利……

「マミリス様。撫でてみますか？」

「ええっ!!　……よ、よろしいのですか？」

「優しくお願いします」

では、失礼します……と、近くにいたシロウに恐る恐る手を伸ばす。触れた瞬間はビクッとしたけれど、シロウが嫌がらないのに安心したのか、より手を伸ばした。

「はあぁぁ〜……柔らかい……温かいのですね……」

手の感触だけで満足したのか、今度はクロウに近づき手を伸ばす。

と、シロウが鼻でマミリス様をクロウにそっとグッと押しつけた。あ!?　コラッ！

《手だけで触られるとこそばゆいのだ。ガッツリくっつけ》

きゃあああああ!!

無言の喜びの悲鳴が聞こえました。

マミリス様がクロウの背に乗って、私がシロウの背に乗って。マミリス様のお付きさんはホバー荷車（馬車仕様）に乗って、領地見学をしてきました。

やはり女性なので服飾棟の見学は一番真剣。大蜘蛛の飼育場で大蜘蛛の姿を見つけてもマミリス様だけは普通！　真っ青なお付きさんたちはちょっと離れて待っててもらった。マミリス様の護衛にシロウもクロウもいるしね。

そんなマミリス様は亀様本体と対面しても動揺はちょっとだけだった。

……淑女ってほんとスゲェよ……

食事も充分に堪能してもらえた。食後には自ら調理場に向かって、料理班に「美味しかった」と言ってくれた。

涙が出るかと思った。うちの誰かが誉められるって嬉しいなぁ。

そんな私を見て、副料理長ノストさんは苦笑しながら髪型が崩れないように頭を撫でてくれた。

その後はお付きさんたちと遊園地～。どれも楽しんでもらえた。

子供たちの舞台も堪能。リクエストとして魔法を所望されたので、私も舞台へ参加。

花の噴水を見たマミリス様は、「……魔法が使えたら良かったわぁ……」と呟いたそうだ。犬《わん》サ《こ》イズで近くに控えていたシロウクロウ情報。

「これが独房……」

マミリス様が言い、お付きの人たちも若干戸惑っている様子。

ええ。ただの長屋にしか見えないドロードラング式留置所？　です。あの手この手でやって来た奴らをぶち込んでます！

空きがない状態が続いてるので、一味の人数、アジトの場所、犯罪歴を聞き出せるだけ吐かせ、その書類と共に宰相の所へ転送。

そのまま引き取って更生させてやりたいトコだけど今はまだ実験段階だから、領民の安全を最優先にさせてもらい、対処は宰相へ丸投げすることに。王都ではそういう専門家がいるわけだし、外交の助けになることもあったりで、丸投げするのを国王に許された。

私の所へ直接来て「お宅の奴隷が評判良くてね。また取り引きをしないか」なんて言いやがったのもいた。

もちろん即ぶっ飛ばした。

うちと取り引きしていたなんて、いいカモがのんきにやって来たぜ。

全て吐かせたのに本部はもう皆捕まっていたという結果ではあったけど、国外へのルートの一つを手に入れた。

私たちのハスブナル国の信用はダダ下がりだ。

騎馬の国の時からそんな物はなかったけど、マイナスを更新するばかり。国王たちもこの国の話にあまりいい顔をしない。

「案内してもらっておいて何ですけれど、私が見ても良かったのかしら？」

「もちろんです。こちらとしても希望された物は見ていただきたいので。現在独房は全室使用中なので中は紹介できませんけども」

使用中の単語にお付きの人たちがざわつく。

隠しているわけでもないけど、積極的に紹介しないのは亀様だけ。お客さんたちは誰も亀様を知らないと思う。

まあ、シロウとクロウだけで充分にビビるので、観光地として致命的になるのは避けたい。

ちなみにコトラは舞台で活躍中！　全然バレないからコトラの親だなんて阿呆な奴も現れたんだけどね。

サリオンの踊る姿に私とクインさんは号泣。初舞台は本人よりも私たちの方がガタガタに緊張した～。

猫耳も商品化。さすがに値段が高いけど、お貴族様や商人が孫や子供にと購入。よし！　……この中に変な趣味の人がいませんように。

亀様から《誰からも見つからないようにする》との提案に最初は議論が白熱したけど、ルイスさんの「権力持ってる馬鹿ってのは何をするかわかりませんからね」という鶴の一声で、基本的に黙っている事に決定。

国王も学園長もフレンドリー過ぎるのに油断してしまっている私たち。本来なら起こり得ない事だ。

まあ、王たちのその態度が守られる事の安らぎならば私たちも嬉しい。

なので、私たちが信頼してもいいと思った人だけ亀様に紹介することにした。その事で態度が変わってもその時はその時。

それと、この前の団長の事件はいい教訓になった。

狩りにはどんなに強くても要人は連れて行かない！　と。

亀様ガードは張られていたけれど、弱い物だった。あまり頑強にしてもこちらの狩りの腕が落ちてしまうと狩猟班及び男性陣からの意見だ。

あの日団長は、ぎりぎり、ガードから出てしまった。

そして、いつもよりも俊敏な大イノシシだった。

言い訳してしまうが、そういう事もあると経験を積めた。

あの後ルイスさんは反応が良かったと団長にスカウトされていた。にっこりとバッサリ断ってたけど。

……………クラウスの笑顔が引き継がれている……確かにすぐに顔に出るのは侍従として駄目だと思うけど……笑顔に迫力があるってどうなの？

「独房に入れなかった連中は、先程見学しました大蜘蛛の糸です巻きにされて飼育場にぶら下がります。さっさと口を割れば王都に転送しますが、口の固い人物には食事の世話も大蜘蛛にしてもらってます」

「…………は？」

大蜘蛛飼育担当のロドリスさんの愛情の賜物か、元々そういう性格なのか、大蜘蛛は捕らえた獲物の世話をするようだ。観察していたロドリスさんは「確保した余分な餌を、後から美味しく食べるための習性があるのかもしれない」との意見。

あの大きな体が目の前で、毛がびっしり生えた脚のその先にあるつるりとした先端を器用に使って口まで食べ物を運んでくれる。

……想像でも辛い！

いつも糸を出してもらって大変にお世話になっているけど！　嫌だ!!　ごめん!!

こちらもこちらで犯罪者たちは泣き叫ぶ。

「…………えげつないわね……」

「……ええ……ですが吐かせるならばこちらも確実です。今のところそんな下っ端しか来てないみたいですが、もし魔法使いが来たら入れるのは独房になりますね」

ある意味学園長も私の後ろ楯みたいな感じらしいので、国内の魔法使いは学園長が抑えてくれてるそうだ。学園長に言わせれば「あの花束に自信をなくした者が多くてワシが動く理由もないがな」だそうだ。

まあ、その魔法使いたちのおかげで我がアーライル国は魔物の脅威が少ない。合同で結界を張っているらしい。お高くとまってるけど、仕事はキチッとしてるとか、ちょっとだけ見直した。

知り合いが学園長だけだからね、他の魔法使いには偏見があるのよ私。

「今日はありがとう、ドロードラング伯爵。ここまで領地を見せてもらえるとは思っていませんでした」

マミリス様は元スラム住人が義手義足を付けて畑を耕しているのも、元盗賊が大人しく畑を耕している姿も見た。

他には、屋敷の一角には心も体も傷ついた女子と男子のそれぞれの部屋がある。ゆるくゆるく、回復を待つ部屋。どちらも成人男子禁制だ。

この部屋に案内したのは侯爵夫人とマミリス様だけ。

「一応聞いておくけれど、私が政治的に何の役にも立たないのはわかっていて？」

「はい。マミリス様がその権限を振るえるのはお屋敷内と旦那様にだけと聞きました。家を守る者として充分ではないでしょうか」

「……貴女は、欲がないのかしら？」

「まさか！　欲だらけでございます。下心を申し上げますと、マミリス様の人脈で衣類の販路を拡げたいな、と。まあ、まだ量産はすぐには無理ですので紹介だけでもお願いしたいです」

それを聞くと上品に笑う。

「そうね、それならば私はうってつけの客ね。でも領地の内情を知られて良かったの？」

「はい。私が間違いを犯した時に、それを非難してくれる人が多いのは助かりますので」

マミリス様が真っ直ぐ私を見る。

私も返す。

「もしもの時は領民は私を止めてくれます。領地で上手くいってる事もそれが領地の外では通じない事もあります。その見極めはたくさんの目があった方が良いと思っています。

マミリス様。究極の話、私は我が領の皆が穏やかに暮らせればそれでいいのです。ですがそれは我が領だけが豊かでは駄目なのです。お隣またその隣の領も同じようになっていなければ、私の子たちはいつかまたひもじい思いをするでしょう。私は彼らに約束しました。死ぬまでコキ使うから腹一杯食べさせると」

鋭かった目は少し柔らかくなり、眉が呆れを表した。

「遊んで暮らすわけではありません。元気に働いて毎日三食食べて、温かいベッドで寝る。それを最低限とした暮らしでいいのです」

「全ての住民が？」

「はい。世界中が」

「ふっ！　貴女、今、我が領だけと言ったのに！」

「だから、世界が平和ならこんな辺鄙な場所でも三食に昼寝ができるってことですよ～。ね？　欲深いでしょう？」

淑女らしからぬ大声で笑いだした。お付きの人たちも。

「気に入ったわ、サレスティア」

笑いが一段落したところで、マミリス様が言った。

「生地でもドレスでも、販路の協力をしましょう」

マミリス様は右手を差し出してきた。

私はそれを両手で摑む。

「ラトルジン侯爵夫人とは別の伝手もあるの。夫人と打ち合わせて忙しくしてあげるわ」

「ありがとうございます！　お世話になります！」

よっしゃあ！

ジャーキー共々お願いします！

《あ！》

え？　亀様が？　驚いた？

《……あぁ……済まぬ》

皆も聞こえたのか、近くにいる人と目を合わせてる。

私もクラウスを見て、ルルーに視線を移そうとしたら、ドォオオオーン!!　という音が遠くの方に聞こえた。

慌てて執務室からバルコニーに出ると、隣国とを隔てる山脈の北の方に水柱が立っていた。

……何あれ。

『お嬢！　あの水柱を狩猟班で調査に行ってきます！』

「あぁ、ラージスさん、皆も気をつけて！　私も向かうわ」

『了解』

丁度見廻りに行く時間だったのか、三班編成でスケボーで駆けていく。

「亀様どうしたの？　大丈夫？」

《済まぬサレスティア。少し地脈の確認をしただけなのだが、温《ぬく》い水が出てしまった》

……マジですか!?

《直ぐに閉じるから、》

「待って！　待って亀様!!　それ、ずっと出しておける!?」

《ん？　勢いは放っておいても収まるが、ずっと出続けるぞ》

「キタ――――ッ!!　お嬢より！　土木班、鍛冶班の親方は至急執務室に来られたし！」

小躍りしたいところだけど、設計図！　確かここら辺に……！

執務室の本棚の一角に、発展計画書置場という、いつか作ろうと色んな設計図をつっこんである場所がある。

バタン！　と親方二人が連れだって扉を開けるのと、設計図を見つけたのが同時だった。

「お嬢！　外のあれは何だ!?」

「亀様が掘り当てた温泉よ！」

「おんせん……ついにか!!」

「今、狩猟班が確認に行ってるけど間違いないと思う。この設計図でいけるか確かめて。そして直ぐに取り掛かれるか材料の確認をお願い」

クラウスとルルーを置き去りに盛り上がる私たち。

温泉施設を造るわよ!!


そうして一週間。

できました－！　早い！　欲深いってスゴいね!!

とりあえず、お湯の水溜まりに泥まみれになりながら浸かってみた。

温《ぬる》い！　源泉は温かったので沸かし機能を付けねば！

乾燥しても肌のツッパリはなく、匂いで具合が悪くなる事もなかったのでGO！

八時間三交代での丁寧な突貫工事！　土台やその他には魔法をガンガン使ったよ！　温泉用の水路に下水も完璧だよ！　ホテルからはちょっと遠いから、ホテルからの転送陣も付けました！　だから休憩用の広間はあるけど食堂は無し。ただお風呂に入るだけ。

あ、飲み物は水と麦茶と偽《にせ》スポーツ飲料（水に塩と砂糖とレモン汁）を常備。樽に蛇口を付けたのでセルフでどーぞ。

もちろん露天風呂もありますよ！　全天候型！　覗き防止はバッチリ！

温泉場まで歩きでもOKなように道も新しく整備しました。

ただし山を少し登るので途中は階段です。ここは注意書きを付けなきゃね。

お泊まりのお客さんは入浴料は無料《ただ》！

遊園地利用の日帰りお客さんも無料《ただ》！

実質、無料《ただ》！

効能はまだ特定してないけど、お湯に触った私と野郎どもは肌が艶々になっていた。

なので美肌の湯！（仮）

完成した日に皆で入ったけど、それ以来女子のリピート率が半端ない！

女湯の浴槽を男湯の倍の大きさにして良かった……

お客さんは、夜九時までの利用にして、その後はうちらで使わせてもらう事に。屋敷に温泉をひいても良かったんだけど、広い湯船に入りたいのよ。

備え付け用の石鹸の消費量がえらいことになったけど、まあ、しゃーない！　せっせと作ります。

なんだかんだとオープン以来、石鹸はお土産用の人気商品だ。安いし小さいけど、一月《ひとつき》は持つものね。花の香りも付いている。女性受けを狙いました。女性受け、基本です！

男性用にはレモングラスとミントのハーブ石鹸。もちろん香り無しもあり。

「髭に艶が出た！」と学園長が騒いでいたけど、正直よくわからない。肌がつるりとした気はする。

……どんだけ浸かっているのやら。

学園長も年寄りだし、のぼせると困るので、短い時間でお湯からあがるように看板を立てた。

あ、学園長！　お風呂だけの利用は料金発生しまっせ！　払って！

「最近、うちに宿泊する客が増えてきたよ。ドロードラングの宿が取れないってな」

バンクス領主ブライアンさん。

「うちも増えてるよ。バンクス領でも泊まれなかった人たちで。まあ、うちは以前の森火事跡の様子を見るのも観光になってきたし、おかげさまで外からのお金が入るようになったかな」

カーディフ領主セドリックさん。

「ダルトリーは在庫に困っていた紙を引き取ってもらえるので、職人たちも給与が安定して少し活気が出てきましたよ」

ダルトリー領次期当主ドナルドさん。

「いくら亀様がいるといっても、客がこれだけ増えると危険はないか？　サレスティア嬢」

ブライアンさんが言ったけど、三人ともが気にしてくれているようだ。

月に一度または二度の四領会議。この三人にはイヤーカフを渡してある。ブライアンさんのお父さんのバーナードさんも参加。移動は亀様の瞬間移動で私が迎えに行く。

「そうですね。今のところはのこのこと現れた奴隷屋関係は全員捕らえています。お客同士の喧嘩もあまりないです。食料は皆さんの所からも仕入れられているので、腹をいっぱいにしておけば動きたくなくなるみたいですね」

なるほどと三人が苦笑する。

が、本当にこの三領と仲良くしていて良かった。

バンクス領は果物も多く、ジャムも使わせてもらってる。うちは果物までまだ手が回らず、森に自生している杏《あんず》しかない。デザート用にとても重宝している。

ビュッフェで、バンクス領産と立て札をジャムの脇に置いていたら、バンクス領で買っていくお客さんが増えたらしい。砂糖は高級品なので数があまり作れなかったけど、うちの砂糖で少し増やすことができた。よしよし。

カーディフ領では使われていないワイナリーがあり、そこで甜菜《てんさい》を搾るのをお願いしている。原料ドロードラング、製造元カーディフ領の砂糖です！

甜菜を作りすぎたので協力をお願いしたのでした。ゆくゆくはお酒も作るそうなのでいつかは引き揚げるけど。

カーディフ領は葡萄作りが盛ん。あの時葡萄畑に引火しなくて本当に良かった…………うぅ、清酒はどこにあるんだか……

ダルトリー領には紙をお安く提供してもらっている。うちから買い付けに行けば運賃が掛からない。似顔絵用のキャンバスだって大量仕入れがへっちゃらの保存袋があるからね！

買い出し担当に言わせると馬の散歩に丁度いい距離だそうだ。……全力疾走はたとえ馬でも散歩ではないよね？　ねぇ？

などなど。もはやうちにはなくてはならない三領だけど、その分危険度も上がった。

盗賊には、強奪型と虐殺型があるらしい。

強奪型は、主に物資や奴隷にするために奪い取る。その過程で住民を傷つけたりもする。

後々の物資がなくなるので全滅はさせない。そして盗賊同士で縄張りができる。

虐殺型は、例えば、村一つを皆殺し、または屋敷の住人を皆殺しにしてから物を獲《と》る。

縄張りなど関係ない。獲れると思った所なら盗賊のアジトにも入るらしい。イカれた奴らの集まりだ。

そして厄介なのが、国を選ばないで活動している事だ。

〝国を選ばない〟ということは、〝どの国も詳しい〟という事。

詳しいと上手く隠れられる。何人規模でどのくらいの組数が存在するのかいまだに不確定だそうだ。


が、どうやらその襲撃には周期があるらしい。

そろそろ我がアーライル国に現れる時期かもしれないと、うちの元盗賊と元スラム住人からの進言があった。直接対峙したわけではなくて又聞きによる検証結果だけど。

発展中の領地ではなく、それに引っ張られた周りの地域がその盗賊の対象になる。

なぜなら発展中の所より格段に警備の質が落ちるから。

物があって警備が手薄とか、狙って下さいと言わんばかりだ。私だって盗賊だったら狙う。

そんな理由から、三領には警備の強化のお願いと亀様の保護を掛けさせてもらうこと、有事の際は私らが助太刀に行くことを了承してもらった。

それぞれ貴族同士の付き合いから、キルファール伯爵等、没落や規模縮小した領地からのリストラ人員を確保。自領の兵に組み込んだりしている。

うちはというと、盗賊、スラムはそれぞれにチームを組んでもらった。能力的には合同にしたいけれど、なかなかあと少しが難しい。

まあ、私が焦っても仕方がないし、最初から時間が掛かるのはわかっていたことだ。

最近はどちらも狩猟班に付いていったり、農具での戦い方、組み手、女子や子供たちとの連携も通常の仕事の他にやってもらっている。

元盗賊たちは基本一対一ならそこそこ強くても団体になると滅茶苦茶になるため、そこら辺をニックさん、ルイスさんの元傭兵の実践と、クラウスの元騎士の解説で勉強してもらう。

スラムの元住人たちは傭兵出身が意外と多い。戦災難民も半分以上なので自衛ということに真剣なのだけど、私が「うちの護身術は相手を倒すものではなく、逃げる隙を作る為のもの」と言うと不思議な顔をする。

敵にばかり構っていたら仲間を呼ばれるし、逃げ道を見失う。

周りを見る、それがうちの護身の目的の一つだ。

自分には味方がいる、という前提でどれだけ動けるか、叩き込まれてもらってる。

元盗賊たちは戦術という点ではほぼ全員が知恵熱を出した。わっはっは。

「緊張が続きますが、お互い踏ん張り処です」

「そうだな。しかし敵が見えないというのはなかなかに辛いな」

「ん～、この中なら狙い目はカーディフ領《うち》だろうな～」

「なるほど。失礼ですけど、隠れ蓑としては狙い易いかもしれませんね」

「これこれ、そういう先入観は固定化してしまうぞ。気を付けなされ」

バーナードさんが苦笑しながら嗜めるが、正直どこを狙われてもおかしくない。皆それはわかっていて、受け身にならざるを得ないので焦りがある。

《この四領内は血の匂いはない。その周りもない》

亀様の言葉に皆が小さく息を吐く。

そういう経緯で亀様は地脈もみてくれてたんだけど、温泉が出ちゃったんだよね〜。

「温泉も目玉になりそうだし、実は罠を仕掛けました。上手く引っ掛かってくれると良いんですけど」

自領の伝達手段を確認しつつ、何かあればイヤーカフで連絡することを約束して四領会議を終了。

帰り際、四人が同時に言った。

「「「「ほどほどに」」」」

……は〜い……

第八章　12才です。

一話　収穫祭です。

ドロードラング収穫祭。

今年は結婚式を挙げるカップルがいなかったので「収穫祭」としてお客さんも含めての大宴会です！

なぜかハーメルス団長が銅板をくれたので、それで鉄板焼用に平たく大きく作りました。六枚いけた！

銅は熱伝導率が高いので旨味成分を損なわないうちに早く美味しく炒められる。

いやあ、欲しがったんだよね〜、料理班が。

なんたって人数が増えたからね。いくら保存できるとはいえ、出来立てを食べさせたいと料理班はいつも頑張ってくれていた。初期からの班員は皆料理の腕があがり、学園長に一人寄越せと言われた程だ。行ってもいいよと言う人がいなかったのでこの話は流れました。頑張れ学園長。

そして私がやりたかった屋台！　お祭りと言えば屋台！　本日！　料理班協力のもと！　屋台祭りとなりましたーっ！

火の調整が難しいと言うので黒魔法で火力自由自在のコンロを作りましたよ！

本日のメニュー！　じゃじゃん！

まずは、牛ステーキ！　見た目が派手だから見てるだけで涎が出る！　銅板いっぱいに乗って焼かれる肉……初めて見た……天国だ！

串焼き用とホットドッグ用の肉やソーセージも銅板で。大豚の小腸に詰め込んで作ってあるのよソーセージ。ハーブも色々入れたりして旨いと思う。皆が好きだし！

そして早く焼きあがるせいか噛んだ時の肉汁が凄い！　その肉汁が染み込んだパンがまた旨い！　ホットドッグ新メニューに、塩コショウ多めの野菜炒めを挟んだ物。肉が少なくても野菜が美味しい！　なんだコレ!?　子供たちも野菜が美味しいと大喜び！　どんどん食べなさい！　野菜食べなさい！

そして焼きジャガ！　厚めに切ったジャガ芋を銅板で両面焼き、こっちは軽く塩コショウ。仕上げにバター！　芋とバターの甘味としょっぱさが絶妙!!　バターの代わりにチーズも正義!!

ホットデザートとしてクレープも焼きました！　ほんわり温かいクレープにバターと蜂蜜をちろりと乗せて半分にたたんでクルクルに。ちょっと垂れるけど、これもまた旨い！

恐るべし銅板メニュー！　太る物がとにかく美味しい!!

屋台祭りと言いながらもビュッフェ式のテーブルもあり、そっちの方には野菜中心のメニューが置いてある。胃もたれ起こしそうな人はこちらへどうぞ～。

汁物は定番のごった煮スープでーす。芋の代わりに南瓜《かぼちゃ》の入ったシチューもあるよ！　ブロッコリーと人参と彩り豊かなシチューだよ～！

デザートも別に専用テーブルを用意した。バンクス領の果物が大活躍！　保存庫のおかげで季節を無視したラインナップです！　アップルパイとかスイートポテトとか腹にたまる物もあるけど、食べるのを止められない！　苺うめぇ！　葡萄うめぇ！　桃うめぇ！

そしてデザートテーブルにドンと置かれているのがウエディングケーキ。うちの結婚式には定番ですよと見本に出した。大きなケーキを初めて見る人は精巧な飾り付けに食べられるの？　と聞いてくる。白いのは全部クリームなので食べられまっせ。隣に小分けされたケーキがあるので、こうして皆で食べますと教える。

女性は必ず「切るのがもったいない」とため息とともに言い、男性は「見るだけでいい」とげんなりして言う。面白い。

屋台定番の使い捨てアイテムはないので、皿とフォークを使い回してもらいます。気になる人は洗いますよー。串焼きの串は今回はダルトリー領産の竹です。

「銅板て凄いね。こんなに早く焼けるなんて知らなかった」

クレープの焼ける様子をアンディがキラキラした目で見ている。

本日のゲストとして、アンディ、レシィ、ラトルジン侯爵夫妻、学園長に騎士団長夫人マミリス様をご招待。

学園長とマミリス様はあまりの騒がしさに呆気にとられている。マミリス様のお付きの人たちは顔色が悪い。すみません、今日は特別なんですー。

あ、本日はこのリボンを見える所に身に付けて下さいね。コレを見せないと食べ放題になりませんのでー。

レシィは「結婚式しないんだ～」と残念そうだったけど、デザートのテーブルを見てご機嫌に。可愛いな～。

《レシィ！　今日は、我が、えすこーとするぞ！》

とてとてとコトラと子供たちがレシィを囲む。皆で猫耳と尻尾を付けているので何かのイベントのようだ。

子猫に囲まれる美少女……私とメルクがアイコンタクトを交わす。よし！　癒しの絵が増える！

可愛いわ～と、マミリス様の声がした。

そうなんです～！　サリオンも楽しんでるといいな～。


お昼から始めた収穫祭も夕方になる頃に落ち着いてきた。お腹をさすっているお客さんが多い。美味しかったか、よしよし。

今動いているのはうちのスタッフと、食欲に勝ったお客さん。うん、食欲に勝ったお客さんはほぼ女性。侯爵と学園長は食べ過ぎたとぐったりしてる。

侯爵夫人とマミリス様は、食べ過ぎたと言っても食後のお茶を飲む余裕がある。お付きの人たちも。流石です。

アンディとレシィは子供たちと一緒の席にいる。私の隣だけど。

さて、そろそろお客さんにはお部屋に移動してもらおうかな。

空の青がくすんできた頃。

屋敷から程近い保管庫が、爆発した。

黒い煙がのぼる方を見てると今度は後ろから、ホテルの裏手が爆発。

また保管庫。そしてホテル裏と爆発が続く。

何事かと騒ぎ出すお客さんに避難路を確認するので動かずにいて下さいと声を張り上げる。少しでも安心してもらうため、シロウとクロウに通常サイズで現れてもらう。すると子供たちの悲鳴が収まったので、大人たちも少し余裕ができたようだ。

うちの何人かが保管庫とホテルに向かって行く。

保管庫もホテルの一階の調理場も、どちらも料理班が担当なのでコック服を着た人が走って行く。げ、戦闘班じゃないじゃん！

「危ないから！　ちょっと待って！」

そう叫びながらテーブルに上がった私に影が差した。

そちらを振り返ると、剣を振りかざした、王都の宿で会った時よりもずっと醜悪な顔をしたアンディのクソ従者がいた。

「死ね」

言葉と共に剣を躊躇《ためら》いなく振り下ろす。

あー……

ガキンッ!!

剣は、私の頭で止まった。いや、正しくは髪の毛にも触れてはいない。

クソ従者が、気持ち悪い笑顔から、目を見開いた。

ああ気持ち悪い。

両足を踏ん張ってクソ従者を睨みつける。

「お嬢より！　賊を確認！　捕縛!!」

私の血飛沫が合図だったのだろう。出てないけどな！

お客さんの悲鳴が響くとともにあちこちの建物の影から賊たちが現れ、ヒャッハー言いながら料理班に斬りかかる。

が、襲われるとわかっているなら避けられる。それだけの訓練は料理班もした。転がりながら剣を避ける料理班。

そして戦闘特化した狩猟班が料理班と入れ替わり、賊の刃を弾く。

剣撃の聞こえる中、砂まみれになった料理班が私らの方に引き返して来る。何人かは服が切られ、血がうっすら出ている。

侍女やお母さんたちがテーブル下に隠していた救急箱を取り出して手当てを始める。薬草班長チムリさんが騒がないので毒はないようだ。

手当てをする以外の女たちは、やっぱりテーブル下に隠した二メートル弱の棒を持って、お客さんをひとまとめにしたこの場所を囲むように等間隔に立つ。そして手当ての済んだ料理班も持ち手の付いた手先から肘より少し長いくらいの短い棒を両手に持って、女たちの間に立つ。

狩猟班を上手くすり抜けて来た賊は、侍女の棒術と料理班のトンファーに続々と沈んでいく。

焦ったらしい賊がナイフを投げ出してもクロウとシロウの風のガードに阻まれる。

クソ従者はいまだに呆然としている。

ったく。乙女の頭をかち割ろうなんて本当、どうしようもねぇな。

目の前にある剣を左手でガッと握る私に何やらハッとした様子。

「ガードしないわけないでしょうよ」

そのまま素手で刃を握り壊す。クソ従者の目玉がこぼれ落ちそうだ。

「ドロードラング舐めんなっ!!」

右手に準備したハリセンを一閃。

真横に吹っ飛んだクソ従者を、お客さんの向こうで待ち構えた洗濯婦ケリーさんががっつり摑む。

大蜘蛛の糸を縒《よ》ったロープでぐるぐる巻きにする様子は職人芸のようだ。流石です!

そうしてケリーさんは気絶しているクソ従者を担ぎ上げて舞台の上に放る。すると、今回特設された舞台屋根から大蜘蛛がスルスルと降りてきてクソ従者を吊るしてまた屋根に隠れた。

それを見たお客さんから悲鳴が上がるが、状況を理解してるのか誰も動かない。

一人また一人と、ケリーさんの元へ気絶した賊が放られる。縛り上げたのを次々と他の洗濯婦たちが舞台にまた放る。そしてそれらを五匹の大蜘蛛が次々と吊るしていく。

……うん、色々は後で考えよう!　ありがと蜘蛛たち!　ロドリスさん!

止まない剣撃の音に、恐いよぉと子供たちが近くの大人にすがりつく。

うぅごめんね恐い思いをさせて。

私から見える限りはうちの連中の方が押している。向こうは逃げようとするが捕らえた分だけこちらに人数の余裕がある。どんどん賊が減っていく。

もうすぐ終わる?

まだ何か起きる?

い、い、

どこだ……!?

感覚を研ぎ澄ます。

焦らず、広く、広く、

「ホテルの三階！」

「ジェットコースターの上！」

ダンとヒューイの声が聞こえた瞬間、シロウとクロウが消える。

同時にホテルから窓の割れる音がし、ジェットコースターの方からは「ぎゃあ！」と聞こえた。

そして。

「「「はーい！」」」と子供たちの場違いで元気な声があがる。片手を真っ直ぐあげ、さっきまで「恐いよぉ」なんて泣いていた子が隣の大人の服を掴んでるのを見せる。ざっと十人。

即、服を掴まれた大人たちは棒を持った侍女や料理班に立たされ、ケリーさん率いる洗濯婦たちにあっという間にぐるぐるにされ、更に全員まとめて縛られた。

縛られたお客さんたちはギャーギャーとうるさいが、説明は後。

「お嬢」

テーブルからいまだに降りない私を、皆と一緒に伏せていたアンディが見上げる。

ごめん、まだ終わってない。

私たち以外の魔力の動きをまだ感じる。

チラッと合わせた視線を周りに戻し、手だけで謝る。

すると何を思ったのか、アンディがスクッと立ち上がる。

そしてテーブルに乗ったアンディは私の背後に立ち、背中を合わせた。

「手伝う」

私の左手をアンディの右手が掴む。手のひらを合わせ、指を交互に絡ませる。

アンディは極々小さく『魔力感知』の呪文を唱えた。

私の感じていた景色が百八十度から三百六十度に変わる。そんな感じ。

私の後ろはアンディの感じている景色。

とても鮮明になり、ドロードラングの外まで余裕で見えそうだ。

「くっ……」

はっ！

広げていた感覚をそこで止める。アンディを引っ張り過ぎた。アンディの手にとても力が入っている。

ごめんアンディ、魔力が馴染んで調子に乗ったみたい。

私らの担当は領地のみ！

だけど魔力感知にはさっきダンとヒューイが見つけた二人の魔法使いしか反応が出ない。どこ……!?

「お嬢、焦ってはいかん。取り零すぞ」

下から学園長が嗜めてくれる。

そうだ。焦っちゃ駄目だ。大丈夫。アンディもいる。

瞬間。

アンディの前に炎の矢が現れた。

そして私の正面にも炎の矢が飛んで来た。

私の頭の中が煮えたぎる。

間に合わないなんて二度と起こすか!!

ゴォオオッ!!

アンディと私を囲んだ下から真上に吹き上げる強風に巻き込まれ、炎の矢は消えた。

しかし、炎の矢はまだ四方八方から飛んで来る。

それらは全て私の風に次々と飲み込まれていく。

……私の前でアンディを狙うなんて……絶対ブチノメス!!

ほんのちょびっと残った理性がアンディの手を離す。

私の魔力が風と探索にどんどんと消費されていく。

今や風の壁は会場を囲む程に直径が大きくなっている。

誰にも何も当てさせねぇよ。

風の壁の中には炎の矢は出てこない。

ナイフだって通さない。

ふと、魔力感知を足元、地面下の十センチまで広げる。

小さな反応があった。宝石だ。

収穫祭会場を中心にして魔法陣が現れ、その要の位置にそれぞれ宝石が埋め込まれている。

ドロードラング《ここ》を、自分の力が及ぶようにしたのか……

……ならば、この魔法陣から追えばいい。

私は右の手のひらに別に風の魔法を練る。そうしながら魔法陣の中心に移動すると、料理班がそのテーブルを避けてくれた。

魔力感知のおかげで一際《ひときわ》輝く地面に、ことさら丁寧に針のように細くした風の魔法を、叩き込んだ。

パキ――ン……

宝石の割れる音がした。

そして、一拍。二拍。三拍の間《ま》。

バンクス領の方に竜巻が現れた。

それはゴオッ！　と吹き上がり一瞬で消える。

……一つしか出ないということは他には魔法使いはもういない？

《魔法使いはバンクス、カーディフ、ダルトリーには居ないな》

亀様が教えてくれた。

《後は皆に任せて良いだろう。頑張ったな。我もしばらく見ておく》

その言葉に深く息を吐いた。力が抜けて魔法が解ける。

地面に座りこもうとしたらふわりと抱きしめられた。

「おつかれさま」

「……怪我はない？」

「ないよ」

「良かった……恐い思いをさせてごめんね。おかげで助かったわ。感知魔法って二人だとああなるのね～、面白いね」

「話は後にしよう。皆に任せてお嬢は少し休もう」

「でも、」

「このままじゃレシィの泣きそうな顔を見続けることになるよ？」

「……あ～、じゃ～、ちょっと、寝るわ～」

そう言うとアンディにヒョイと抱えられる。

わ。…………ぅえっ!?

「亀様。すみませんがお嬢を子供部屋に送って下さい」

《そのまま落とすなよ》

亀様の声が笑ってる気がした次の瞬間には屋敷の子供部屋にいた。子供たちは寝ている。

カシーナさんやナタリーさん、他の侍女たちもそれぞれ武器を持ってる。こっちの武装侍女も格好いい。「うわっ、姫抱っこ！」というのは聞こえないことにした。

「とりあえず～、終わったよ～」

皆がほっとした。

アンディが近くの空いていたベッドに私をそっと降ろしてくれると、カシーナさんが靴を脱がせてくれた。ありがと～。

「じゃあ僕は会場に戻るね。おやすみ、お嬢」

アンディの手が私の頬をそっと一撫でしていく。

あ～、アンディの手ってやっぱり気持ちいい～。

『お嬢』

アンディの出た扉が閉まった途端、王都偵察から呼び戻していたヤンさんから通信が入る。おぉ、眠る前で良かった。

『相変わらずとんでもないですね。今、吹っ飛んだ奴を拾いましたよ』

よし。

『いやあ、担ぎたくねぇなぁ、コレ』

「ヤンさん～、お疲れ～」

「ん～？」

なんだかヤンさんの声が呆れてる。

『お嬢、何をやらかしたんです？　顔にグーパンの跡がついて歯が四、五本抜けて口から鼻から血がでてるんですよね～。服は破けて真っ裸だし』

「アンディに炎の矢～」

『……チッ。引きずって帰ります』

ですよね！

任せた～、と伝えられたかは定かではない。

意識が戻った時には会場は綺麗に片付き、アンディと侯爵だけは帰っていて、遊園地とホテルは通常営業をしていた。

捕まえた賊たちは大蜘蛛のお家に招待されたらしい。

今回は一日半寝ていたようで、レシィには泣きながら説教された。

頭で剣を受けたところを見ていたらしい。

恐かったね、ごめんねと抱きしめて謝った。

夫人にも、貴女が先陣を切ってどうするのと言われ。

マミリス様には、私も剣を砕いてみたいわと言われた。

……うん。やっぱ騎士団長の妻になるべくしてなったんだな、このヒト。


取り調べは一日で終わった。

私が寝てる間にほぼ終わってて、ちょっと拍子抜け。

国を股に掛けるというくらいだから、イカレ具合に気合いが入ってんのかと思いきや、至近距離の大蜘蛛には誰も勝てなかったらしい。

まあ、大蜘蛛をクリアしたところで独房もあるしんで。

この盗賊団の中心は、ヤンさんがバンクス領から連れ帰った魔法使いの男(60)。

二番手が、ダンとヒューイが見つけシロウとクロウが捕まえた、二人の魔法使い。

後は殺しができればいいと言う阿呆が約百人。兼下調べ、頭《かしら》の命令から企画する頭脳的な担当が十人。

わりと大所帯だった。

提携している貴族やら商人やらを足すと、奴隷王関連に次《つ》ぐくらいの人数になりそうだ。まあ国を跨いでいるわけだけども。

今回、アーライル国を狙って手を組んだのがクソ従者こと、ウェスリー・ワージントン子爵（23）。キルファール伯爵家の取り巻きだった。

まあ、取り巻きだったのはワージントン元伯爵。ウェスリーの父親で、ほぼ家族総出でキルファール家にくっついていたらしい。ということで没落しかけたのだけど、五男のウェスリーだけは関わっていなかった。

なんとかもぐり込んだアンドレイ王子の従者という役から父親よりも成り上がる気だった。だから奴隷売買には手を出してはいなかった。

が。あれよあれよと家族が捕まり、没落を防ぐ為に親族から、家格が下がり資産も三分の一が没収された家の当主に据えられた。

王に任命された時は親戚が代わりに出ていた。

そんな領地に先はないと思われたのか領民の流出もあり、ウェスリーは荒れた。

とにかく領を立て直さねばと考えたが、あまりにも何も残っておらず、自分の生きてきた知識や経験ではどうにもならないと愕然とするばかりだった。

毎日思うのは自分をこんな目にあわせた原因、ドロードラングの小娘の事。

ただただ憎い。憎い。憎い。憎い。憎い。憎い。憎い。憎い。憎い。憎い。

そこにスッと現れたのが、ひょろりとした陰気な魔法使いだった。

憎いなら手伝うが？

ウェスリーは天恵だと思った。

魔法使いに言われるままに屋敷や空き家を手配し賊を引き入れた。

ウェスリーの想定よりも人数が多かったが、魔法使いは金持ちだった。あらゆる物を用意できる事に驚いたが、使いきったとしてもドロードラングで回収できると笑う。

そのうちにドロードラングを手に入れればどうにかなると考えるようになった。

邪魔なのは小娘。コイツさえいなくなれば全ては自分の物。

自分の邪魔をするものは、殺す。

その願い、叶えよう。

どこぞの悪魔のように、魔法使いは微笑んだ。


人の堕ちる様《さま》は可笑しい。

いつも、笑わずにはいられない。

ちょっと手を出すだけで、面白いように狂っていく。

誰かを従えるなんて簡単だ。

その欲望を少しだけ手伝えばいい。

後は、転がって行く先を少しずつ修正すればいい。

ほら、簡単だ。

ほら、俺はできるんだ。

ほら、俺は優秀だ。

ほら、俺にできない事はないいんだ。

だって見ろよ、皆、堕ちた。

ほら、俺はできるんだ。

俺は、できるんだ。

魔法使いはその昔、学園に在籍していた人物だった。

魔力があったので魔法科に入ったが、竈《かまど》に火を付けるのが精々だった。

周りには圧倒的な魔力持ちしかおらず、貴族でも商人でもない彼はハブられた。

教師も、魔法使いとして底辺の彼に文官科への転科を勧めてきた。

彼のプライドはズタズタにされた。

ある日、街の古書店で黒魔法の本を見つけた。黒魔法は主に宝石を必要とするので結果出費がかさむために人気がなく、古書店にあってもあまり売れない。

一度は通り過ぎたが、店を出てから引き返した。手に取って値段を見れば二束三文もいいところだった。

しょうもないところが自分と重なり、何となく買って帰った。

黒魔法というよりはおまじないのような内容にいよいよしょうもない物を買ってしまったなと苦笑する。が、後半になるにつれ、呪術的なものになってきた。

この魔法陣に血を垂らせば、狙った所に火を出せる。

いつの間にかノートに魔法陣を写していた。

どうせ嘘だろうと思いながら、いつも自分を馬鹿にするあの商家のボンボンを思い浮かべ、指先から血を垂らした。
何も起きなかった。自分の部屋では。
次の日、その商家のボンボンが学園寮の部屋で焼死したと皆が騒いでいた。
そっと自室へ戻り本を隠した。
卒業まで気付かれなかった。
卒業しても誰も追って来なかった。
それからはやりたいようにやった。
続けざまに狙うと自分だとバレる気がして、年に一人ずつ復讐していった。
何だ、あまり慕われてないんだな？
そう言って、動けない相手にナイフを刺した事もあった。
愉《たの》しかった。
やっと自分らしく生きられる。
唆《そそのか》し、高みの見物をすることが一番愉しいと知った。
この本さえあれば、俺は一生、何処に行っても愉しく暮らせる。
最強の呪文だ。
「その願い、叶えよう」
ついでに、俺も愉しませてくれ――

今回罠を仕掛けたのは「アンドレイ王子」と「私」。

ドロードラング《うち》を狙うならどうやる？　と、元盗賊、元スラム住人、そして騎馬の民に聞いた。

まずは客に紛れて下調べ。これはしないと話にならない。

狙い所を決める。戦利品を何にするか。ホテルと遊園地以外で見るものは畑しかないので、商人には保管庫を見せていた。保管庫を買ってくれてもレンタルでもいいと説明しながら。だから、お客さんもたくさんの食料の入った保管庫を見ることはできる。

行事の確認。

無差別に入り込めるイベントがあれば人数を多く配置できる。タイミングを決めれば仕事は早く終わる。そのための潜伏場所も確認。収穫祭は丁度いい。調理を外でするのでホテルの中が手薄になる。スパイダーシルクの布も高く売れる。

軍の確認。鍛練しているところを見ることができるが護身が中心。軍や警邏《けいら》としての働きはない。

侍女たちは特には何もしていないようだ。

騎馬の民がいるが会場までは少し距離がある。他の客がいれば、弓矢は使えないし馬に乗っては危なくて近づけない。

全てが終わったら客が持っている金目の物も手に入る。

というわけで「金目の物を持っている最たる人物、及び身代金もガッポリ取れる人物」として、許嫁である「アンドレイ王子」に囮になってと頼んだ。

まあ国王からは、というかほぼ皆にいい顔をされなかったのだけど、予想外だったのはレシィが自ら参加すると言い張った事だ。

「危ない事はわかっています。でも、私一人が増える事で更に賊の目がこちらに向けば、お客さんの安全が少し上がると思うの。自分で言うのも何ですけど、拐う価値はあります」

……８才の女の子って凄いわ～。

もちろん国王の大反対にあったが、王妃様と母親である三の側妃がＯＫを出した。

えぇ～！　「よく言った！　女を見せて来な！」とレシィの肩にガッチリ手を置く王妃。えぇ～っ!?

「では私たちも」と手を挙げたのは侯爵夫人。隣で侯爵が顰《しか》めっ面をしていたが「子供たちは守ろう」と言ってくれた。いや、侯爵たちも守りますよ？

「ワシも入れてくれ。魔法使いが関わっているようならば直に確かめたい」学園長も加わる。

では、と手を挙げかけた団長を制し「あなたは王都にいなさいね。私が代わりに見届けます」とマミリス様が良い笑顔に。青い顔色の団長が「ワカリマシタ」と引いた。

宰相はどこぞを見ながら無言を貫いた。

「その盗賊団は仕事が静か過ぎる」と、ルイスさんが言った事から魔法使いがいるのでは？　と疑問が。

大袈裟にいえば、アパートの隣の部屋で暴れているのに気付かないなんて事があるのだろうか？

痺れ薬はあり、それを煙に混ぜる事もできる。それならば薬の痕跡はあるそうだ。その家が火事で燃えたとしても外に漏れた薬は残ると、薬草班のチムリさんが言う。

それに眠っている住人を叫ぶ間もなく斬りつけたとしても、家探《やさが》しをする音はいくらかは響くはずだ。

魔法なら、部屋から漏らさない防音や、音そのものを消す消音がある。

元盗賊たちは魔法使いが賊になってるなんて聞いたことがないと言う。

元スラム住人は貴族お抱えの魔法使いには魔力の少ない者もいるらしいと言う。

ここで、以前王都スラムから引き取った子供たちに「孤児は魔法の実験に丁度いいと聞いた」と言われた事が合致した。

まあ、全てのお抱え魔法使いがそうではないだろうけど、秘かに黒魔法を行っている奴がいると予想する。

生き残りがいないという事はそうなのだろう。

魔法使いがいるのなら私も罠として役に立つ。なぜならシロウとクロウがいるから。私がいなくなれば従魔のシロウとクロウはフリーになる。上手くいけばこの二頭が手に入る。

内情を知っていればそれは不可能とわかるが、知らなければただただ魅力的だ。

そして、私を目的とするなら敵は絞ることができる。

王都偵察のヤンさんとダジルイさんに、降格した貴族たちを調べてもらった。その中で不審な動きを見せたのがワージントン子爵領。

子爵の顔を確かめたのはヤンさん。すぐにあの時のアンディの従者と判った。

九十九パーセントの目星を付けて、収穫祭に向けて準備を進めた。

ドロードラングを訪れた全ての人が泊まるとは限らない。日帰りのお客さんもいる。

収穫祭の前の晩に客室をまわって、赤いリボンをそれぞれ一人ずつ手首に結んだ。明日の収穫祭はそれを見せると食べ放題になりますと言って。

当日に来たお客さんにも領の入り口で手渡して、結ぶのを確認。

このリボンは、私が手渡した人以外が身に付けると青くなるという魔法を亀様に付与してもらった。

クロウがわかると言う。

成人してても背の小さい子たちに、コトラに付いて幼児のふりをしながら青いリボンの人物を探してもらい「恐いよう」としがみついてもらった。

青いリボンを見せたらお客に成り代わった賊だ。

もちろん客として受け取っている賊もいるだろうが、染み付いた血の匂いは、コトラ、シロウ、クロウがわかると言う。

成り代わられたお客さんは縛られて、最初の爆発のあった保管庫にいた。

うちの保管庫が少々の爆発に耐えられないわけがない。ホテルだって出来上がった時に保護の魔法が掛かっている。火事にならないように必死だっつーの。

亀様の魔法なのでリボンが一度外されると亀様にはわかるため、保護することができた。

とにかく何かが起きたら私が一番に目立つようにした。

だからテーブルに乗った。

剣が刺さらなかったのはやっぱり亀様ガード。皆が付けているイヤーカフに付与してもらった。

練習はした。マークやニックさんは私を木剣で殴るのを躊躇ってユルい当たりだったのに、ほんと、タイトは容赦ない。ちゃんと女の子を大事にできんの？　と心配になる程だ。

おかげで本番は冷静でいられたけど。

料理班のトンファーは、かつてコムジが僧侶見習いの時に片手でも使える武器ということで修業していた物を教えてもらった。慣れるのにコツがいるけど、あれなら直接殴ったりしないし手の守りにもなる。料理班からは好評だ。

そして騎馬の民からは、群れで獲物を狙うなら囲いこみになると言われた。攻め方はパターン化しているはずと。その事から賊の頭《かしら》は全体を見渡せる高い所にいるか、魔法使いなら領の外にいるかもしれないと見当をつけた。

そして、その騒ぎに乗じて他の三領が狙われる、またはドロードラングを助けられないように騒ぎを起こすかもしれないという懸念も出た。

そこから狩猟班を四つに分け、ヤン、ラージス、ニック、ルイスをそれぞれ臨時班長にし、騎馬の民と元盗賊を組分けした。

ヤン班はバンクス領。ラージス班はカーディフ領。ニック班はダルトリー領。ルイス班はドロードラング。ルイスさんはクラウスの後釜なので基本動かない。

腕の立つ元スラム住人はほとんどがルイス班へ。料理班の半分はスラム住人がコック服を着て偽装。そしてお客としても偽装。

知った顔がたくさんいるから子供たちもあまりパニックにならなかった。

そしてうちの武器は木剣。真剣と打ち合っても負けない木剣。亀様ガードだ！　どーだ！

で、だ。やっぱり三領でも騒ぎを起こすべく雇われていた賊がいて、うちの連中が主導して捕まえたけれどそれぞれに置いてきたらしい。「面倒くさいんでヨロシク」と。

……オイ。

とりあえず蜘蛛糸で縛って吊るしたからと言う。……どんな感じに吊るしたんだい!?

宝石を地面に埋め込まれた事に全く気付かなかったけど、亀様は知っていたようだ。《いつでも不測の事態は起きる。その経験だ》お前を上回る事もないものだったしなとも言われ、ちょっと複雑な気分に。

まあ、試した事もない逆探知が上手くいって良かったけど。

あの竜巻を見て、学園長には「お嬢の無茶は無茶なのだなぁ」としみじみ言われた。

それも何だか微妙な気分に。

とりあえず、また、一段落かな。

は～やれやれ。

おまけSS③　兄貴分と弟分

「お邪魔しまーす」

王都でヤンとダジルイの借りている部屋にニックがやって来た。亀様転移で移動したので、荷物がなく軽装だ。

「よぉ、引率お疲れさん。お前はこっちに来て良かったのか？」

「俺はいいですよ。もう王都に来ても今も店先で女の子見てきましたけど不思議とそんな気は起きないですねー」

「そうか。ほれ、ダジルイが淹れるよりは落ちる物で悪いが」

そう言いながら、まだ仕事先から帰れないダジルイの代わりに慣れた手付きでヤンがお茶を淹れる。ニックは出されたカップを大事そうに持ち、一口すすった。

「まあまあ旨いっすよ」

「褒めてねぇよ、それ」

ヤンも自分のカップに口を付けながら、ははっと二人で笑い合う。

「は～、にしても、うちのお嬢はどうなってるんですかね？」

「あ～、俺はもう考えないようにしている」

確かにそれが良いのかもしれない。

11才の少女が、領主とはいえ、独身の男たちに娼館への手配をするとは誰も考えていなかった。

「雪像造りの後から思ってたのよ。さすがに賢者になれとは強要できないかな～って」

その言葉を聞いた時カシーナは一瞬意識を失ったと、後からその夫であるルイスに教えられた。

確かに賢者とかどっから知った!?　とは思った。

まあ男にはどうにも自分だけで処理しきれない奴も世の中にはいる。

ドロードラング領にはそういった人種は集まらなかったのか、恋人夫婦以外の性交はなかった。

昔からそういう風潮だったのか領内はどこの家庭も子沢山で、そのせいなのか娼館もない。

だが現在は領民が大量に増えた。そして、食が満たされてきたからか子供たちもだいぶ発育がい
い。それでも前に比べればであり、まだまだ痩せてる子が多いが。

何より表情が良いのだ。それにつられてうっかり襲ったなんて事が起こったら八つ裂きにする自
信がある！　と、我らが領主は凄んだ顔で言う。

「やらかした奴が八つ裂きになって気が済むのは私らだけよ。襲われた子にとっちゃもうそれどこ
ろじゃない。そんなことが起こりうるなら先に娼館に連れて行けばいいかと思ったのね」

合意なら良いのよ。

でもだからって二股も嫌だし、くっついた別れたが激しくて誠実さが感じられないのも嫌だわ。

結局そんなのは性格に因《よ》るし娼館があったところで解消されないとも思うけど、余計な犯罪が防げ
るなら行って欲しいのよ。

確かに納得の理由ではある。

が。

「まあ、いいとは思いますよ？　……お嬢が提案したということがすげえ複雑ですけど」

誰も言わないので独り身代表としてニックが発言をする。

「私だって何処で相談したもんか悩んだのよ。まあでもごめんね突然に」

男性陣でそれ、話を詰めてくれない？

男たちに丸投げしてくれるなら少しは気が楽だ。ちょっぴり安心したところで、ああそうそうと続く。

「私からの要望として、元盗賊たちにはちょっと高くても良いから相手にはプロ中のプロを選んで欲しいの」

はあ!?　プロって……！

「だってあいつら今まで弱い立場の人たちしか相手にしてないのよ。それがどれだけの暴力かわからせて欲しい」

「……と、言うと？」

「出しても出しても搾り取られるって恐怖を教えてやって」

目の前に俯いて肩を震わせる男がいる。

「……ヤンさん笑ってますけどね、もう俺らショックでショックで！　クラウスさんは立ったまま白目剥いて気を失うわ、嫁、恋人のいる奴らは縮みあがるわ、成人前後は涙目になるわ、女たちは無言の真顔だわ、ババアどもは笑うわで、散々だったんすよ!?」

「お、俺もその台詞は本人から聞いたよ、ひっひっ、確かに一瞬縮みあがったわ、ひひっ、いやあ、その現場にいたかったな～、あっはっはっは！」

その娼館を調べ上げたのはこの男だが、笑い過ぎだろうとニックは憮然とする。

マークなんかその日、今日はルルーに近寄れないかもしれないなんて真っ青になってたし。

……あいつスラム出身のわりに純情だよなぁ……

「まあ、ク、クラウスさんは、孫娘みたいに思ってるだろうし、お前だって、娘みたいに思ってるから、余計にショックなんだろ？」

「そりゃあ……否定は、しませんよ」

あれだけ抱っこやおんぶを何度もしたのだ。父性も芽生える。確かに、何処の馬の骨かというような男を連れて来たらとりあえず殴り付ける自信はあった。アンドレイ王子だって不甲斐ないようなら何時でも喝を入れる用意はある。

「父親ってのは難儀だな？」

にやにやと兄貴分が自分を見ている。嫌味ではなく微笑ましそうな顔が恥ずかしいやら苛立たしいやら。

「ヤンさんも結婚してればなぁ……」

悔し紛れにそんなことを言ってみる。世話焼きのくせに全く女の気配がなく、かといって男の気配もない。国のあちこちに恋人がいるという事もない。出会った時から飄々と一人でいる。

「俺みたいな奴はしない方が良いんだよ」

確かに元暗殺者なんて付き合う相手を選ばないとその相手の方に危険が及ぶ。

弟分の愚痴に苦笑しながらカップに口を付ける。

「娘がいようが娼館に通えるからな」

ニックは顔が赤くなっただろう事に動揺した。

「い、いやいや！　娘がいたら絶対行きませんよ！」

「娘だからこそ行くんじゃないか？」

「いやいや！」

それからしばらく、動揺したままのニックをヤンがからかう時間が過ぎた。

ダジルイが部屋に帰って来た頃にはニックはへろへろに消耗していた。

酒も飲まずになんでこんなことに？　不思議がるダジルイに、こういうところがニックの可愛いところなんだとヤンが悪びれずに言った。

「仲が良いんですね」

ダジルイが悪戯兄弟を見るような目で笑うので、ニックは更に居たたまれなくなった。

人数が多いので一晩で終わるわけもなく、なぜか引率者はニックに固定されたので、王都に来る度に毎回ヤンにからかわれる事になった。

二話　ゲットです。

年が明けた。

この冬は通常積雪量だったので雪像造りはせず、冬季休業中の遊びは雪合戦のみ。

なのに、国王&お妃ズ、騎士団長夫妻が参加。

指揮を執ったり前線に出たり、後方でひたすら雪玉を作っていたり、最後には皆雪まみれになって終わった。

宰相は娘さんを慮《おもんぱか》って&留守番の為に不参加。団長夫妻をよろしく頼むと一筆いただいた。

……お疲れさまです。

その後は皆で温泉へ。

……なんすかね、本当に皆で風呂に入ったんです。ぎゅうぎゅうです。何で王妃様はＯＫ出したんだろう？

……なんとなく思っていたけど、雑なんだろうな。お付きの方々も仕方ないって感じだったし……

でも、姫たちや子供たちと洗いっこをしてる姿を見て、「お妃様方がこんなにはしゃいでいらっしゃるのは本当に久しぶりです」と初老の侍女長が小さく笑ったので、良しとした。

今日は亀様ガードを高くしてもらったよ！

……え？　スタイル？　……ええ、まあ、何人かは男のロマンが詰まってましたよ……誰とは言いませんけど!!

「アンドレイの婚約者が貴女になると知った時、こんなに楽しくなるなんて思っていなかったわ」

アンディ母、マルディナ様が、風呂上がりの麦茶を飲みながらフフフと笑う。……まあ、未来の義母にそう思われるのは素直に嬉しい。うぅ、こそばゆい。義母！　だって！

そんなマルディナ様は、後方で雪玉作りに精を出してました。

「本当よね。王とラトルジン侯爵と学園長が三人がかりで決めたなんてどんな問題児かと心配したけど杞憂だったわ」

王妃、ステファニア様も麦茶をおかわり。

雪合戦では的確な指揮を執り、国王軍を手玉に取って女傑ぶりを見せつけた。女帝としてもやっていけそうですねと言ったら、面倒だから王には頑張ってもらうわと笑ってた。

「ある意味問題児ですわよ。剣に向かって頭突きなど考えられません」

マミリス様、しれっと私のことを言いましたけど、あの時「剣を握り潰してみたい」って仰ってましたよね!?　ってか笑ってるし。

雪合戦では先頭に立ち特攻隊長として大活躍。年齢どうなってんの!?

「そういう保護があるのでしたら、私たちも掛けてもらえるとよろしいのでは？」

二の側妃、オリビア様が言う。

今はアーライルの属国だけど、元はハスブナル国に属していた国から嫁いで来られたから、特に自衛に興味がありそう。でもあれ、慣れないとぶっつけ本番では厳しいですよ？

オリビア様も後方で雪玉作りをしていたけど、作るついでに回り込んで来た伏兵に的確に雪玉を当てていた。

「そうね私は是非欲しいわ。何かの時には盾になりますからね！」

一の側妃、パメラ様はなんと武闘派でした。

他のお妃方よりも若干動きやすそうなドレスを常に着ているなとは思っていたけど、そういう理由だったとは。今は風呂上がりなので簡易な服だけど、それでもしなやかな体とわかる。手には剣ダコがあったし、なんと剣は両利きだそうだ。息子である第二王子もそうなのだろうか？

マミリス様と共に敵陣に攻め込む姿は頼もしくもあり、うっかり国王頑張れと応援してしまう程容赦なかった。

良かった……子供たちを外してて……

え、侯爵夫人？　侯爵夫妻は見学です。てか審判してもらいました。厳正なる審判《ジャッジ》に誰も逆らいませんでした。

私はもちろん未成年の部で、魔法無しの従魔無しで、前線への玉運び係でした。レシィは後方で玉作り。

アンディはなぜか国王軍で、エリザベス様は王妃軍へ。

二人とも旗頭にされ、エリザベス様に当てられない国王たちを嘲笑うように王妃軍は攻め込んだ。

ちなみに王妃軍の優勝賞品は新しいドレス。

撫で肩国王様、ご注文ありがとうございます!!

「お嬢。はい、入学祝い」

執務室でちょっとだけ書類確認をしていた時に、アンディがスッと出して来た。包みを開けると押し花を貼り付けた栞が五枚。

か！　可愛い……！

「わ……これ、手作り……？」

驚いてアンディを見るとはにかんだ。ぐはっ！

「うん。皆に教わって、お祖母様の花壇から花をもらって部屋で作ったんだ。上手くできたのを持ってきたよ。色が移らない薬剤があってお祖母様に教わって塗ったんだ。試しに本に挟んでも色移りしなかった。

僕が学園に入学する時に保存袋に刺繍《ししゅう》をしてくれたでしょ？　僕も手作りで何かをあげたかったんだ」

レシィには内緒だよ、安っぽいって怒られそうだからと口の前で人差し指を立てる。

安っぽいって何だ！　押し花を綺麗に作るって結構難しいよ！

花びらがバランス良く開いていて、四季折々の花がある。一年かけて作ってくれたのか……

……あのへなちょこ刺繍に対してのこのクオリティー……申し訳なさ過ぎる……！

でも。

「……ありがとう！　とっても嬉しい！　遠慮なく使わせてもらうね！」

そう言うと、良かったと破顔した。

……美人万歳っ……!!

王族たちのバカンスも終わり、開店に向けて試運転を兼ねて皆でホテルの準備を開始。

「師父《しふ》!?」

ホテルでお昼を食べている時に、コムジが外に何かを見つけて窓に張りついた。

なんだなんだ？　と近くにいた面々は外を見る。

と、大通りを橙色の服に菅笠《すげがさ》のような物を被った二人の人物が歩いていたが。

「半袖――っ!?　コムジ！　知り合いなら風呂に突っ込んで来いっ！」

辛うじてマントを纏《まと》っているけど、どう見ても雪の残る地域の格好ではない！

「は、はい！」とコムジと他に何人かが慌てて出ていく。ホテルのお風呂も開店前の様子を見るのにもう沸いているはず。昼食も終盤だったけどスープが残っているか確認。料理班の一人が指で丸を作ってる。よし。私もホテルの玄関に向かって走った。

そうしてたどり着いた玄関扉の向こうでは、盛大に震え、凍った鼻水をカチカチ言わせた小さい爺ちゃんと大きいオッサンがいた。よく歩いて来られたな!?

侍女が向こうから「湯加減丁度です！」と叫んでくれたので、有無を言わさずに二人とコムジを男風呂へ亀様転送。

侍従の何人かもコムジを手伝うべく走って行った。誰かが、手足の先からお湯をかけてと叫んでいた。

うん！　そんな感じでちょこっとずつゆっくり温めてやってー！

「大変にお世話になりました。服まで洗っていただき感謝致します」

大きいオッサンが恭しく言う。

風呂で温まってもらい、食事の合間に蜂蜜酒を少し温めたものを少しずつ飲ませた。ちなみに今身に付けているのはうちの服。彼らのは乾燥中。道着のような素材で丈夫だったけど決して防寒着ではない。……丸に亀とか、魔とかなくて良かった……

大きいオッサンに合わせるべく、急遽お針子たちが服を作り、今は二人の防寒着を作ってるところ。

その二人はやっと一息ついたようで、椅子から立ち上がって頭を下げた。

「こちらこそ手荒なことになってしまい申し訳ありませんでした。それであの、コムジのお師匠様ということで、同じくお師匠様と呼ばせていただいても？」

ゆっくり話をすべく、椅子を勧める。

再びそれに腰掛けると小さい爺ちゃんがにっこり笑った。

「ほっほっ。同門であればそう呼んでもらうところだが、貴女方はそうではない。わしの名はシンドゥーリ。好きに呼んで構わんよ」

小柄な爺様は皮と骨だけ!?　と見えるが、スラムにいた頃の皆と比べれば少しはふくよかだ。頭は綺麗に剃ってあり、少々伸ばした口髭と顎髭は真っ白だ。姿勢は綺麗でとても80才とは思えない。

その隣に座る大きなオッサンは、同じく剃髪しているが髭は生やしてはいない。身長は二メートル近くあり、マッチョ。人相も良いとは言えず、さっきから微妙な圧がある。が、醸し出す雰囲気はとても穏やかだ。

　コムジは彼を師父《しふ》と呼び、爺ちゃんに続き「私はギンスィールと言います」と自己紹介。

「え～と、では、シンドゥーリ様、ギンスィール様、ようこそドロードラング領へ。私は当主のサレスティア・ドロードラングです。どうぞお時間の許す限りお体を休めて下さい」

「ほぅほぅ、ちっさいのにしっかりしとるのぅ」

「師父。私らも世話になったのです。あまり態度が砕けては示しがつきませぬ」

「ここまで来ても堅いぞギン。どうせお前しかおらんだろうが」

「コムジが居りますゆえ」

「そうじゃ！　コムジ！　お前、ちっと見ん間に五体が揃って良かったのぉ！　お前に担がれる日が来るとはな。手紙にあったよりも元気そうじゃ。ギンのことも担げるんじゃないか？」

「シン老師、緊急時とはいえ失礼しました。師父は無理ですよ～。俺、絶対潰れますって」

「コムジ。とにかく生きていて何よりだ。足と……子供たちは、残念だった……。あれから親の引き取りは確証が取れるまでしないようにしている」

　歯を食いしばったコムジが頭を下げる。

「後で墓に案内してくれな。私も供養したい」

　ありがとうございますと震える声で答えた。

　やり取りが落ち着いたところで、前から少し疑問に思っていた事を聞いてみた。

「あの、コムジからは教会に住んでいたと聞いたのですが、シンドゥーリ様方は僧侶とも聞きました。不勉強でお恥ずかしいですが、どんな宗派かお教え願えませんか？」

ギンスィール様はちょっと目を逸らして、あーと呟き、シンドゥーリ様は、呵呵《かか》と笑う。

「わしらの派遣された所がとんでもない田舎でなぁ、空いていた建物が使われていない教会しかなかったのじゃよ。まあ別に雨風が凌《しの》げれば何も問題はないし、地元住民もこだわりがなくてな。教会と呼びながら使い続けている」

「私らが住み着いて三十年、教会には代替わりの神父も来なくて、地元住民も元々信仰が薄かったのか全く気にせず……。まあ、村を降りて行けば大きな街もあり、そちらにはきちんとした教会がありますので、教会側としても大して困らないと言いますか……」

「何処からも文句がないから大きな顔して使っているだけじゃ！」

「えぇ、看板を付け替えるよりも雨漏りを直すのに必死だったと言いますか……」

「わしらは僧侶の端くれにいる、鍛錬をすることで己を律するという部門でな。一門の証しとして暗記する経典の一文はあるが、健全な体には健全な精神が宿ればいいなぁというのが第一なんじゃ。元気があればそれでいい」

「コムジには元気も良し悪しだと学ばされましたがね」

「何言ってんすか、大概の悪さは老師に教わったんすよ」

「師父!?」

「ば!?　馬鹿者！　内緒だと言ったではないか！」

「師～父～!!!」

「そ、そうじゃ！　わしはお前の師父だぞ、ギン！　大目に見て！」

「いい加減に年相応に大人しくなさったらいかがですか……？」

「俺が出ていく前の雨漏り箇所は老師が昼寝するのに屋根に上がって踏み抜いたんですよ」

「コ!?　馬鹿！」

「五年も黙ってたんで、俺のせいにしたの訂正してもらいまーす」

「………師父」

ものっそい低い声がギンスィール様から発せられる。

私も聞き覚えがある。

親方たちが怒る、またはカシーナさんの眼鏡が光る、前兆……

ヒュン！　とシンドゥーリ様が消えた。

が、「時効じゃ時効！　許せ！」と食堂の出入り口から叫ぶ。

「ならば、コムジに詫びは入れたのでしょうな？」とギンスィール様がゆらりと立ち上がる。二メートルの巨体から何かがゆらめいて見える。

「ない」とシンドゥーリ様が言うと、ギンスィール様は椅子を丁寧に整えて、消えた。

一瞬の風が収まると、向こうの方から「ぎゃあぁぁぁ～！」と遠ざかる叫びが聞こえた。

コムジが窓辺に移動したので私らもそばに行く。

「あの人たちが俺の育ての親です」

外には雪と泥を撒き散らしながら追いかけっこをする二人の姿があった。

「なるほどな～。あの体捌《たいさば》きならコムジの動きも頷けるな」ニックさんが感心したように言う。

「昔からセン・リュ・ウル国の武門一派の事は聞いたことはありましたが、……やはり彼らは一対一なら手強そうですね」クラウスも顎をさすりながら眺めている。クラウスは領内無双中だからコムジにも負けないけど、珍しい行動だ。

「丁度いいから少し習おうよ？」ルイスさんが笑って言う。

「あの巨体があれだけ動けるのか……」マークが呟く。

「いや、あの老体があれだけ動ける方が異常だよ」タイトが呆れる。

「パッと見、老人が襲われているんだがな……」ラージスさんが力なく言うと、

「どう見ても、爺さんの方が煽ってるッスよね？」トエルさんもボソリと続けた。

「一応言っておきますけど、うちの教会ではあの老師が一番元気でうるさいですからね？」

コムジの言葉に皆で頷いた。

だろうね。


騒ぎが一段落したところで、シン爺ちゃんが「そうそう！」とギンさんを促した。

呼び名？　うん。様付けをしなくていいと改めて言われたので、こう呼ぶことにした。もう畏まるのが馬鹿馬鹿しいというか。だって爺ちゃん、床に正座だし。

「我が村でたまたまできた物なのですが、どう使ったら良いかわからず、見てもらいたいのです」

十五センチ程の小瓶に入った黒い液体を小さな保存袋から出す。

「コムジの手紙にはこちらの領には博識な方がたくさんいらっしゃるとあったので。ここに来るまでにも何人かに聞いてみたのですが、とんとわからずに終わりました。まあ、使える物であれば使いたいというだけの理由ですので、使えなくても処分するだけなので問題はありません」

その説明は私の耳を素通りしていった。

私の目はその小瓶にくぎ付けだ。恐る恐る、蓋を開けて匂いを嗅ぐ。

……うん。

「この液体の、原料は、何ですか？」

「大豆、小麦、塩です」

天を仰いだ。もちろん室内なのでそこには天井があったけど。

そんな私を皆が不思議そうに見ている。

「味見をしても？」

これにはざわついた。だよね。真っ黒な液体を舐めようなんて普通は思わないよね～。原料が食物だけだからと安心できる色ではないよね～。

小さいお皿に少々垂らす。皿の上では少し茶色がかって見える。それに、小指をつける。

その小指を口に入れる。うん、ちょっと雑な味だけど、予想通り……

涙が出た。

これにはシン爺ちゃんたちも戸惑った。

が、私はそんなことに構ってはいられなかった。料理長ハンクさんに調理場を使う許可を得、小麦粉、片栗粉を水で溶き、それにニラ、玉ねぎ薄切りをぶちこみお玉一杯分をフライパンで薄く焼く。両面に焼き色が付いたら皿に取りだし、さっきの小皿にごま油とちょっぴりの酢を足す。

さて、用意できました！　チヂミ！　うちでは玉ねぎも入れてました！

「いただきます！」

食べやすくナイフで切って、タレに付けてパクリ。

……これ！　これ〜っ!!

残りをハンクさんと、ギンさんと、シン爺ちゃんにも切ってすすめる。

三人同時に口に入れ、目が光った。

ハンクさんとギンさんが立ち上がり、私と調理場へ。三人で黙々と生地を焼いて皆に振る舞った。

「初めての味なのに旨い！」

ぃ良し!!

「クラウス！　これ輸入しても良い？」

空になった小瓶を指して、振り返った先にはニッコリ頷くクラウスが！　おっしゃあ!!

「ギンさん！　領地にはどれくらい残ってるの？　うちでどれくらい買い取っていいの？　たまたまって言ってたけど恒久的に製造できるの？　ていうか現物を見たいのだけど!?」

怒濤の質問に戸惑いながらも取り引きには応じてくれた。輸出入は一応役所に届けなきゃいけないからこれからの手続きになるけども、短縮します！

何を？　距離を!!

「亀様！　セン・リュ・ウル国のモウル村に転移門を造って！　できる？」

《苦もない》

そうしてあっという間にでき上がった転移門をくぐって、地元に戻った二人は「……半年、歩いたんだが……」と呆然とし、故郷に着いたコムジは、教会から何事かと出てきた人々に泣きながら揉みくちゃにされた。

醤油！　おまけに味噌擬《もど》き！　ゲット――ォッ!!

三話　入学です。

魔法学園アーライル。

正式名はアーライル国立学園。

魔法科（男女）、騎士科（男）、文官科（男）、侍女科（女）がある。

12才の春に入学をし、15才の春に卒業（お付きの年齢は問わない）するのが基本。成績によっては飛び級もあるし、留年もある。

魔力のある者はどんな些細な魔力でも最初の一年は魔法科に属する。その後は転科が可。

騎士科は貴族が多いが平民からも募集している。身分で既に隊での位が決まる傾向にはある。

文官科。こちらも貴族が多いが商家の子供たちも多い。侍従の事も学ぶので、平民からも募集はしている。

侍女科。文官科に同じ。ただし女子に限る。


「は～！　寮もとんでもない大きさね～！」

どこの宮殿だ!?　という造りの学園寮を見上げ、ルルーはしていないが私とマークはアホ面を晒《さら》した。

通り過ぎる人たちが田舎者を笑って行く。家紋の入った馬車や商家の馬車が寮の門を過ぎて行くのを横目で見送りながら、荷物と言えば保存リュック一つずつの私たちはしばらく立ち尽くしていた。

「……馬車が多いと人が通れないって、どうなってんの？」

「まあ、歩いて来るような貧乏人は待ってろって事じゃないですか？」

「勝手に出入り口を増設しないで下さいね。安全面の事はまずは学園長にお願いしてみましょうね？」

ルルーの笑顔に半目で門を眺めていた私たちは背筋を伸ばした。はいっ！

さっきからそれぞれに同じ家紋の馬車が三台から五台ずつ続いて行く。

「……あれってさ、三年分の衣装でも詰まってんの？」

「……さあ？　貴族様の考える事なんてわからないですよ」

「私も貴族だっての」

「もっとわからない!!」

「ちょっと!?　どんだけ力強く言うのよ！　何年付き添ってんの!?」

「七年目ですけど完全には無理ですね」

「ルルーまでっ!?」

半分本気で落ち込むと冗談ですよと二人が笑う。……何この夫婦、仲良しねっ!!!

「おお～い！　そんな所で何をしとる？」

門の前から見える寮の玄関で学園長が手を振っていた。

「門を通れなくて立ち往生してるところですー！」

「転移すれば良かろうに」

「魔法を使えない人に厳しい！　横暴だ！　フゴッ！」

「馬車が途切れたら入れますからもう少し我慢します。お嬢、学園内及び周辺では礼節をもって行動、発言をして下さいよ」

マークが私の口を手で塞ぎ、学園長にそう言った後に私に注意する。あぁそうだったそうだった。礼儀正しくね。

まあ、今日は入寮日であって入学式は明日だ。時間はまだまだ余裕がある。

……まさか。明日まで続かないよね……？

「明日まで途切れんぞ～」

まじか!?

門の方に歩いて来た学園長をまじまじと見てしまった。

「説明せんかったか？　入寮日は貴族で混雑するから入学式は翌日午後からで、一般人は当日の午前中に入寮だと」

……

「……どうします？　一般人は明日だそうですよ？」マークがぼそりと言う。

「……一応貴族だっての」

「一応ではありません。貴族です」言い切ったルーもちょっと力がない。

揚々と領地を出てきたし、宿に泊まるのも馬鹿らしい。

「今更馬車を用意するのも阿呆らしい。学園長！　出入り口を造らせて！」

「そっち!?」

マークが項垂れた。

「うちら基本歩きでしょ？　いちいちあのデカイ門を開け閉めしなきゃならないなら通用門があった方が色々楽よ。そんで不審者が簡単に勝手に出入りできないようにすりゃあ良いんでしょ？」

学園長に確認すると指で丸を作る。

「お嬢より。グラントリー親方～！」

『ぶっ!?　ぶわっはっはっ!!　負けた～!!』

通信機の向こうから爆笑が聞こえた。あれ、皆いるの？

「負けた？」

『賭けだよ賭け。お嬢が入学式で問題を起こして連絡寄越す。入学式の翌日に問題を起こして連絡寄越す。まさか、大穴の入寮日に連絡寄越すとはなあ。で？　何をやらかしたんだ？』

ぅおい!!　問題を起こす以外に選択肢はないのか!?

「……寮の門が馬車用のデカイのしかなくて、通用門を造ろうと思ったの。学園長も了解したから材料と人手をお願い」

『おおそうか、今すぐかい？』

「今すぐお願い。混雑し過ぎて私らまだ寮の敷地にも入れてないのよ」

よしわかったと土木班親方グラントリーさんが指示を出す。

「ところで大穴ってことは誰かそれに賭けたのよね？　誰？」

『ぶっ！　くくっ！　カシーナだよ』

カシーナさん!?

『〝見送った数時間後に無事に着いたって知らせ以外のことで連絡寄越す〟ってさ。ズバリだったな。お嬢をよくわかってる』

お。鍛冶班親方キムさんが加わる。

「……なんか複雑～……あ、キム親方、鉄の加工もやって欲しい」

『わかった十分待っててくれ』

そうして通信を終える。チャットも可になってしまったイヤーカフ。なのでマークとルルーも聞いていた。

「……これ、問題だろ？」

「……学園長の許可があるから良いんじゃない？」

「そっか。にしてもカシーナさんの一人勝ちか～、すげぇな～」

「ふふ。心配なのよ」

「まあ心配だろうなぁ」

しみじみと私を見る二人。……そんなに変な事をしてるかな～？　言葉使いがよく乱暴になるけど、それ以外は普通だよね～？

そうして宣言通りに十分後にやって来た土木鍛冶合同班の精鋭たちは、魔法でちょん切った高さ一メートルの石垣とその上に付いてる二メートルの鉄柵を、あっという間に加工して帰って行った。

新しい扉は領から持ち込んだ物だけど、景観を損なわない鉄柵でできた物だった。……どこに使う気で作り置きしてたんだろう？　あって良かったけど。

　もちろん火力係として私も参加した。

「……ほんに、魔法を使うと早いのぉ」

　そうして学園長と亀様と私で学園寮のガードを掛け直し、鉄柵扉の重量をいじって、学生証及び入寮証を持ってる人、教師と寮専属事務員のみ限定で軽く、許可のない人には動かせないくらい重くなるように調整。更に門と寮の事務室を繋ぐインターホン（学園長の持っていた水晶を半分に割ってそれぞれ門と事務室に取り付けた）を作り、やっとこ寮に入る事ができた。

「お嬢は本当に容赦がないのぅ……水晶……」

　だって持ってるから！　良いって言ったじゃん！　泣かないの！

　最後に学園長が水晶が取り付けられた鉄板に「ご用の方はこちらに声を掛けて下さい」と文字を彫った（もちろん魔法で）。

　その後学園長に案内された部屋は「一般棟」という区域で、「貴族棟」よりこじんまりとはしているが、２ＬＤＫという立派な物だった。

「お嬢たちはこちらだな。部屋数は少ないが三人だから大丈夫じゃろ？」

「想定していたよりもだいぶ広いです！」

「王都の一般住宅よりは大きいぞ。一般入学者は二人で一部屋を使う。一般棟で済まんな？」

　いやいや充分です！　ルームシェアか～。私も一人だったら誰かと生活したのか～。楽しそう。

まあ、マークとルルーだし、楽しいよね～。

「それでな、お嬢に頼みがあるのじゃが」

ん？

すでに掃除が行き届いているリビングのテーブルにお茶を出してもらい、皆で席についた。椅子が四脚あって良かった。

「今年の入学者に一人、お嬢並みに莫大な魔力を保有しとる娘が居るのじゃが……」

うわっヒロインだ！　え、ここで存在を知っちゃうの？

てか学園長の眉間に皺がよっている。

……良い話ではない？

「どうにも魔力が暴走気味で、そのせいか村八分にされる程の性格だそうじゃ。娘同士ということで世話をしてくれんか？」

は？

ヒロインの魔力が暴走？

は？　何それ!?　いつからそんな設定になってた!?

村八分になる性格って、ヒロインはちょっと天然で素直な見た目も可愛い愛される子だよ!?

「失礼します。暴走の理由はわかっているのですか？」

マークが学園長に聞く。

「ワシも直接会ったのだが魔力が膨大だということしかわからんかった。……情けない話少々恐怖も感じたのだ。得体が知れぬ事にな。だからと言って退治するわけにもいかん。年端のいかぬ小娘じゃ。親はもう亡く、その村の連中もよく原因がわからんらしい。暴走せずに使いこなせるようになるまで引き取りたいと申し出たら、二つ返事じゃった。お嬢には玄武も付いておるし、何とかその魔力を抑える方法を一緒に考えてくれんか？」

《我は構わんよ》

「私もやる！」

鼻息の荒い私に三人がちょっとひいた。

構うものか！　私だってヒロインは好きなんだ！　好きなキャラがハブられているなんて気になって仕様がない！　やりますよ！

「お、おぉ、では頼む。部屋はここの隣になる」

隣ね！

「暴走しても被害が少ないように、ここと隣の部屋は一般棟の外れに増設したのだが、そうならんように健闘を祈る」

やってやんよ！　どうするか今は全然思いつかないけど、私は可愛いヒロインが良いです！

「……こんなに張り切るお嬢が不安で仕様がない……！」

マークが両手で顔を覆う。ルルーはお茶を飲みながら、

「そのために私たちがいるのよ。頑張りましょう」

静かに闘志を燃やしていた。


次の朝。

せっかく使えるからと寮の食堂に向かった私たちは、その入り口で愕然とした。

席がない。

食堂は広く十人掛けの長テーブルがたくさんある。人数的に使用時間を前後に分ければ全員で使えると教えられた。

が。

一貴族一テーブルを使っているので、食堂はガラガラなのに席に座れない。相席良いですかと聞いたら、無礼者！　と言われました。

はあ？

てか侍従侍女を何人連れて来てんの!?　十人!?　十五人!?　だったら隣のを合わせて一つのテーブルにして同時に食えよ！　なんで自分だけ豪勢な食事を残しながら食ってお付きは立ってるの!?

同・時・に・食・え・よ・ぉぉ!!　そんなやり方じゃ食堂回らないだろう!!

席はガラガラなのに人だかりがあちこちにあるという異様な状態。

その様子を呆然と見ていたら、食べ終えたお坊っちゃんにお付きたちがそのまま付いて行った。

え？　お付きの彼らはご飯を食べたの？

忙しいところを申し訳ありませんと、セルフサービス用カウンターの窓口から食堂スタッフに（まあ料理人だけど）、ここではどういう流れで食事をするのか聞いてみた。

まずお付きたちは主である坊っちゃん嬢ちゃんの起きる一時間前に食事をするらしい。……は？

そこで主からの食事のリクエストを料理人に伝え、できた料理を並べ、主を迎え、お茶を準備し、毒見をし、食後の片づけ、授業への準備に取り掛かる。

…………はあ？

その後、商人、一般学生が入れ替わって食事をする。

……はああ？

「伝手もコネも作る気ゼロか!?　て言うか同じものを食え！」

思わずぼやいた。そうかな～とは思ってはいたけど選民意識が強いな～。まあそういう意味では私が異端なのだけど、将来大丈夫か？　この国。

「お嬢ちゃんは商人かい？」

料理人の台詞に後ろでマークが噴いた。

まあ「伝手」って言っちゃったしね。商人なら言いそうだよね。

「いいえ、ドロードラングから来ました。これからお世話になります。よろしくお願いしますね」

「ドロードラング!!」

そう言うと料理人はコック帽を取って姿勢を正した。あれ？

「し、失礼致しました！　貴族様にとんだご無礼を！　申し訳ございません！」

食堂には聞こえなかったが調理場には声が響いた。料理人たちが仕事の手を止めて息を潜めてこちらを見る。

「いやいや！　料理中の人はそのまま作業して！　焦げちゃう！　あの私の方こそ仕事中に話しかけてしまってごめんなさい。質問に答えてもらえてとても助かったわ。ありがとう」

何度も練習した淑女の微笑みをする。

ホッとする料理人。よ、良かった……

「と、ところで、お嬢様は朝食に何を召し上がりますか？」

恐る恐る聞いてきたので、一般用の朝食をお願いしたらとてもびっくりされた。

だって朝からフルコースなんて無理よ無理。量じゃなくて気分の問題だけど、何より一般用の食事が見たい。お付きと三人分ちょうだいと言ったらまた驚かれた。

そうして出てきたのは、丸パン、目玉焼き、カリカリベーコン、温野菜サラダ、コンソメスープ、牛乳、イチゴ。

普通だ！　良かった〜！　これくらいが丁度いいわ〜。

一般は完全セルフらしく、自分でトレイを持つ。

マークがおかわりか大盛りができますか？　と聞いたら料理人さんは快くＯＫを出してくれた。素晴らしい!!

ちなみにお付きもこのメニュー。

……ほんと腑に落ちない。

やっと空いた席に三人で並んで座り、いただきますと手を合わせる。綺麗な色のコンソメスープは上品な味がした。うむ！　丸パン柔らかい。目玉焼きはほんのり塩がかかっているようで、何もかけなくても美味しい。黄身が半熟！　ベーコンは見たまま美味しい！　焦げ加減が絶妙だ！　温野菜も塩ゆでしてあるのか、何も付けなくてもそのまま食べられる。牛乳も領地とほぼ同じ味がする。新鮮！

「「旨い！」」

マークとハモってしまった。ルルーが「そうですね」とクスクス笑う。

最後にと取って置いたイチゴはバンクス領の方が美味しかったけど、全体的には美味しいご飯だった。余は満足じゃ！

ご馳走さまと手を合わせ、ハンカチで口周りを拭く。マークはお代わりをもらいに席を立ち、ルルーは食後のお茶を準備するのに茶器置き場に取りに行く。

「あんな料理で満足なんてやっぱり田舎者は田舎者ですわね」

後ろを振り向くとクリスティアーナ様がお付きを従えて通り過ぎるところだった。あ、いたんだ。

後ろ姿を眺めると、栗色の長い髪が窓からの光を反射してきらめいている。

綺麗だな〜。

ぼんやりと見送り、ふと自分の髪を手に取る。毎日ルルーたちが手入れをしてくれたので、もうなめらかフワフワだ。でも癖っ毛をここまでにしてもらっても、ないものねだりかストレートにも憧れる。は〜あ。

「どうしたの？」

今度は聞き慣れた声が前から聞こえた。この人物もさらさらストレートの髪を持っている。伸びて邪魔になるからと最近は綺麗な黒髪を一つに結んでいる。

「おはようアンディ。真っ直ぐな髪に憧れるわ〜っていうため息よ」

「おはようお嬢。僕はその髪型が一番可愛いと思う。元気なお嬢にはフワフワの髪が似合うよ」

タラシめ!!

そんなにハッキリと褒める男子はアンディしかいないので、いまいち信用に欠けるのだけどもやっぱり嬉しい。年がいもなくね！　も〜！　壺でも布団でも買っちゃうよ！

「さっき旨いって言っていたのが聞こえたよ。メニューは何だったの？」

アンディたち王族は寮の自室で専属コックが作るらしい。まあ、色々とその方が楽なのだろう。主に安全面が。だから安易に食堂で一緒に食べようとは言えない。

「おはようございます。アンドレイ様。失礼します」

マークが全品を綺麗にお代わりして持ってきて元の席に座る。それを見たアンディが納得したように頷く。そして後ろに控える侍従に「僕も朝はこのメニューがいいな」と言った。

「おはようございます。アンドレイ様。お茶はいかがですか？」

ルルーが茶器をカートで持ってきた。アンディとお付きで五人の追加だもんね。

「ありがとう。でも遠慮しておくよ。さっき部屋で沢山飲んで来たからね」

畏まりましたとルルーがお辞儀をする。お茶を三人分淹れて元の席に座る。

「ふふ、二人はブレないね」

「私らお嬢の専属ですからね。基本無礼ですよ」

ニヤリと笑うマークにいつものように微笑むアンディ。

「こんなことを許して下さるのはアンドレイ様だけです」

ルルーも優雅に笑う。

「「一応、他の貴族様にはそれなりに接するつもりです」」

二人が声を揃えるとアンディはあははと笑う。それを彼の侍従たちは驚いた。

「僕の侍従を紹介するよ。向かって左からウォル・スミール、ロナック・ラミエリ、ヨジス・ヤッガー、モーガン・ムスチス。この四人が僕の専属だよ」

名前を呼ばれると軽くお辞儀をしてくれる。

……私と目が合うとビクッとしたり睨んだり。初対面だもんね。しゃーないか。……にしても、何だか見たことある気がするな～？

「で。彼女がサレスティア・ドロードラング。僕はお嬢と呼ぶし彼女は僕をアンディと呼ぶ。これは変えないよ。そして隣にいるのがルルーとマークだ」

三人で立ち上がる。

「サレスティア・ドロードラングです。よろしくお願い致しますわ。……あの、失礼ですけども、皆さんをどこかでお見かけしたような気が致します」

そう言うとアンディがニマリとした。おや珍しい。

しばし四人を眺める。マークは自己紹介後にさっさと食事を再開。

……おい。まあ温かい内にどうぞ。

マークの行動は考えられない事だろう。四人ともギョッとし、戸惑っている。

あ！　わかった！

「国王のお付きの方々に似ている！」

戸惑った姿がそっくりだ。四人とも更に目を見開いた。

うん、その顔そっくり！

「当たり。よくわかったね？」

アンディが驚きながらもニコニコとしてる。

「うん。ドロードラング《うち》に来てくれた人は何となく覚えているよ。立ち姿がそっくりだね～。男子だからか顔付きも似てる。え～と、お父様方にもお世話になっております」

主に国王がだけどな！　初めて来た時は皆さん大変だったよね……懐かしい。雪合戦もお疲れさまでした！

「あ、いえ！　その節は父がお世話になりました」

ウォル・スミール君が代表で発した。他の三人もキチッと礼をしてくれる。おお。

「あ、あの、我が家では最近『歯ブラシ』を使っています」

ロナック・ラミエリ君がうっすらと頬を染めて言う。歯ブラシ！　あざーす！

「我が家では石鹸と匂い袋が、母や姉たちのお気に入りです。……あと、お菓子も、です……」

ヨジス・ヤッガー君が睨みつけながらもじもじと可愛い事を言ってくれる。どんな属性!?　目付きがもったいないな～。

「あの！　剣聖との手合わせは！　お願いできませんか！」

モーガン・ムスチス君がビシッ！　と直立した。

その台詞に他の三人がギョッとする。

「いいですよ。でも侍従長は忙しいのでとりあえずの目安として、私を負かしてからの交渉になりますが」

マークが私を飛び越えて答えた。……まあどうせマークに聞くけどさ。

「そういうことでよろしければお受け致します」

そう許可を出した。……後でクラウスに確認しよう。

ムスチス君が拍子抜けしたような顔をしている。あれ？

「で、でも、あの、あなたは、あの、強いのですか?」

　恐る恐る聞いてくる。ああ。

「田舎騎士ですがそこそこの腕だと思いますわ」

「……お嬢様、それフォローですか?」

　王の外遊時のお付きは護衛騎士だ。騎士だけど侍従の役割もこなす。アンディの侍従たちは見た感じマークより年下みたいだけど、基本は騎士なのだろう。やっぱ剣聖には憧れるかい?　少年たち。

「アンドレイ様。この後彼と手合わせしてもよろしいでしょうか?」

　さっそくとばかりにアンディに聞くムスチス君。

「いいよ。予定がないから校舎の案内をしようと思ってお嬢を誘いに来たんだ。僕も二人の手合わせは見たいな。僕は剣ではどちらにも勝てないからね。

ただし、今日は午後から入学式だということを忘れないで」

　マークがこちらでどの程度通用するかを知るチャンスだし、私はＯＫよーと頷いたらマークが「あ」と言った。

　……入学式忘れてたな?

　明後日の方向を見るマークをルルーとジト目で見てみた。

　その様子をアンディが笑って見てた。

　一般人は片付けもする。洗い物置き場に食器を戻す時に「美味しかったです!」と三人で声を掛ける。

たとえ少人数だろうと直接言われるのは嬉しいかなと思って。本当に美味しかったし。

弟の部活仲間に初めて言われた時は思わず涙が出てしまったなぁ。次からはもっと気合いを入れて作ったっけ。

あ、夕べはハンクさん作のお弁当を四人で食べました。しばらく食べさせられないからと持たされた。領地の母の味は最高です！

ええ、学園長も一緒に食べたので四人でした。

「ど、どういたしまして……」

一番近くにいた料理人が呆然とした顔で答えた。マークが「昼もよろしく～」と手を振ったら何人かが振り返してくれた。お、案外ノリがいいかも。

「えぇと、使うものはお互いに剣でいいね？」

急遽借りた鍛練場は寮に併設されているものだった。熱心な生徒は寮でも練習するらしい。屋内用も屋外用も市民体育館くらいの広さがある。ちなみに屋内用はダンスの練習もできるらしい。

おおぅ……

私らが今いるのは屋外用なので日は照りつけ地面がむき出し。だけど長年踏み固められて隅っこにしか雑草が生えていない。

審判というか開始の合図はアンディがすることに。

マークとムスチス君は、鍛練場備え付けの練習用の刃の潰された（斬れない）剣を持っている。

それぞれに準備運動を終え、向かい合って構える。

それを確認してアンディが「始め！」と言った瞬間に、ムスチス君が飛び込んだ。

ガキィィン！　……ザクッ！

そして私の足下に折れた剣先が刺さった………

「コラ――――ッ!!　危ないでしょうが!!　何上手いこと私を狙ってんの!!」

「わぁごめんお嬢剣折れちゃった〜。皆の場所は防護魔法掛けてたから大丈夫っしょ？　ごめんて」

「軽い！　借りた剣を壊した反省をしろ――――っ!?」

「そっち!?」

マークとの言い合いに呆然とする四人。ムスチス君は折れた剣を持って動きが固まったままだ。

「どうする？　もう一回やる？」

のほほんとアンディが声を掛ける。

「あ、あの！　次は私と手合わせ願えますか？」

ウォル・スミール君が手を上げる。マークはいいよ〜と手招きする。

そしてアンディの合図で動いたと思ったら、また私の足下に剣が刺さった。

「コラ――――ッ!!!」

「今度は折ってないだろ！」

「危ないって言ってんでしょうが!!!」

あの、と、今度はロナック・ラミエリ君が手を上げる。

そして、合図と共に剣ごとラミエリ君が飛んで来た。それを風魔法で受け止める。

「…………まぁぁくぅ??」

「剣だけだと危ないんだろ?」

「意味が全くわからないのだけど!?」

　四人の中で一番小柄なヨジス・ヤッガー君も手を上げる。ヤッガー君は練習用武器庫からナイフを持って来た。

そして、開始。

ヤッガー君は間合いを詰めるのが上手く、マークが手こずっているように見えていたが、あっさり剣を手放したマークに逆に懐に入られ、手刀でナイフを落とされ、綺麗に背負い投げをされ、やっぱりこちらに飛んで来た。その技普通は飛んで来ないからね!?

もちろん風魔法で受け止める。

そして私が文句を言う前に、ショックから立ち直ったらしいムスチス君が「今一度!」と今度は体術でマークに向かって行ってこちらに飛ばされてきた。

そして四人がまた一回り。……なんだこれ?

「アンドレイ様、お嬢様、空気クッションを作っておいて私たちはお茶にしましょう」

とルルーが言った。

それ、採・用!

「新入生諸君。学園での生活が有意義な時間になることを祈る」

在校生代表として、そうルーベンス殿下が締めくくった。

長かった～。

式ってのはどこの世界も長いのね～。領地のオープニングセレモニーなんて五分だったのに。

学校体育館くらいの広さのこういう式のためのホールに、新入生、在校生、教師たちが集まった。式には侍従侍女は入りきらないので参加できない。顔が見渡せるくらいの人数しかいない。こうして見ると、一クラス三十人前後だろう。二年生も三年生も同じくらいだ。

そして生徒は全員、学園の制服を着用している。白を基調とした制服は、流石ゲームである。普通ないよね？　どんなに気をつけたって汚れるよね!?　なのに一年生と三年生の制服の見た目がほとんど変わらない！　くすんだりしないの!?　素材は何!?　汚れたらお買い替え!?　うちは余分なお金はありませんよ！

ちなみに学年の区別がつくようにとスカーフの色が違う。

……スカーフって……男子はアレです、シャツのボタンを一個二個開けてスカーフを入れ込む、イタリア出身のちょい悪オヤジ系ファッションです……わりと似合う人が多く違和感が少ない。

女子はリボン結びにできるので、ちょっと大きめリボンで可愛いねという感じ。

今年は一年生が赤。二年生が緑、三年生が青になる。学年が上がっても持ち上がりなので私は卒業するまで赤色だ。……留年すればその学年の色を再購入になる。

ちなみに侍従侍女は私服。というか家で使っている執事服、侍女服で構わない、と。

マークの執事服姿に大笑いしてしまったのは仕様がないと思う。着せられてる感が！

ええ、謝りました。

そうそう。一般は学費は無料。商家は一律、貴族は階級毎に納入金の額が異なり、うちは伯爵になってしまったのでドンと払う事になった。

入学を止めようとも思ったけど、私がいなくても領の運営ができるかを見たかったので、断腸の思いで入学。

まあ、さっそく親方たちを呼びつけたりしたので私の方が離れていられるのか？　って疑問もある。親離れの試練か？　領主だからそんな思いはしなくていいだろうけど。

どんな賭けをされてるのか悔しいのでなるべく呼びつけないようにしたい！

そして、式の間チラチラと注目を集めていたのが、我が一年魔法科の最後尾にいるピンクブロンドの髪の女の子。

ヒロイン……なんだけど。

肩上で切り揃えたらしい髪はパッサパサ、体はガリガリ。制服が可哀想になるくらい浮いている。

そして、薄い本でくりくりと輝いていた瞳は落ち窪み、その下には隈がペイントですか？　というくらいガッツリ付いている。

更に注目の理由である禍々《まがまが》しいオーラ。十分に一回は「うっ！」と呻《うめ》く。その度にそのオーラが蠢《うごめ》いている気がする。

オーラなんて見えないのにね！

彼女を見かけた時、二度見三度見どころかガン見した。

《サレスティア、何かが敷地に入った》

亀様にそう言われたのは、マーク兄貴によるぶん投げ会に飽きた私たちが、お昼も近いし食堂に行きたいな、でもアンディはどうしようねって話していた時だった。

次の瞬間、私にも感じとれたその気配はとても強大な物だった。

ぶん投げ会（その時には組み合っての練習になっていた）を強制終了させ、アンディを自室へ帰し、私たちはその何かを追う。そして部屋の前で学園長に案内されていた彼女と対面した。

「は、初めまして。サレスティア・ドロードラングと申します。隣の部屋になりますので、これからよろしくお願い致しますね」

ちょっと圧倒されながらも何とか挨拶をした私に、彼女は、

「ミシルです。私の事は放っておいて下さい」

と小さな声ではっきりとそう言った。そして学園長にも無愛想な応対をして部屋に入っていった。

あれま。

私の後ろで長いため息が聞こえた。マークがルルーを支えているが、二人とも顔色が真っ青だ。

あ。

マークと頷き合い、学園長とも視線を合わせる。

「何かわかったか？」

「はい、とりあえず一つ。彼女は魔物に憑かれていると思われます」

なんと！　と学園長が驚いた。私ら以外の耳に入らないようにと部屋に入る。ルルーがお茶の準備をする。

「うちにもおりますので」

「！　……サリオンか。しかし、サリオンにはこんな風に感じた事はないが？」

「失礼します。亀様は常に魔力を抑えてくれています。ですがその姿を現した時、そして白虎を追って風の遣い、シロウとクロウの前身ですが、彼と対峙しました時も俺たちはこうなりました」

なんとなんと、とマークの言葉に呆然とする学園長。

《魔力を多く持つ人間にはそれがあまり感じられない傾向にある。実際、サレスティアは顔色も変わらずにいた。一瞬の恐怖はあったようだが、学園長もそうなのだろう》

テーブルの上に鎮座するキーホルダー亀様が言う。

「ねえ亀様？　ミシルに憑いている魔物はわかる？」

《正体の特定はまだできぬ。済まぬ》

「あの様子では早く魔物を分かれさせないとミシルが危ないんじゃない？」

《そうだが、どういう状況なのか詳しく調べぬと娘だけが危険な事になる。それは望まぬのだろう？　魔物との融合は離す方が難しい》

そっか。そうだよね。

「学園長、とにかくできるだけミシルの傍にいるようにはします」

「……危険な事を頼んでしまって済まんな……まさか魔物とは……とにかく、暴走に対しての結界を更に幾つか学園に張っておく。何処まで通用するかは不安があるが、やらんよりはいいだろう。お嬢も、危険を感じたら必ず逃げるように」

「はい。わかりました」

そうして、現在入学式の終了までは呻く以外は何もない。

ホールまで一緒に行こうと誘ったけど扉を隔ててあっさり断られ、それでも待っていたら「近くに寄りたくないので先にどうぞ」と言われ、結局前後に分かれて移動。十メートル近く離れられて話す隙もない。

むぅ、手強い。

その後も入学式終了後は解散なので部屋まで一緒に「いえ、一人で戻ります」、夕飯を一緒に「いえ、部屋で自炊します」、寝る前のおしゃべ「いえ、寝るので」等々、こちらに被せてのお断り。

むうぅ、手強い！

「セドリックさん！　女の子の口説き方を教えて！」

『はあ!?』

カーディフ領主のチャラ男に助力を求めたが、自分に気のある娘さんとしか遊んだ事がないというしょうもない結果だったので早々に通信を切った。

「お嬢様。ミシル様とは本日お会いしたばかりですし、急には無理ではないでしょうか」

ルルーが私の髪をすきながらそう言う。……うん、じゃあ、また明日だね！

「はい、終わりました。……あの、私、お嬢様に付いてなくてよろしいのですか……？」

「ん？　うん。私よりもマークの方が慣れない事に参ってるんじゃない？　執事服も窮屈そうだったし、夫婦なんだし夜くらい一緒にいなよ。私には亀様がいるし、何かあっても大丈夫よ」

「……では、何かありましたら必ず呼んで下さいね？」

はい！　と元気に返事をしたのをちょっと笑って私の寝室を出ていくルルー。

その耳がうっすら赤い。

……まだまだ初々しいのぉ…………………寝よ。

翌日。

朝からミシルに突撃してるのだけど、「行きません」「一人でします」「寄らないで」等々、全敗です。

え？　ご飯？　もちろんマークとルルーと三人で一般の時間に一般のメニューを食べて参りました。コッペパンにオムレツとベーコンと野菜を挟んだサンドイッチ？　でした。それに牛乳、オレンジジュース、リンゴ。マークはお代わり。

ミシルは朝も自炊してるのか、食堂に現れなかった。

魔法科の初授業は自己紹介だけで終わりで、後はクラス毎の校内の見学。

「一緒「嫌です」

早い！　そしてとうとう「嫌」と言われてしまった……くっ。

《ふむ。人とも会話が可能だな。穏やかな気配になる時がある》

ということは？

《話し合いで解決できるかも知れぬ》

……うん。さてどこから攻略できるかな～？

「あなたたち、静かにして下さらないかしら？」

「そうだ。先程からうるさいぞ」

「辺境と聞いたこともない国の田舎者同士、気の合うことで何よりだが黙れ」

貴族様のお子様たちが徒党を組んで私と向かい合う。

……あらあらあらら。列の先頭では引率の担任が青い顔で私を見ている。あれまあ。

「あら申し訳ございません。なにぶんこのような豪華な建築物を見ることがありませんので、ついはしゃいでしまいました。お許し下さい」

そうして淑女の笑みで礼をすると、フン！　と口々に言って担任の近くに戻って行った。

……良かった。唾でも吐かれたらぶん殴るところだったわ。

担任の魔法使いは副担二人と合わせて三人。更に補助が二人付いて計五人。三十人クラスに教師が五人！　スゴくない？

まあ、実技に合わせての人数なんだけど、一年生の前半は、二年生と三年生の補助の教師もプラスされるらしい。教師一人に付き、三人から四人の生徒が見てもらえるとか、スゴくない!?

ただし、二年生と三年生で行う強力な魔法の実習なんかには、一年生の副担までが駆り出されるらしいので、その日生徒は大人しく学科をこなすそう。ま、安全は大事よね。

なので、校内見学のために細長い列になってはいるけど、私の傍にも教師が一人付いている。本当は教師が最後尾になるはずなんだけど、ミシルが頑として譲らない上に近寄るなと言う。

困りましたねとその教師と私でお喋りしてたのを、先頭グループにいたお貴族様のお子様がうるさいと言う。

はいすみません。だって担任の声が聞こえないんだも〜ん。私が聞こえないなら、更に後ろにいるミシルには何も聞こえないよね？　傍に先生がいるなら校舎の事を確認するよね〜？

クラスの半分が私を含め貴族で、商家から三人、後は平民。貴族のお子たちにはお付きがガッツリ付いている。

この順に並んでいるので、担任の声が聞こえず姿も見えず、平民の子がおろおろとしているのが見える。

だからちょっと大きめな声で教師と喋って、ミシルにもいちいち聞こえたかの確認をしてました。お貴族様が戻ると隣を歩く教師がすみませんと頭を下げる。すぐ前にいる子たちもこちらを心配そうにチラチラと見る。

いいえ私地声が大きいので～と笑ったら、ホッとした顔になった。マークがそっと噴いた。


「だから私の事は放っておいて」

ミシルが私の二メートル後ろで呟いた。おお!? びっくりしたー！

「そんな餓死寸前の姿で放っておけるわけないでしょう。でもありがと。あの人たちの言葉なんて気にもならないわ」

ミシルの眉毛がちょっと上がった気がした。そしてそのままた距離を取る。むぅ、せっかくミシルから寄って来たのに。

「だから」って言ったのは私を気遣ってくれたんじゃないかな……？

「うっ!?」

振り返るとミシルが胸を押さえて蹲る。え!? どうした!? 蹲る程苦しい時があるの!? 床に額を付けてゼハゼハと言うミシルに慌てて近寄り体に触れる。

バチンッ!!

火花が散ったような音がし、壁や廊下にザックリとした傷がいくつかできた。「お嬢!」とマークとルルーが駆け寄る。大丈夫当たってない!

と。ミシルがゴポリと血を吐いた。

ええっ!?

「……さわ、ら……ない……で……」

そうしてヨロヨロと立ち上がる。

「ミシル!? 無理よ! 動いちゃ駄目!」

強引に抱き寄せる。軽い!? 想像以上に軽い体。

また火花が散らない事にホッとして、治癒魔法を掛ける。

「やめて……わた、し、……しな、ないか、ら「無理!」

私のスカーフを外してミシルの口を拭く。ついでに口の中を確認。異物無し。

ミシルの魔物が邪魔をするのか全然治癒が進まない。こんの〜!

《サレスティア》

治癒魔法を増幅させ乃づくで回復させようとしたのを亀様からのストップが入る。

……ふ〜。焦らない焦らない。

無理矢理やってしまえばガリガリのミシルの方が壊れてしまう。治癒は体の治す力だ。強すぎてはいけないと習ったよ。どこかに絶対隙間がある。

「ふ、く、……よご「黙って。大人しく抱っこされてなさい」

離れようと私を押し退ける力が更に弱まり、ミシルの目が虚ろになっていく。なのにミシルの魔力が収まらない。

うぅ、亀様!!

《任せろ》

一瞬、亀様の魔力が膨れ上がる。ミシルの物よりずっと強大に。それに反応したのか一瞬だけミシルの魔力が大人しくなった。

よし！　見っけ！

ミシルに続く隙間に私の魔力を混ぜた治癒魔法を注ぐ。

ミシルの荒かった呼吸が徐々に、徐々に穏やかに変わる。

「何事じゃ!?」

学園長が転移して来て、私たちを見てすぐに簡易結界を張り、そのまま保健室に転移で連れて行ってくれた。

常駐の学園医はおばちゃんで、ミシルの状態を見て、直ぐに血だらけの制服を脱がし、体に付いた血も拭き取り、病院にあるような寝巻きを着せてベッドに寝かした。私も一番汚れた制服の上着を脱ぎ、それに血を拭ったスカーフを巻き込み放り投げておばちゃんを手伝う。

その間学園長は治癒魔法を使える女性の教師を迎えに行ってくれた。

脈を診て、熱を計る。

「学園長から話は聞いていたけど、こんなに早く保健室に運ばれるとは思ってなかったわ～。私は魔法を使えないのだけど、魔物はどうなってるのか、あなたわかる？」

「今は一時的に大人しくなっているだけだそうです」

おばちゃんはミシルの左腕で脈をとりながら、「一時的か、困ったねぇ」と気の毒そうにミシルのおでこを撫でる。私はミシルの右手を握って治癒魔法を続ける。

「あなた、この子と仲良し？」

「いえ、取りつく島もなくて、どう攻略しようかと思ってるところです」

おばちゃんはちょっと微笑んだ。

「そう。あなたがそうなら、他にはいないのね……ねえ、この子の食事をしている姿は見たことある？」

「いえ。食事は自室でしているようでしたが……この様子ではろくに食べてないですね」

治癒のせいか、顔色は赤みがかってきた。

口が微かに動く。空気が微かにもれる。

ミシルの閉じた瞼から、涙が一粒こぼれた。

「おか、さ、ん……にげて、」

おばちゃんと、顔を見合わせた。

四話　ヒロインです。

「気分はどう？」

ゆっくりと目覚めたミシルに、学園医マージ・モンターリさんが穏やかに問いかける。ミシルは目を見開きマージさんを食い入るように見た。その表情は明らかに困惑していて、マージさんも困惑した。

「…………何とも、ない、です？」

ミシルにそう返され、すぐに微笑み「私たちも何ともないわよ。あなたは今目覚めるまでスヤスヤと眠っていたわ」と言った。窓を見れば、カーテンの隙間から見える外は暗い。もう夜だ。

途端、ガバッ！　とミシルが上体を起こす。

治癒魔法が効いたとはいえ元々の体が貧弱なのだ、案の定貧血を起こしたようによろめき、マージさんが支えた。

「落ち着いて。この部屋は学園の保健室で私は専属の医師だけど魔法は使えないわ。よく聞いてね？　今この部屋にはいつもよりも色々と魔法が掛かっているの。学園長が保健室ならしばらくは落ち着けるだろうと仰っていたわよ。魔力のない私があなたといて平気でいられるのがその証拠なのですって。さ、もっと寝なさいな」

呆然としたミシルは、マージさんの手によってゆっくりベッドに寝かされた。

マージさんがベッドの端に座り、優しい目でミシルの額を撫でる。
「休める時は休む。魔力を制御するのならそれも大事でしょう？　ゆっくりなさいな。あぁお腹がすいたのなら何か持ってくるわよ？」
ぐ～～ぅ
いらないと言いかけた口はそのままアワアワとする。マージさんはにっこりとして「食べたいものはなあに？」と聞いた。

「ハイ、こちらが新しい腕輪です。ミシルの吐いた血を使いましたが主に亀様の魔力でできてますので、今回ぐらいの暴走なら平気じゃないでしょうか」

「すまんのぅ、こんなに保たんとは、驕っていたわ」

ミシルが保健室で寝ているので、寮より近い学園長の部屋にいる。

思っていたよりも質素だけど、思っていたよりもだいぶ散らかっている部屋に、ルルーが片付けたそうにさっきからうずうずしている。

あ、夕飯は寮で食べてきました。シチューが旨かったー！

「学園長が前以てミシルに掛けた魔力封じのおかげで、私は傷を負わないで済みましたよ？」

「だが、あの子は倒れた……」

「そうですね。とにかく私はミシルを攻略します！　絶対太らしちゃる！」

「「そっち!?」」

学園長とマークがハモる。そうだよ！

魔物に関しては私には亀様を頼ることしかできない。

シロウとクロウの時は、白虎の眷属だという事、魔力をどうにかしたいと風の遣いが思ったからこそできたのだと思ってる。

だいたい、風の遣いと私を合わせてやっとこどうにか白虎と同等にできたのだ。シロウとクロウが私を主と扱ってくれるから忘れそうになるけど。

白虎だってサリオンを蔑ろにはしていない。食事だって白虎には必要のないことなのに、コトラとしてサリオンのために三食食べている。

《ピーマンはきらいみたいだぞ。ピーマンを見ると鼻がツンとするのだ。ははっ面白いな》

とピーマンをもしゃもしゃと食べながら、サリオンの嫌いそうな他の物を教えてくれる。子供たちともとても仲良しだし、取っ組み合いのケンカもする。

ドロードラングにいる喋る魔物は、私たちに優しい。

薄い本でさえヒロインは原作ゲーム通りに世界を平和に導く中心だった。

だから私が思う平和の象徴はヒロインでもある。

だけど、ヒロインが一人で全てを解決するわけじゃない。たくさんの人と力を合わせた結果だ。

私は、そのたくさんの中の一人になりたい。

健康的で可愛らしいヒロインは、家事と伸びない成績にウンザリした時の私の癒しだった。

……それが！　あんなガリガリで！　愛想の欠片もないなんて！　ショックでしかない！

話し合いで解決できるなら、ミシルの魔物もミシルを助けてくれないかな～。

学園長の話では、ミシルはアーライル国からは遠く遠く離れた島国の漁師の村の出身だそうだ。

教室での自己紹介では名前と国名しか言ってなかった。声が小さくて聞き取れなかったけど「にほん」とは言ってなかった。

海の神を奉《たてまつ》っていて、毎年決まった時期に大きな筏《いかだ》を海に浮かべてそこで舞を奉納しているのだが、三年前にその役をするミシルの母が誤って海に落ちた。

舞を継承すべく、傍で見学をしていたミシルと共に。

自力で浜辺にたどり着いたのはミシルで、その背に背負われた母親は死体となっていた。が、そのまま家に入って外に出ることもなくなった。

友達が誘っても出てこない。食事を差し入れても半分は残す。ミシルが何時までも母親の遺体の傍にいることに不安になった女たちが家へ入ると、一週間経ったのに少しも朽ちた所のない、ただ青白い顔で眠っているだけのような母親と、ぼんやりと座っているミシルがいた。

村中の金をかき集めて医者に診てもらったが、母親は死亡していると診断される。熱もなく脈もない。だがミシルは認めず、ますます籠るようになった。

一月《ひとつき》経つ頃、ミシルの唸る声が聞こえるようになってきた。近所の者が慌てて飛び込むと、蹲って苦しそうにしているミシルが。その隣人と目が合うと「来ないで！」と叫ぶ。

隣人は異様な雰囲気にのまれかけたが、ミシルが苦しむ姿に我に返り近づくと「駄目！」と家の外まで何かに弾き飛ばされた。

ヨレヨレと歩き扉に寄りかかるミシルは「近寄らないで」と言って扉を閉めた。

そうして何人も、または何度も怪我を負う村人が増えた。

近づく度に「寄るな！」と言うミシル。

ミシルのげっそりとした容貌にいつまでも朽ちない母親。日毎に傷が増える家。

海の神の呪いでは？　と、村では静かに噂になった。

ミシルは姿を現そうとはしなかったが、扉を隔ての会話には応じた。

村長が、ミシルと母親の状態は呪いなのかと聞くとわからないと答えた。

海に落ちて、何かの影を見たような気がしたが、よくわからない。母は動かなくなり、自分はそれ以来苦しい。自分の制御ができない。どうしたらいいかもわからない。

恐い。

医師の診察代も高いが、魔法使いへの依頼料も高い。

金のない村は、ミシルたちの家を村の外れに建て直した。どの家も掘っ建て小屋だ。すぐにできた。

近くに畑もない茸《きのこ》も生えない林の入り口。

二人がそこに移ってから誰も寄り付かなくなった。

時々ミシルの悲鳴が聞こえる以外は、静かな家だった。

その悲鳴に堪えきれずに助けようと扉を開けた者は切り傷を負う事になった。

ミシルが叫ぶ。

「だから！　近寄らないで！」

悲鳴は昼も夜も関係なくなった。

もう誰も近付かなかった。

二年半でどうにか依頼料を稼ぎ、隣街のギルドに依頼を出した。一番安い依頼料だったので、魔法使いの質の保証はないよ？　と受付に言われたが、それでも構わないと村長は言った。

最初の魔法使いは村まで辿り着けずにギルドに戻った。「なんだか変だ」と。

保証はないよと言いつつも、ギルドの体面の為、少し上のランクの別な魔法使いをまた村に送った。が、今度は家まで辿り着けずに戻って来た。「村の雰囲気が変だ」と。

次はもっと上のランクの魔法使いを送ったが早々に帰ってきた。「あれは無理だ！」と青い顔で。

そうして四ヵ月後に村に現れたのは、アーライル国という内陸にある国の、髭の立派な魔法使いだった。

村人たちの見守る中、その老魔法使いは悠々とミシルの家に入って行った。そうして出てきてから家を一周すると、ぼおっと地面が光る円を描いた。

村長が何をしたのか尋ねると、あっさりと魔力封じの結界を張ったと言った。

「これであの娘さんの魔力も少しは収まるじゃろう。急に全部抑えると逆に体に負担がかかるでな。まあ完全に安全ではないからあまり近寄らんように。して、何があったのか教えてもらえるか」

村長は自分の知っている全てを話した。他の村人も同じ情報しかないが。

家に招いて茶を出すこともせずにその場で説明を済ませた事に後から謝った。だが老魔法使いは気にせずと笑った。

老魔法使いも原因はわからないと言うので村人たちはがっかりしたが、「娘を預かりたい」と言われると不審な顔を見せた。

「ワシはアーライル国で魔法学園の学園長を務めるリンダール・エンプツィーという。娘さんの方は、魔力を制御できるようになれば普通に生活ができるじゃろう」

「魔力？　呪いではなく？」

「魔力じゃよ。ただ、母親の方はわからんが」

「……制御できれば、できるようになれば、本当にミシルは普通に？」

「それを学ぶ為の学園じゃ」

村人が何人か泣き崩れた。これでミシルが元に戻ると。

「ところで、母親は舞師との事だが何か特別な力があったのかの？」

「いえ何も。舞を踊る以外は村人と同じ仕事をしていました」

「ちなみに、この村で奉っているものは？」

「竜神です」


「え、母親を置いて来たんですか!?」

「まずそこか。ちゃんと連れて来ておるわ。ワシの自宅に安置しておる」

学園長も一応貴族籍を持っているのでお屋敷がある。

「連絡もせずに勝手に連れ帰ったものじゃから、部屋を片《かた》さねば安置できんじゃろうと侍従侍女全員徹夜で客間を片付けた。ほぼ物置状態じゃったからのぉ、久しぶりに怒らせたわ」

……侍従さんたちお疲れさまです。

「その母親は、やはり亡くなられているのですか？」

ルルーが切なそうに聞く。

「どう見ても死んでおるのだが、全く朽ちぬ。保存の魔法なのだろうとは思うが、それが掛かるのならばやはり、亡くなっているという事になる」

生きているものに保存の魔法は掛からない。

人間、動物はそうらしい。野菜等、植物は平気なのに。

「竜神の力だとしても、どういう事が起こったんだろう……？」

「海の魔物などたくさん居《お》るが、竜神と言ったとてドラゴン系とも限らん。村の者も誰も正体を知らんし、魔物の性質の全てをワシらが把握してるわけでもない」

あ、そか。

「ギルドの要請で行ったのじゃが、担当の支所でも竜神についての記録が残ってなくてな。杜撰な事に困ったもんじゃ」

どこでもあるのね～。

《サレスティアの言うように、娘自身の体力も必要だ。あんなに痩せていては魔物が抜けた後に倒れてしまう》

よし、郷土料理を調べようっと。故郷の味で攻略だー！　目指すはまともな挨拶のやり取りから！


と思ったのだけど、次の日、一年魔法科は臨時休講になりました。

ミシルと亀様の魔力にあてられてクラス全員が具合を悪くしたらしい。特にお貴族子息たちがうるさく訴えたとか。やれやれ。

魔法科は休講だけど他クラスの見学をしても良いとの事だったので、騎士科と侍女科を覗いてみることに。

ミシルも誘おうと保健室に寄ったけど、安定のお断り。本人もだし、学園医のマージさんからも。ですよね。一番のダメージだったもんね。

ルルーの丁寧な洗濯により綺麗になった制服を置いて、また後でね～と保健室を出る。その時「迷惑かけてごめん」と小さく聞こえた。

振り返らないように頑張って扉を閉めた。今一気に距離を詰めてはいけないと、マークとルルーにがっつり言われたのを何とか守った。

ミシルの顔色は今までになく良かった。

ホッとした。


申請はしていたので今日からマークは騎士科、ルルーは侍女科に出席している。

まずは侍女科へ行ってみた。今日はさっそくお茶の淹れ方を実践しているらしく、それぞれに茶器を持ち、自分で淹れたお茶を飲んでいた。そして教師がそれを味見していく。

お嬢様方はほぼ経験があるらしく、まああですねと評価されていたが、平民の娘さんたちは散々だった。酷評とまではいかないが優しく注意を受ける。

まあ、お貴族様には安い茶葉でも平民には高級品を使っているし、茶器が見るからに高価そうだから緊張するよね～と、心でフォロー。

ルルーはすでに侍女なので出席と言っても見学しかできないというのが基本。担当教師の承諾があればその時間は参加できるというスタイルらしい。

意味がなくない？　と聞けば、たくさんの作法がありますし、カシーナさんが自分の作法は時代遅れではと心配していたのでその確認をしたいのですと言った。

あぁなるほどね～。夫人やお妃様たちが何も言ってないからそんな心配はないと思うけど、社交してないから不安になるのか。

どうやらお茶の淹れ方はそう変わらなかったらしい。ルルーは教師に確認を取って平民娘たちの所でお手伝いを始めた。失敗した物の片し方を一緒に実践した後に、再度お茶を淹れる。

教師の説明をルルーが丁寧になぞる。二度目の説明は落ち着いて聞けたらしい娘さんたちは、さっきよりはだいぶ美味しく淹れられたようだった。良かった良かった。

他にも見学侍女はいたけれど、皆、自分のお嬢様たちのお手伝いに行きました。……まあ、それが貴族社会よね。

マークの所では国史をしていた。騎士科なんて体を鍛えるだけかと思っていたらやるのね！　学科！

まあ、戦争がないなら騎士はそんなには必要ないからね～。アーライル国《うち》の場合はハスブナル国に備えてだもの。あそこが落ち着いてくれればだいぶ平和になるのにな～。

魔物もいるから冒険者にシフトチェンジするにしても、国々の大体の情勢は学んだ方がいい。

侍従で見学しているのはマークだけ。一人見学か～寂しそう。

とか思っていたら、あっという間に実践の授業のために鍛練場へ。寮より更に広い鍛練場だ。

運動着（ジャージではなく道着生地のTシャツ、ハーフパンツのような服。丈夫）に着替えて準備運動、ランニングを終えると、剣の型に添った構えの統一から、貴族子息たちの実践へ。

模擬刀で打ち合うお坊ちゃんたちを見学する平民少年たち。彼らはほぼ、剣を持つのも初めてだけど、そこは男子。うずうずしている。でもこの様子では坊っちゃんたちの指導だけで終わりそうだな～。

そしたら同じく見学していたマークが担当教師に何か言って、少年たちを鍛練場の隅へ誘導し、一人ずつ相手を始めた。体術だ。

一通り説明をしたら私と目が合い、手招きされたので近寄れば、空気クッション出してと言うので出してあげた。

ここでもぶん投げ会が開催され、今度はマークも体の動きを教えるために投げられる。少年たちは二周するとコツを摑んだのか、彼ら同士でするのを横からマークが指導している。

…………あれ、ここ領地だったっけ？

「ここは剣を学ぶ場だ。何をしている」

ドキッとした。

静かに威圧するような声がしたので振り向くと、シュナイル第二王子殿下がクラスメイトと思われる集団を率いていた。

私を睨んでいる。

……うわ～、初めて目が合った。

「はい。本日一年魔法科が休講となりましたので見学をさせていただいております」

礼をしつつ答える。出入り口で邪魔をしているのは私なので大人しく下がる。これから三年生の時間ですか、どうぞどうぞ。

「あれは貴様の従者だろう。騎士科の者に剣を持たぬ者は要らん」

「はあ？」

淑女らしからぬ言葉が出た。

色めき立つ殿下の取り巻き。目を細める殿下。

「貴様、殿下に向かってなんという口のききかただ！」「田舎者は礼も知らんのか！」「無礼者！」

「剣を扱えぬ奴など連れ帰れ！」等々。あ〜ハイハイ。

「黙れ烏合《うごう》の衆」

ニヤニヤと罵倒していた奴らが、一拍置いて怒りで真っ赤な顔になる。

「貴様、何様のつもりだ」

シュナイル殿下がさっきよりも低い声を出す。

「下らない事を言う方々に相応の言葉を掛けましたが、何か？」

「何様のつもりだ」

「入学して三日目のぺーぺーの新入生です！」

テヘッ。とやってみたら殿下のこめかみに青筋ができた。烏合の衆はどす赤くなった。わっはっは。

「……己の立場をわかっているのか」

「ええ。ちょっと口調が崩れたくらいで皆様にあそこまで責め立てられるとは驚きましたし、今時剣がなければ騎士ではないと言う人間がいるとは！　騎士科は！　どうなって！　いるんですか。」ゴスッ!!

「何ケンカ売ってんだーっ!?」

マークに拳骨を落とされた。

「いったあ――っ!!?　あんた今思いっきりぶったわね!?」

「ぶつわーっ!!　どういう理由でこんな派手にケンカ売ってんの!?　誰彼構わず止めなさいよって言ったでしょうが!!　先輩相手とか、もっと我慢せんかい!!」

「だって、剣を持たない者は騎士科には要らんて言うんだもの！　そんな時代錯誤な事をしゃあしゃあと言う先輩がまさかいるとは思ってなかったのよ！」

マークが特大の溜め息を吐いた。そして、殿下に頭を下げる。

「この度は、主が大変な失礼を致しました」

「ちょっと！　なんでマークが頭を下げるの？　私と先輩方の問題でしょ！」

「主が失敗したなら止められなかった従者は重罪だ！　大体な、騎士云々《うんぬん》についてはうちが独特なの。よく言うだろ？　よそはよそ、うちはうちって。そういうわけで先走ったお嬢が悪い。謝りなさい」

ぐぬぬぬ……！

「謝る」

頭を下げたままマークが畳み掛ける。くっ……

「そんな事で収まるか！　お前！　私と勝負しろ！」

烏合の衆の一人が前に出てきてマークに指を突き付けた。

「こいつがあれだけ言うのだ！　相当な腕なのだろう？　お前に剣を操る素晴らしさを教えてやる！」

そうだそうだと騒がしくなった。

「…………ほら見ろ、面倒な事になっただろ……」

マークがうろんな目で私を見る。

わ〜っはっは、ごめん！

「たかが従者風情が頭を下げたからと許されると思うなよ！」

カッチーン
「だったら私が相手してやんよ!!　たかがとうちの従者を見下す器の小さな男が我が国の騎士などと！　恥ずかしくてこっちの顔が上げられないわ!!」

「馬鹿あああっ!?」

「私のケンカだから！　見届けなさい！」

「女の子がケンカを売るんじゃありませんっ!?」

「その女の子に向かって大勢で紳士らしからぬ態度を取ったのは先輩方よ！」

「だからって魔法使いが騎士にケンカを売るな！」

「はあ!?　こんな奴魔法を使うまでもないわ！」

「どういう理屈でそんな言葉が出てくんのか説明しろおおおっ!!」

「はっ！　魔法使いが魔法無しでどうやって騎士に勝つと言うのだ！　寝言は寝て言え！」

「あんたらみたいな学生騎士なんて、一対一なら魔法がなくたって勝てるって言ったのよ！」

「そこまで言うのなら、俺が相手でも構わないんだな？」

殿下が一歩前に出た。その目は冷たい。

全然へっちゃらですけどね！

「望むところよ。その鼻っ柱叩き折ってやる」

「お嬢が言われる立場だよっ!?」

「マーク！　あんたは私の大事なお付きよ！　ドンと構えてなさい!!」

「……はぁ～ぁあああもう!!　……シュナイル様は剣聖の再来かと言われてる人だ。素早いぞ」

ありがと！


鍛練場の中心で、私と殿下が向かい合う。

殿下は模擬剣を一本。

私は手ぶら。

三年と一年貴族は殿下の応援。私の応援はマークのみ。平民少年たちは教師と一緒にオロオロしている。

あ、制服のスカート下にマークの予備短パンを履きました。スカーフは髪をとめるためにハチマキに。超残念な格好だけど懐かしい。中学生の時はこんなんだったわ～。いや、ハチマキはしてないけど。

三年の騎士科担当のごっつい教師が審判。

「武器はそれでいいんだな？」と可哀想な子を見る目で私に確認をとるので拳を突き出した。

溜め息をつき、殿下に程々にしてやるようにと言う。

ふん。

「謝罪をするならまだ間に合うぞ」

シュナイル殿下は表情が薄い。元々静かな人だったが、王族教育、騎士教育が忙しくなってから表情も乏しくなったとアンディが言っていた。

どんなに忙しくても兄弟で会う時間は作ってくれたし、レシィの淹れた渋いお茶を美味しいと言う優しい人。僕は兄上が好きだよ。憧れてる。

なるほど、優しい人だね。でも。

「しません」

小さな溜め息を吐いて、殿下が構える。

私は右足を後ろに引き、腰を落として構える。私の護身がどこまで通用するか見せてやる！

「始め！」

一気に詰めた殿下を避ける。この程度と思ってもらってラッキー！　制服が汚れるのも気にせず、あっちこっちを転がりながら避ける。

疲れを誘うための大振り。いたぶっているように見えるのか、烏合の衆が私が転がる度に歓声をあげる。

ドレスで特訓してたのでスカートだとよく動ける。バク転だって楽だ。よし、まだ逃げられる！

チラリと見えたマークは腕を組んで仁王立ちしていた。

「余所見をする余裕があるのか」

剣の速度が上がった。それでもギリギリ当てないでくれる。くっそ！　速っ！

何とか避け続ける。でも疲れてきた！　うがー！　スタミナ不足！　頑張れ私！

ふと見えた。

殿下の踏み込みが深い。こんなあからさまなのは私へのハンデなのだろう。有り難くも腹の立つ横薙ぎの剣を後ろに飛んでギリギリ制服をかすった感触を感じつつ、空中で左の拳を殿下に真っ直ぐ合わせる。

大振りした殿下の腕が伸びきっている。

きっと、私が見つけられる最初で最後の隙。カチ。

左拳を撃った。

ボグッ!!

二メートルの至近距離でロケットパンチを顔面で受けた殿下はひっくり返った。

「っしゃあ!!　ぅ熱っつっ!?」

倒れた殿下から目を離さずに制服の上着を脱いで熱を逃がしつつ左手をチラッと確認する。おお、煙！　湯気？　熱い～！　両手首に巻き付けているロケットパンチの土台が丸見えになった。

まだ倒れたままの殿下を審判が覗き込む。意識はあるようだが立てなそうだ。演技かもしれないので目を離さない。右手も突き出し狙う。私はもうゼエゼエとやせ我慢で立っている状態なので、できれば倒れたままでいてちょうだい！

願いが届いたのか、審判が両腕を何度も交差させた。

「勝者！　一年！」

しばらくの静寂の後、観客からは大ブーイング。卑怯者！　と聞こえたけど、気にせずフラフラと殿下と審判役の教師に寄る。

ちなみにマークは四つん這いで項垂れていた。何で？

「私、治癒ができますけど、殿下に掛けてもよろしいでしょうか？」

ヘロヘロで擦り傷だらけの私の言葉に三年教師は目を丸くしたが、殿下が嫌がらないのでさっさと掛けた。鼻血が止まり擦り傷も消えた。ぼんやりした頭はすっきりしたのか、殿下の目の焦点が合った。

「すっかり素手だと騙された……」

教師に支えられ上体を起こした殿下が私の左手を見てしみじみ言った。本物の手でチョキをする。

「ドロードラング製の義手ですよ。ま、制服姿じゃないとできない技です。その為に制服の袖を長めに作ってあったんです。作戦の内《うち》と認めてもらったと思っていいのですよね？」と、右手義手をわきわきとさせながら審判役の三年教師に確認。苦笑された。

左手はバネがみよんとなっている。……見た目がなぁ……

「でもまさかシュナイル先輩が出てくるとは思いませんでした。二回しか使えないのであの先輩方全員を黙らせるのにどうしたものか悩んだので正直助かりました。彼らを黙らせて下さいね？」

「したたかだな」三年教師が笑った。殿下も苦笑する。

「こんなに早く実戦で使うとは、改良のヒントをありがとうございます」

「……もはや一撃必殺だと思うが？」

「威力はまあまあでしたが断熱が上手くいかないですね。バネの伸びた時の反動なのか火薬の量がまだ多いのか、撃った直後が熱かったんです。ただ断熱を重視するとそれに伴う重量も問題になります。重くなると素早い相手には追い付きません。頬に当てた状態で発射してもそれなりの成果はあるでしょうが、ロケットパンチは離れて撃つからいいのです！」

「ろけっとぱんち……」

「やっぱ魔法でやるか？」ぽつりと言うと「魔法じゃないのか!?」と三年教師が驚いた。

「義手は魔法が使われていますが、発射の仕組みはカラクリです。魔法じゃないから使ったんですよ？」

「あぁそうだったな。魔法感知が作動しなかったから、魔法は使ってはいないな」教師が納得する。

「手を抜いて下さった先輩の正面からですら照準も合いませんでした。一応腹を狙ったんですよ？義手自体もこれ以上重くなると辛いです。は～あ、カラクリだけでロケットパンチは無理か～」

鍛練場の中心で穏やかに三人で喋っているが、周りは大変な騒ぎになっている。

卑怯者が！　無効試合だ！　殿下の名誉を汚《けが》した！　殿下に怪我を負わせるとは何事だ！

ビシィイン!!

ビシィィンン!!

鍛練場がしん、となった。

「……この騒ぎは何事ですか？」

その声は私の後方から聞こえた。怒鳴ってはいない普通の声量なのにも拘わらず、鍛練場に響いた。

ビ！　シイィンン!!!

「騒ぎの中心にいらっしゃるということは、ご説明いただけますよね、お嬢様？」

ふ、振り向けない！　けど振り向かなければもっと恐い!!

勢いよく振り向いたその先には、穏やかな笑みを浮かべつつ右手に持った鞭をネリアさん仕込みに操り、般若《はんにゃ》のオーラを背負ったルルーがゆっくりとこちらに歩いて来るところだった。

あんなにひしめきあっていたのに「お嬢様？」という言葉でザッと分かれた人だかり。こ、根性無し共め！

ビィ！　シイィィインン!!

「その淑女らしからぬお姿……説明していただけますよね？」

私は頑張った。ルルーの足下にスライディング土下座をし余す事なく説明しました。声が裏返ったけど、体がガタガタしたけど、頑張ったんです～！

私の隣ではマークが同じように土下座。その周りではなぜか他の皆が正座をしている。

全てを聞き終えたルルーが私に放った言葉は、

「それで？　どうなさるのが正しいと思いますか？」

だった。

ざっと先輩方の前に行き、目上の人に対して生意気な態度だったのを土下座で謝罪。

なぜか正座をしている殿下が謝罪を受け入れたと一言。

それで終わりかと思いきや、ビシィィン!!　とまた鞭が！

全員で恐る恐るルルーを見上げる。

「先輩たるもの後輩の見本とならなければなりません。貴方方《あなたがた》は、どうなさるのが正しいと思いますか？」

と、般若がにっこり。

殿下の後ろに同じく正座をしていた烏合の衆、もとい先輩方が真っ青になって、先輩と言えど新入生に対し横柄な態度そして言葉を掛けた事、騎士の教えを受けた者としてあるまじき行動であったことを謝罪する！　と土下座。

お互いに土下座し合うというカオスな状況……前もあったな、誰とだっけ？

「まあ良いでしょう。決闘、試合であれば勝敗に口出しはしませんが、ケンカならば両成敗です。……理解、しましたね？」

はは一っ!!

「お嬢様は直ちに自室に戻り反省文をお書きなさい」

承知致しました一っ!!

その後、礼にもとる行為をすると鬼女が現れると噂が流れた……

巻末付録　登場人物紹介＋

ハンク（43）料理長。他領出身。強面だがよく笑うので、皆が懐く。胃袋も握られている。どこでも値切り上手の料理上手。

ロドリス（73）飼育係。大蜘蛛担当。地元民。蜘蛛に愛着がわき、ひっそりと名前を付けている。

ヤン（43）狩猟班長。領地一身軽なのだが、断固として一座に加わらない。サレスティアのコントロールが上手い。他領出身。

ラージス（28）狩猟班。時々農民。ヤンが王都偵察の間は班長。妻はナタリー。地元民。

トエル（23）狩猟班。時々農民、および保父。ヘラヘラしながらも仕事は確実。見た目より力持ち。地元民。奴隷として連れて来られたライラに一目惚れ。結婚式で惚れ直す。

ネリア（68）細工師。態度は雑だが、仕事は丁寧。他領出身。

チムリ（43）薬師。体は小さいが、ムードメーカー。他領出身。染織班も兼務。

ダン（13）地元っ子。母親あり。ガキ大将。マークに憧れてる。

ヒューイ（13）地元っ子。孤児。弱視のためハブられる事が多かったが、眼鏡っ娘になり、普通に動けるようになる。

タイト（17）農民。奴隷孤児。一座の剣舞担当。よく働くがたまに口が悪い。

ライラ（18）侍女。奴隷孤児。一座の歌姫。派手美人。３年の片想いを実らせ、トエルと結婚。

インディ（18）侍女。奴隷孤児。一座の歌い手。ふわりとしたムードメーカー。刺繍が得意。

ケリー（63）地元民。洗濯担当。花芸の発案者。

鍛治班親方（63）他領出身。鍛治仕事がない時は、農民。名前はいずれ出る、かもしれない。

土木班親方（58）他領出身。土木仕事がない時は、農民。名前は、同上。

リズ（20）侍女。奴隷孤児。一座の歌い手。ライラ、ルルーが結婚したのに自分は相手が居ないことを少し焦りだす。

タタルゥ首長（52）ルルドゥを受け入れる判断をした。奥さんは織物名人。名前はたぶん出ない。

ルルドゥ首長（53）ハスブナル国に嵌められ、国を潰しかけた。奥さんは織物名人。名前は、同上。

ザンドル（41）タタルゥ出身。騎馬の民。バジアルは双子の弟。

バジアル（41）タタルゥ出身。騎馬の民。ザンドルは双子の兄。少々お調子者。

クイン（31）ドロードラング家王都屋敷の侍従長。奴隷。サリオンの世話をする。

ナタリー（28）侍女。地元民。ラージスの嫁。我が子と共に赤ちゃん部屋のお世話もする。

ラトルジン侯爵（71）アーライル国財務大臣。第三側妃の父。アンドレイたちの祖父。孫に甘い。ジェットコースターが苦手。名前はそのうち出す。

ラトルジン侯爵夫人（66）アンドレイたちの黒髪美人の遺伝の元。丁度よい眼鏡が出来て趣味の刺繍に燃える。剛胆な人。名前は同上。

学園長（70）アーライル学園の長。ラトルジン侯爵とは学園で同期。現国王の子供時代の教育係。名前はたぶん出す。

アーライル国王（40）アンドレイたちの父。落ち込んだ時は撫で肩になる。名前同上。

サレスティアの父（35）と母（35）現ドロードラング男爵当主夫妻。奴隷王として有名。ひさしぶりに会ったら、ぶよぶよに太っていた。子供と領地に全く興味が無い。

白虎（?）風属性の魔物。四神の一。サリオンに憑きながらサポートをしている。愛称はコトラ。抱っこ大好き。

風の遣い（?）風属性の魔物。フェンリル？　白い大狼。騎馬の民からは、守護神として敬われている。白虎の眷属として、白虎の魔力を預かっていたが、１００年経ち、その力が暴走しかかっていた。お嬢の術により、真っ白シロウと真っ黒クロウの二体に分かれ、ついでに従魔になった。

ジャン・ドロードラング（享年50）ドロードラング先々代当主。クラウスの2才上。お嬢の祖父。

とにかく落ち着きと遠慮がない。わりに意外と世話焼き。

ミレーヌ（享年45）クラウスの妻。侯爵の兄バカ話に根気よく付き合える女性。妻となってからも笑顔でクラウスを癒し続け、よく働いた。

メルク（12）王都孤児。普段は大人しくあまり目立たないが、絵を写実的に描ける天才。絵を描くのが好き。画材にこだわり無し。

バーナード・バンクス（70）前バンクス子爵。お堅い息子を気にして爵位の譲渡を渋っていたが、遊園地にはまり、遊ぶ為にあっさり譲渡。現在教育係として、ドロードラングと行ったり来たりしている。

ブライアン・バンクス子爵（40）見た目ガッチリ、インテリ真面目。最初はお嬢に不信の目を向けていたが、遊園地にほだされた。認めるものは認める柔軟な思考の持ち主。既婚。

セドリック・カーディフ男爵（30）チャラ男。直系が皆捕まっての突然の陞爵に、色々てんてこ舞いらしい。物腰は軽いが、不快さはない。既婚。

ドナルド・ダルトリー次期男爵（25）ほんわりインテリ。魔法に興味あり。奥さんが小虎隊のファン。

ロイ（5）王都孤児。マークのスラムにいたがその記憶は無い。小虎隊の一番人気。ガットとライリーに誘拐された。

ガット（40）盗賊。いい歳だが、下っ端。一味の頭を助けるため、ロイを売ろうと誘拐。その罰としてネリアの監視の元、毎日掃除に励む。

ライリー（40）盗賊。子供の頃から常にガットと一緒にいる。どもる。一味では、ガットのおまけ扱いだった。ガットと共にネリア監視の元、毎日掃除に励む。

ジム（35）盗賊。ガットたちとは別な一味。子供たちに囲まれて、一番に抱っこをした。絵本も真面目に読んであげている。

ハーシー（40）スラム住人。義手を付けて畑仕事をする。

テオドール・トラントゥール（23）トラントゥール子爵家の三男。財務文官でありながら、アンディの家庭教師も勤める。大人しく穏やか。

エリザベス・アーライル（11）アーライル国第一王女。アンディの腹違い同い年の姉。容姿端麗、聡明と噂の姫。テオドール先生が好きで、先生が結婚するまで自分の婚約はしたくないと内緒で駄々をこねる一面も。

ルーベンス・アーライル（12）王太子。王様そっくりの金髪碧眼。見た目、THE王子。将来は国王。

ビアンカ・バルツァー（11）友好国バルツァーの第一王女。縦ロールの美しい明るい金髪に翡翠の瞳。正統派美少女。ツン。

シュナイル・アーライル（12）一の側妃譲りの銀髪、碧眼。立ち振舞いが武闘派風。将来は騎士団長。

クリスティアーナ・カドガン（11）カドガン宰相の四女。髪はサラサラとしたストレートでキャラメル色。瞳は水色。知的美少女。ツン。

マルディナ・アーライル（32）三の側妃。アンディ、レシィの母。黒髪ストレートに黒目。ラトルジン侯爵家の一人娘。

ステファニア・サニレイ・アーライル（34）王妃。ルーベンスの母。友好国サニレイから嫁いで来た。戦後の国内の混乱を防ぐ為、側妃たちと良好な関係を築く。

パメラ・ピートニア・アーライル（33）一の側妃。シュナイルの母。属国ピートニアから嫁いで来た。王妃の考えに賛同し、同じく良好な関係を築く。

オリビア・オルストロ・アーライル（34）二の側妃。エリザベスの母。ハスブナル国の属国だったオルストロから嫁ぐ。今はアーライルの属国として復興している。王妃の考えに賛同し、良好な関係を築く。

コムジ（20）左の手足が義手義足の、ひょろりとしたスラム出身の男。元僧侶見習い。

チェスター・カドガン（50）アーライル国宰相。第二王子シュナイルの婚約者、クリスティアーナの父親。先王の時から宰相として仕えている。騎士団長とは学友以来の付き合い。

ヒューゴー・ハーメルス（50）アーライル国騎士団長。白髪混じりの短髪で肌は色黒。威厳を出すのに口髭を生やしている。楽天家の恐妻家。脳筋。

ザイツ（15）狩猟班。元王都孤児。時々舞台。

ビノ（15）狩猟班。元王都孤児。時々舞台。

ユジー（23）狩猟班。元奴隷孤児。小柄でパワーのないことを気にしているが、狩猟班で現在一番身軽。獲物に追いつくのが一番速い。ヤンを目標にしている。

マミリス・ハーメルス（53）団長の妻。宰相の実姉。モフモフ好き。美味しい物も好き。強い。

ノスト（40）副料理長。ホテル担当。予定に無いことが苦手。

ウェスリー・ワージントン子爵（23）アンディの元従者。貴族至上主義。父はキルファール伯爵家の取り巻きだった。

魔法使い（60）世界を股に掛ける盗賊団の頭。ショボい魔力しかなかったが、黒魔法を駆使して活動していた。やられキャラ。

あとがき

『贅沢三昧したいのです！　転生したのに貧乏なんて許せないので、魔法で領地改革2』をお買い上げいただき、まことにありがとうございます。あなたは神さまです！

ん？　借りて読んでいる？　ではその御方に布教活動までありがとうございますと泣いていたとお伝えください。ほんとまじで。

え？　まずはあとがき立ち読み派？　二巻もかよ！☆

二巻……ですってよ……ぃやっほ――――いっ！　ありがとうございます！　有難う御座います!!

みなさまのおかげでございます！　あやしい踊りを舞いまくりでございます！

またもおきしじさまのイラストをこの『贅沢三昧』で見られるなんて！

みなさまのおかげですぅぅぅ！　あやしい踊りを踊り狂っております☆

今度はお盆明けの財布に厳しい時期にすみません！（本屋さんで二週間くらいは取り置きしてもらえるので、お給料&お小遣いをゲットしてからどうぞ。取り置きできなかったらごめんなさい、テヘッ）　受験生は勉強の息抜きによろしくね♡

というわけで1巻のぶん投げクイズの答え発表～♪

薬草班長チムリさん、でした。

田中真弓さんなので、マークと思われたかたが多く、こりゃクイズの問題を失敗したなと反省。

近年のアイドル声優に負けず劣らず顔出ししていた印象だったので、御本人の姿をみんな知っているだろうと思ってたんですよ。まあ、姿を知っていたとしても、チムリさんの出番も少なかったですしね……

実写化したらチムリさんは田中真弓さん、細工班長ネリアさんは野沢雅子さんという妄想（笑）からのクイズでした。↑わかるか!!

というわけで正解者はゼ・ロ☆　出題した私が残念☆という結果になりましたとさ（笑）

そうそう。

作中、シン爺のセリフに「一門の証しとして暗記する経典の一文はあるが、健全な体には健全な精神が宿ればいいなぁというのが第一なんじゃ。元気があればそれでいい」があります。

このセリフは、よく聞く「健全な精神は健全な肉体に宿る」が元のセリフだったのですが、実はこちら誤訳だそうです。

詳しくは、ユウェナリス（古代ローマ時代の詩人・弁護士）さんを検索してみてください。

で、「宿る」から「宿ればいいなぁ」にアドバイスのまんま変更したのです。いやあ、連載中に教えていただけて良かったです。まぁだいたいの人はあまり気にならないかもしれません（常識？

常識なの？　知らなかったの私だけ!?）が、こうして指摘されるということは愛されている証拠!!　すごいなシン爺!!　あんまり出番なくてごめん☆

あと、収穫祭の銅板製鉄板（ん？）。銅はやわらかいので、大きな鉄板のように薄く平たく加工するのは難しいそうです。作中はファンタジー加工ということでひとつよろしく☆

あとロケットパンチ。作中のは嘘んこギミックですのでファンタジーということで勘弁してください。飛ばすだけなら筒型ポテチの空き箱と輪ゴムが最強かも☆

……結構内容バラしちゃったけど、あとがき先読み派は大丈夫ですかね……中を読む前に忘れてね☆

そんなツッコミどころが満載の２巻、引き続きイラストを担当してくださった沖史慈宴《おきしじえん》さまの表紙!!　見た!?

おっきくなったお嬢！　もふもふサリオン！　ちっちゃいシロクロ!!　そして亀様……!!　めっちゃご利益ありそうなメンバーが揃いました!!　↑そこかい（笑）

おきしじさまは毎回想定以上のイラストを描いてくださるので拝んでます！　ありがとうございます！　表紙はカラーコピーして財布に忍ばせます!!

担当編集さんも引き続きでしたので、人見知りの私はホッとしました。そして今回も無理をきいてもらえました。いやぁ言ってみるもんです。↑おい。

2巻にはこの話まで入れてほしいとお願いしました。だってほら、お嬢の見せ所だしね、ある意味（笑）　そしたら「入りました〜」とほんわかメールが!!

ありがとうございます！　ルルー！　やった！　やったよ！　↑

最後に。

小説家になろうの活動報告に「1巻買ったよ☆」コメントをくださった方、写真付きで報告してくださった方。

ファンレターをくださった方。家宝です!!（涙）　家族に自慢しました!!

今回贅沢三昧の製作に関わってくださった皆さま。

そして、今回も手に取ってくださった、あなたへ。

心からの感謝を。

２０２０年　８月　　　　　　みわかず

（三巻に続けという願いを込めて、第二回ぶん投げクイズ）
Q．キャラクターが多過ぎて誰を描いてもらうか厳選するのですが、絵師のおきしじさまから描いてみたいとリクエストをもらえたキャラは誰でしょう？（二人なのでどちらかでもＯＫ）

贅沢三昧したいのです！
転生したのに貧乏なんて許せないので、魔法で領地改革②

発行 ―――――― 2020年8月19日　初版第1刷発行
2021年2月11日　　第2刷発行

著者 ―――――― みわかず

イラストレーター ―――――― 沖史慈宴

装丁デザイン ―――――― 関善之＋村田慧太朗（VOLARE inc.）

発行者 ―――――― 幕内和博

編集 ―――――― 筒井さやか

発行所 ―――――― 株式会社 アース・スター エンターテイメント
〒141-0021　東京都品川区上大崎 3-1-1
目黒セントラルスクエア　7F
TEL ：03-5561-7630
FAX：03-5561-7632
https://www.es-novel.jp/

印刷・製本 ―――――― 図書印刷株式会社

ISBN 978-4-8030-1441-9